Andrea Wendeln

Die Frau im Moor

Originalausgabe

Das Buch

Kommissarin Heide Rose und ihr Partner Peter Grahne werden zu einem furchteinflößenden Tatort gerufen:
Im Moor ragt eine menschliche Hand aus dem Wasser. Bei der Toten handelt es sich um Marie Fuchs, eine junge Floristin, die mit ihrem Hund im Wittemoor scheinbar spazieren war. Aber warum musste sie sterben? Seit einiger Zeit wurde sie von einem Stalker verfolgt und belästigt. Konnte der Mann ihre Abweisung nicht ertragen? Und was hat es mit dem Unbekannten mit schwarzer Kapuze auf sich, der zuletzt immer wieder vor dem Blumenladen gesehen wurde?
Heide Rose und Peter Grahne ermitteln fieberhaft. Doch keine Indizien erhärten sich. Dann taucht eine ganz neue Spur auf, die die Ermittler in eine völlig andere Richtung zu führen scheint...

Die Autorin

Andrea Wendeln schreibt seit ihrer Jugend. Wurde 1967 in Oldenburg geboren, wo sie noch heute im Landkreis lebt.
Zahlreiche Gedichte und einige Kurzgeschichten sind in Anthologien erschienen.
Dies ist ihr zweiter Krimi von Heide Rose und Peter Grahne.

Andrea Wendeln

Die Frau im Moor

Kriminalroman

TWENTYSIX
Eine Marke der Books on Demand GmbH
© 2024 Andrea Wendeln
Herstellung und Verlag: BoD – Books on Demand, Norderstedt

ISBN 9783740713072

1

Er schaute abermals auf seine Armbanduhr. Es war kurz nach halb sieben, sie müsste jeden Augenblick herauskommen. Verstohlen schaute er sich um, ob ihn auch keiner bemerkte, doch die Leute nahmen ihn nicht wahr. Sie waren damit beschäftigt, pünktlich zur Arbeit zu kommen.
Plötzlich kam sie mit ihrem kleinen Hund aus dem Hinterhof. Ihm wurde ganz warm ums Herz, es gab keinen Zweifel, sie war für ihn bestimmt. Wie anmutig sie sich bewegte, eine lose Haarsträhne mit der Hand wieder zurückstrich, ihre Stimme. Da konnte sie noch so oft eine gerichtliche Verfügung erwirken, dass er sich ihr nicht nähern, sie nicht anrufen durfte.
Er konnte einfach nicht von ihr lassen, wollte er auch nicht, sie würde es irgendwann einsehen müssen, dass sie ihn auch liebte.
Langsam löste er sich aus dem Schatten des Hauses auf der gegenüberliegenden Seite und folgte ihr. Er hatte eine Jacke mit Kapuze an und diese über den Kopf gezogen. So fiel es kaum auf, dass er sie beobachtete.
Sie lief heute mit ihrer Fibi, wie der kleine Hund hieß, in Richtung Innenstadt.
Ja, natürlich wusste er, wie ihr Hund hieß, alles, was sie betraf, interessierte ihn.
Sicher würde sie wieder in die Elisabethstraße einbiegen und Fibi am Ufer der Mühlenhunte schnuppern lassen, wie

schon so oft. Ganz selten ging sie auch mit ihr in den Schlossgarten auf der anderen Seite der Mühlenhunte, dem Wassergraben des Oldenburger Schlosses.
Wie beschwingt sie wieder ging, er liebte es einfach, jede Bewegung von ihr.
Oh verdammt! Er drehte sich schnell weg, da sie sich aufmerksam umsah. Er holte sein Smartphone aus der Tasche und hantierte daran herum, als wäre er damit beschäftigt, anstatt damit, sie zu beobachten. Dann tat er, als würde er telefonieren, und sah rein zufällig wieder zur anderen Straßenseite hinüber. Sie lief weiter, und er steckte augenblicklich sein Handy wieder in die Jackeninnentasche. Nun ging er eiligen Schrittes weiter, blieb aber auf der anderen Seite, damit sie ihn nicht bemerkte.
Er nahm im Vorbeigehen gerade wahr, dass beim Kiosk wieder mal Hochbetrieb herrschte, und ging zügig weiter zur Ampel.
Da, sie bog wieder in die Elisabethstraße, er hatte es sich doch gleich gedacht.
Schnell wollte er auf die andere Seite, aber so einfach war das nicht, bei dem Betrieb hier auf der Straße.
Keine Sekunde ließ er sie aus den Augen. Wie schön sie wieder war! Eine Strähne von ihrem rötlichen Haar schaute unter ihrer schwarzen Strickmütze hervor und ihre Sommersprossen konnte er sogar bei dieser Entfernung erkennen. Oder erinnerte er sich nur daran, genauso wie an ihren lieblichen Duft? Ja, als er sie im Sommer das erste Mal gesehen und gesprochen hatte, da hatte er sich alles genau eingeprägt.
Plötzlich wurde er aus seinen Gedanken gerissen, die Autos hielten alle an, und die Ampel zeigte ihm Grün. Zügig lief er über die Straße und ging ihr in die Elisabethstraße hinterher. Doch Vorsicht, er musste aufpassen, dass er ihr nicht zu nah kam. Laut Gerichtsurteil durfte er sich ihr nur

bis zu fünfhundert Metern nähern. Weil er sie einfach in den Arm genommen und leidenschaftlich geküsst hatte, als sie nicht gespürt hatte, dass sie zusammengehören.
Er hatte keine Ahnung, warum sie ihm dann eine Ohrfeige verpasst hatte, es sei denn, sie hatte es immer noch nicht gespürt. Doch er gab nicht so einfach auf, hatte sie wieder an sich gerissen, und ... dann waren leider Leute dazwischengekommen, denn sie hatte um Hilfe gerufen. Natürlich wollte er das Missverständnis aufklären, aber sie war völlig durcheinander gewesen, hatte gemeint, sie kenne ihn nicht und er habe sie zum Kuss gezwungen. So leicht gab er sich nicht geschlagen, dachte er nun und folgte ihr in einigem Abstand. Gut, es waren keine fünfhundert Meter, aber solange er nicht gesehen wurde ...
Ob sie heute wieder am alten Gefängnis entlang zurückging? überlegte er und lief etwas schneller, während sie am Ufer der Mühlenhunte gerade die Hinterlassenschaft ihrer Hündin mit einem Beutel aufnahm. Es war auch hier in der Seitenstraße einiges los, Autos fuhren ständig vorbei, und viele Fußgänger kamen ihm entgegen. Dann schaute er sich um, suchte mit seinen Augen das Ufer der Mühlenhunte ab, doch er sah sie nicht mehr. Er erweiterte seinen Radius, doch sie blieb verschwunden. Schnell ging er die Stufen des ehemaligen *Vereinte-Versicherungs-*Gebäudes hoch und blickte sich wieder nach ihr um. Da war sie, immer noch am Ufer, und kam langsam in seine Richtung.
Doch was war das?! Unweit von ihm, auf der gleichen Straßenseite, hinter einem Auto, stand ebenfalls ein Mann und beobachtete sie. Oder sah er einfach nur über die Straße, rüber zum Schlosspark?
Er beobachtete abwechselnd Marie und diesen Mann. Es war nicht ihr Ehemann, das war sicher, aber wer war er?
Marie bückte sie zu ihrer Hündin, und der andere Mann

folgte ihr mit dem Blick, ging etwas neben das Auto, um sie nicht aus den Augen zu verlieren.
Was fiel dem blöden Typen ein, das war seine Marie!
Es machte ihn augenblicklich rasend, und so ging er die Stufen der *Vereinten* hinunter und mit zügigen Schritten auf den Kerl zu.
»Was bist du denn für ein Typ?! Beobachtest du etwa die Frau da drüben mit ihrem Hund?«, knurrte er leise und schubste den Fremden hart, ohne dass dieser darauf gefasst gewesen wäre und gegen das nächste Auto stolperte.
Erschrocken sah der Fremde ihn an, zeigte ihm seine offenen Hände, drehte sich um und ging schnellen Schrittes in Richtung Hauptstraße.
Hoffentlich hatte sie nichts bemerkt, dachte er und sah sich nach ihr um.
Doch er konnte sie nicht entdecken, ging die paar Schritte zurück zur *Vereinten* und die Stufen wieder hinauf. Er hielt sich am Geländer fest, als er sich umdrehte und nach ihr Ausschau hielt. Nirgends war sie zu sehen, und er ging eilig die Stufen wieder hinunter, um die Straße zu überqueren. Er wollte den Grünstreifen der Mühlenhunte absuchen. Nur musste er erst mal können, denn es kamen zwei Autos vorbei, doch dann war er endlich da. Es war ihm nun auch ganz egal, ob er ihr zu nah kam, sogar ob sie ihn bemerkte. Ja, er wollte eh, dass sie ihn auch sah, aber eben dann, wenn er es wollte. Sie sollte wissen, dass er so schnell nicht aufgab, seine Liebe zu ihr nicht einfach einstellen konnte.
Doch auf dem Grünstreifen der Mühlenhunte war sie nicht mehr, auch nicht weiter bei der Kreuzung. Er schaute zur Kreuzung und sah auf der anderen Seite gerade noch die schwarze Strickmütze mit der roten Strähne und einen kleinen Hund an der Leine. Sie ging wieder zurück zum Damm. So ein Mist, wieso dreht sie denn nicht ihre Runde, so wie sonst? fragte er sich. Schnell lief er hinterher zur

Kreuzung, überquerte die Straße und ging auch am Damm lang. Als er um die Ecke kam, konnte er gerade noch sehen, wie sie mit ihrem kleinen Hund wieder auf den Hinterhof lief. Er sah sich dort weiter um, aber von dem komischen Typen eben war nichts mehr zu sehen, auch der war verschwunden.
Er war verärgert, hatte sich das heute anders vorgestellt und wusste schon jetzt, dass er es heute noch mal versuchen würde. Wenn er sie schon nicht genügend sehen konnte, wollte er wenigstens ihre Stimme hören.
Enttäuscht zog er erst mal ab und ging zu seinem Auto, um zur Arbeit zu fahren.
Ich krieg dich schon noch, dachte er und startete seinen Wagen.

Marie Fuchs schaltete als Erstes die Heizung ihres kleinen Blumenladens am Rande des Stadtkerns von Oldenburg etwas höher, da die Temperaturen in der Nacht doch ganz schön runtergegangen waren.
Dieser Morgen in den letzten Märztagen war sehr kalt, es hatte draußen gefroren, doch die Blumen in ihrem Laden hatten genug Wärme.
Der Wetterbericht sagte heute Morgen, dass der Frost erst mal ein Ende hatte. Es sollte heute über Tag bis zu zehn Grad werden und in der Nacht nur noch auf fünf Grad runtergehen. Endlich schien der Frühling zu kommen, dachte Marie und freute sich schon sehr darauf.
Die junge Frau mit den roten Haaren hatte sich mit dem Laden einen Traum erfüllt, als sie ihn vor einigen Jahren von einem älteren Ehepaar übernommen hatte. Davor war sie drei Jahre bei ihnen als Floristin angestellt gewesen und hatte immer mehr ihrer Aufgaben übernommen, immer mehr Einblick in ihr Geschäft bekommen, da die beiden schon auf die siebzig zugingen. Bis der Tag kam, an dem sie

Marie fragten, ob sie den Laden übernehmen möchte, da sie endlich in Rente gehen wollten.
Die mittelgroße Frau führte den Laden seitdem fast allein, nur an zwei Nachmittagen bekam sie Hilfe von Petra, einer jungen Floristin und Mutter, die nicht ganz aus ihrem Beruf kommen wollte.
Doch ganz allein war Marie nie, denn sie hatte ja ihre kleine Chihuahua Hündin Fibi immer dabei.
Marie hatte sich gegen die Kälte mit einem dicken Pullover gewappnet. Fibi hatte neben der Heizung in der Ecke eine kleine Kuschelhöhle, worin die Hündin gleich verschwand und sich einrollte. Sie machte morgens immer noch ein Schläfchen. Frieren tat die Hündin nicht so leicht, denn sie war nicht so ein Mini-Chihuahua, Fibi wog dreieinhalb Kilogramm und hatte sehr dickes Fell. Außerdem hatte Marie der kleinen Hündin noch eine kleine Decke in ihre Höhle gelegt. Im Nu war sie darunter verschwunden und schlief nun.
Kaum war das Licht in dem Blumenladen eingeschaltet, kam der Holländer mit ihrer Lieferung Blumen für die nächsten Tage mit seinem Lkw angefahren.
Na das passt ja, dachte Marie Fuchs und stellte schon mal die Tür mit einem Keil fest.
Schnell wurde alles in den hinteren Raum gebracht und kontrolliert. Die Ware war wie immer einwandfrei, und Marie bedankte sich.
Kaum war der Laster weitergefahren, kam Peter von der Post.
Der wurde natürlich von der kleinen Hündin begrüßt, denn er hatte ja immer ein Leckerli dabei. Damit verschwand Fibi aber auch gleich wieder in ihrer Höhle und kam nicht wieder raus. Dafür war ein Knabbergeräusch zu hören.
Marie musste lachen, ebenso wie der Postbote.
Neben den üblichen Werbungen hatte er heute einen sehr

wichtig aussehenden amtlichen Brief für Marie dabei. Sie erschrak etwas, als sie das Wort Notar las. Der Postbote verabschiedete sich nach ihrer Unterschrift für das Einschreiben wieder, und Marie wünschte ihm wie immer einen schönen Tag, während sie gedankenverloren auf den Brief starrte. Ob er etwas mit ihrer Anzeige zu tun hatte? War er am Ende gar von *ihm*? Oh sie wünschte so sehr, dass das endlich aufhören würde.

Sie wurde seit einigen Monaten von einem jungen Mann gestalkt, wie man heute sagte. Früher nannte man das einfach belästigen, obwohl einfach war so was ganz gewiss nicht, dachte sie, als sie das Kuvert anstarrte.

Doch der Brief musste erst mal warten, sie legte ihn in die Schublade ihres kleinen Schreibtischs in der Ecke. Heute Mittag habe ich Zeit für dich, dachte sie und machte sich schnell an den bestellten großen Blumenstrauß für einen Geburtstag. Der Kunde wollte ihn um acht Uhr abholen, und nun war gerade sieben Uhr vorbei.

Schnell suchte sie sich zusammen, was sie dafür brauchte, natürlich unter Berücksichtigung dessen, was der Kunde wollte, und band mit flinken Händen eine wahre Farbexplosion aus gelben und dunkelroten Blumen zusammen. Etwas Schleierkraut kam noch zu den gelben Gerbera und dunkelroten Rosen dazu sowie dunkelgrüne Zweige zur Einfassung. Nachdem sie die Stängel auf gleiche Länge geschnitten hatte, kam der Strauß in eine Vase, die auf einem kleinen Tisch im hinteren Arbeitsraum stand.

Dann machte Marie eine Bestandsprüfung ihrer Ware im Laden und musste leider einige Blumen entfernen, deren Zeit vorbei war, sie hätte sie nicht mehr verkaufen können. Die Topfblumen waren noch alle in Ordnung, und so wechselte sie bei den Schnittblumen noch das Wasser, bevor sie die frischen bearbeitete und in neue, leere Behälter füllte. Das war eine Menge Arbeit, zwischendurch

bediente sie noch die Kunden, und so kam sie erst gegen Mittag, nachdem sie den Laden für die Mittagspause geschlossen hatte, dazu, den Brief vom Notar zu öffnen.
Sie nahm ein kleines Messer und schnitt vorsichtig den Umschlag auf.
Eilig flogen ihre Augen über das Papier, lasen ihren Namen, Haupterbe sowie den Namen ihres Vaters … verstorben. Ihr wurde ganz schwindelig, sie setzte sich auf den Schreibtischstuhl und atmete tief durch.
Das konnte doch wohl nicht wahr sein, dachte sie.
Sie hatte ihm doch gesagt, dass sie nichts mit ihm zu tun haben wollte, und nun hatte er sie als Erbin eingesetzt? Sie holte noch einmal tief Luft und las noch mal Zeile für Zeile.
Einige Sätze las sie zweimal, bis sie den Brief wieder zusammenpackte und in den Umschlag zurücksteckte, als könnte sie diese Nachricht dadurch rückgängig machen.
Doch das konnte sie nicht, und ob es ihr gefiel oder nicht, ihr Erzeuger, wie sie ihn selbst zu nennen pflegte, wenn sie ihn überhaupt erwähnte, hatte sie zur Haupterbin seines Vermögens eingesetzt. Nun, jeder andere würde sich wahrscheinlich darüber freuen, denn Vermögen hatte er, wie er ihr mal versicherte, als er versucht hatte, mit ihr Kontakt aufzunehmen. Doch Marie interessierte sein Vermögen nicht, er hatte damals ihrer Mutter den seriösen Geschäftsmann vorgespielt, bis sie dahinterkam, womit er sein Geld verdiente.
Richard Löwenherz, wie er in seinen Kreisen genannt wurde, war Bar- und Casinobesitzer und vermietete die oberen Räumlichkeiten an einige leichte Mädchen, wenn auch zu einem lächerlich niedrigen Mietpreis.
Ein Zuhälter mit Herz also, und dann war sein Vorname auch noch Richard, nicht verwunderlich also, dass er Richard Löwenherz genannt wurde.
Maries Mutter brach sofort den Kontakt zu ihm ab, obwohl

sie bemerkte, dass sie von ihm mit Marie schwanger war. Ihre Mutter hatte immer hart gearbeitet, um sich und das kleine Mädchen durchzubringen, was nicht leicht war, aber sie hatte es geschafft. Die beiden hatten ein gutes Verhältnis gehabt bis zu ihrem Tode vor ein paar Jahren. Fibi kratzte plötzlich an Maries Bein, sie spürte, dass etwas geschehen war. Marie Fuchs nahm ihre kleine Hündin auf den Schoß und streichelte sie mit einer Hand. In der anderen hielt sie immer noch diesen Brief. Marie dachte an den letzten Satz des Notars: Bitte, es ist der letzte Wunsch von Richard, dass sie und ihr Mann am 14. April zur Testamentseröffnung kommen!
Ihre Gedanken knabberten an den Zeilen, bis sich ihr leerer Magen etwas lauter meldete. »Oh Mann, ich muss was essen!«, entfuhr es ihr.
Schnell tat sie den Brief wieder in seinen Umschlag zurück und legte ihn zurück in die Schublade ihres kleinen Sekretärs. Sie hielt Fibi fest mit einem Arm und ging aus dem geschlossenen Laden. Draußen im Hof war eine kleine Rasenfläche mit Baum, wo sie Fibi absetzte, damit sie sich erleichtern konnte. Sie schnupperte kurz umher und hockte sich dann hin, um Pipi zu machen. Dann ging sie mit ihrem Frauchen wieder zur Tür, um mit ihr wenig später eine Etage höher in ihrer Wohnung zu verschwinden.
Es war schon echt praktisch, über dem Laden zu wohnen, dachte Marie und setzte den vorbereiteten Eintopf auf den Herd, um ihn bei niedriger Einstellung zu erwärmen.

Einige Zeit später, nach dem Essen, ging ihr der Brief immer noch nicht aus dem Kopf, es quälten sie einige Überlegungen.
Plötzlich klingelte das Telefon, und Marie schrak zusammen.
»Hallo, Schatz«, hörte sie am anderen Ende, »wie geht es

dir?«

Marie freute sich sehr, die Stimme von ihrem Lars zu hören. »Stell dir vor, ich habe Post vom Notar bekommen«, erzählte sie ohne Umschweife. »Mein Erzeuger ist gestorben, und ich bin wohl Haupterbe, soll zur Testamentseröffnung am 14. April nach Hamburg kommen«, erzählte sie. »Aber das können die ja so was von vergessen.«

»Aber ... nun lehn es doch nicht gleich ab, überleg es dir erst mal in Ruhe«, meinte ihr Mann.

»Lars!« sagte sie scharf. »Du weißt, wie ich dazu stehe, ich wollte und werde nie was von seinem Geld anrühren!«

»Marie, du solltest gut darüber nachdenken, als Tochter steht dir das mehr als zu«, meinte er noch mal eindringlicher.

»Lars! Da gibt es nichts nachzudenken. Mein Entschluss steht fest«, befand sie endgültig. »Ich werde heute Abend einen Brief aufsetzen und morgen früh unseren Postboten mitgeben.«

Stille war auf einmal zwischen den beiden, bis Lars sie brach. »Hat er sich noch mal gemeldet?«, fragte er plötzlich, um auch vom Thema abzulenken.

Marie wusste sofort, wen er meinte, und verkrampfte sich.

»Nein, zum Glück nicht«, antwortete sie, die froh war, ihn für einige Momente vergessen zu haben. Dieser Stalker nervte sie eh schon genug.

Dann sagte sich das Ehepaar Fuchs »Tschüss, bis heute Abend!« und legte auf. Ihr Mann hatte bedrückt geklungen, langsam machte er sich auch Sorgen um sie, dachte Marie. Sonst rief er eigentlich mittags auch nicht an. Marie schaute auf die Uhr.

Kurz nach vierzehn Uhr, dann kommt Petra bald, dachte sie, als plötzlich das Telefon wieder klingelte.

Bestimmt hatte Lars was vergessen zu sagen, dachte sie und

meldete sich mit: »Na, was ist denn noch Schatz?«
Plötzlich hörte sie ein Stöhnen, und eine schwer atmende Stimme sagte: »Ah, Marie! Endlich nennst du mich Schatz!«
Marie fiel fast der Hörer aus der Hand, sie konnte ihn gerade noch ergreifen und schaltete das Telefon aus.
Kreidebleich wurde sie, ging zwei Schritte und ließ sich aufs Sofa fallen.
Er hatte es wieder geschafft, durchfuhr es sie, er hat mich wieder so erschreckt.
Sie zitterte am ganzen Körper vor Aufregung.
Fibi sprang zu Marie aufs Sofa und legte sich ganz nah an das Frauchen. Marie streichelte sie dankbar, denn sie spürte so, dass sie nicht allein war.
Warum konnte dieser Kerl nicht damit aufhören? Immer wieder wurde sie von ihm beobachtet, er dachte wohl, sie würde ihn nicht bemerken, aber sie ließ sich nichts anmerken, solange er ihr nicht zu nahekam. Ansonsten hatte sie sich vorgenommen, ganz laut zu schreien und ihn mit dem Handy zu fotografieren.
Dann diese Anrufe, mal erzählte er genau, was sie getan hatte und wo, oder er wurde obszön. Ihr Herz raste, erst dieser Brief des Notars, dann der Anruf.
Marie versuchte sich zu beruhigen.
Als es plötzlich an der Haustür klingelte, schrak sie erneut zusammen und bekam Panik.
Schweißperlen bildeten sich auf ihrer Stirn, und sie sah wie ein gehetztes Tier um sich. War dieser Stalker etwa unten vor der Haustür? Sie blickte zur Uhr, es war kurz vor halb drei. Oh nein, es war sicher Petra unten, dachte sie und betätigte die Freisprechanlage. Sie hatte recht, Petra antwortete. Erleichtert öffnete Marie die Tür und lief runter zum Laden, gefolgt von ihrer Hündin.
»Du meine Güte, Marie! Wie siehst du denn aus?« Petra blickte Marie besorgt an, die vor ihr mit nasser Stirn und

kreidebleichem Gesicht stand. »Sag bloß, dieser Mann hat wieder angerufen?«, fragte sie, während sie sich zu Fibi bückte und diese zur Begrüßung streichelte.
Marie nickte nur, schloss den Laden auf und ging hinein.
»Petra, kannst du den Laden heute alleine machen? Ich muss hier dringend raus, ich habe auch noch Post bekommen heute, vom Notar. Ich muss unbedingt etwas Ruhe haben und mir über einiges klar werden«, sagte Marie.
»Natürlich, erklär mir, was anliegt, und dann ab«, meinte Petra.
Marie erzählte ihr kurz von der Ware, die gekommen war und die sie größtenteils schon verarbeitet oder weggeräumt hatte. Eine Bestellung musste noch erledigt werden, sie zeigte ihr den Bestellzettel, und das war es auch schon.
»Pass auf dich auf«, sagte Petra noch, Marie nickte und ging wieder in ihre Wohnung.
Eine Viertelstunde später saß Marie mit Fibi in ihrem kleinen Wagen und fuhr über die Cecilienbrücke, um bei der nächsten Kreuzung links abzubiegen.
Ständig schaute sie in den Rückspiegel, ob sie verfolgt wurde. Sie beobachtete die Wagen hinter sich genau, sie wollte auf keinen Fall, dass dieser Stalker an ihrem Lieblingsplatz auftauchte.
Sie hatte einen bestimmten Ort, wo sie entspannen und klare Gedanken fassen konnte. Zugegeben, sie musste etwas fahren, aber so oft gönnte sie sich das auch nicht.
Dieses Jahr war sie noch nicht dort gewesen, fiel Marie gerade ein, als sie die Straße zu ihrem Ziel lang fuhr.
Die Bahnschranken blieben zum Glück oben, als sie die Stedinger Straße stadtauswärts fuhr. Von der Holler Landstraße bog sie in die Hauptstraße und wenig später links nach Grummersort ab, wo sie den Wagen nach ein paar Straßen abstellte und mit ihrer Hündin ins Wittemoor

lief.
Eine herrliche Stille und unglaublich gute Luft umgaben die zwei, als sie das Moor betraten.
Fast ein wenig bedrohlich, dachte sie einen Moment, als sie durch das strohgelbe Gras ging. Doch sie war sich sicher, dass ihr niemand gefolgt war.

Links vom Weg waren Wiesen, die von wenigen Bäumen umrahmt waren. Auf ihrer rechten Seite war es moorig, und einige dünne Birken standen dort, aber auch ein paar Erlen.
Zu dieser Jahreszeit waren noch kaum Insekten unterwegs, was auf jeden Fall etwas für sich hatte, dachte die junge Frau. Aber das würde sich sicher jetzt ändern, bei den vorausgesagten Plusgraden.
Auch kam bei diesem Wetter selten ein Mensch hierher, da es kalt und ungemütlich war. Fibi schnupperte interessiert hier und da herum, lief mal vor und mal hinter ihrem Frauchen. Sie genoss den kleinen Ausflug auch sichtlich, da der dicke Hundepulli sie auch prima vor der Kälte schützte. Den hatte Marie ihrer Hündin lieber noch angezogen, da der Boden sehr kalt war, wenn auch das Thermometer tatsächlich auf fast zehn Grad gestiegen war. Zumindest in der Sonne.
Marie ging langsam den Weg entlang, der mal nach rechts und mal nach links abbog, vorbei an dem Aussichtsturm, und wenig später bog sie in einen kleinen, kaum erkennbaren Trampelpfad ein. Der Weg war von der Sonne aufgetaut, und auch das gelbe Gras war so feucht, dass Marie fast lautlos den Pfad gehen konnte.
Die Gagelsträucher an und um den kleinen See sahen gespenstisch aus. Genau wie die Birken und Blaubeerbüsche überall im Moor. Bizarre kahle, dunkle Gestalten in einer strohgelben Landschaft mit schwarzen Moortümpeln.

Man konnte aber bei genauem Hinsehen die dicken Knospen entdecken, die nur darauf warteten, dass es wärmer wurde, damit sie aufplatzen und ihr Grün verbreiten konnten.

Marie hatte sich sehr warm angezogen, sie wollte zu ihrer Stelle an dem Moorsee, wo sie sich auf einen umgestürzten Baum setzte und tief einatmete. Für den feuchten Stamm hatte sie sich eine wasserdichte Sitzunterlage mitgenommen. Die hatte sie immer in ihrem Auto bereitliegen.

Da saß sie nun, nahm alles in sich auf, die Ruhe, den Geruch, die Natur um sich herum. Marie ließ noch mal den Tag Revue passieren. Sie starrte auf das Wasser und verlor sich in ihren Gedanken.

Ihr Erzeuger ist gestorben, ihre Mutter sprach damals nur von ihm, wenn Marie nach ihrem Vater fragte und selbst dann nur zögerlich. Die Mutter warf ihm nichts vor, sie ärgerte sich über sich selbst, dass sie auf den galanten, charmanten Mann reingefallen war, der aus dem zwielichtigen Milieu kam. Sie wollte nicht, dass ihre Tochter in diesem Umfeld aufwuchs, deshalb lehnte sie jede Hilfe und jeglichen Kontakt mit ihm ab.

Marie hatte es so übernommen, selbst nach dem Tod ihrer Mutter wollte sie nichts von ihm wissen. Überhaupt, ein Mensch der von der Spielsucht anderer Leute und der Ausbeutung junger Frauen lebte. Was konnte man von so einem Menschen schon halten?!

Marie fiel wieder die Frau ein, die einmal bei ihr gewesen war. Da hatte sie schon den Blumenladen und der Frau einen Strauß nach ihren Wünschen gebunden. Sie hatte sich als eine der Frauen zu erkennen gegeben, die über dem Casino ihres Vaters ein Zimmer hatte. Er wäre so ein feiner Mann und hätte ihre Abweisung nicht verdient, sein Wohnzimmer wäre voll von ihren Fotos aus jeder

Altersstufe, hatte sie gesagt. Außerdem wäre es sein größter Wunsch, wenn sie sich zu ihm bekennen würde und sie sich öfter sähen. Woher er die Bilder hätte, hatte Marie die Frau gefragt, doch die zuckte mit den Schultern und sah zur Seite weg. Marie hatte den Strauß schnell fertig gebunden, der Dame gegeben und ihr gesagt, dass ihr Erzeuger nicht wieder eine seiner Damen zu schicken brauche, sie bleibe bei ihrer Meinung. Als die Frau den Strauß bezahlen wollte, hatte Marie abgewunken und gebeten, sie in Zukunft in Frieden zu lassen. Die Dame hatte den Strauß genommen, ihr kurz zugenickt und war mit den Worten »Du hast nicht nur seine gütigen Augen« aus dem Laden gegangen.
Draußen hatte sie den Kopf geschüttelt und dabei rüber auf die andere Straßenseite gesehen, danach war sie die Straße entlanggegangen.
Marie hatte erst noch nachschauen wollen, wohin sie geblickt hatte, hatte es dann aber gelassen und ihre Arbeit weitergemacht.
Vielleicht hätte sie damals doch mal nachsehen sollen? War er es gewesen? Hatte er auf der anderen Straßenseite gestanden und gewartet? Und wieso hatte er so viele Fotos von ihr? Das hätte ihr die Frau sagen sollen, aber eigentlich war es ja jetzt auch egal.

Nun, sie wollte auch nicht wissen, wie er aussah, dachte Marie und schüttelte den Kopf. All die Jahre war sie ohne ihn ausgekommen, und nun brauchte sie ihn auch nicht. Sie wollte weder was über ihn wissen noch etwas von ihm erben.
Dieser Brief vom Notar hatte sie heute wirklich durcheinandergebracht, dachte sie und beobachtete die Wasseroberfläche, die vom Wind leicht gekräuselt wurde. Ja, so geht es mir auch heute, durchfuhr es sie bei dem

Anblick, und ein Schauer lief ihr über den Rücken.
Dann fiel ihr der Anruf von diesem widerlichen Kerl ein, der sie seit Wochen belästigte. Sie wollte damit nicht schon wieder zur Polizei, es war ihr einfach zu peinlich. Allerdings, wenn es nicht aufhörte, dann musste sie dorthin.

Ein Schwarm Krähen flog plötzlich krächzend über sie weg und riss sie aus ihren Gedanken. Marie sah nach Fibi, die abseits im Gras am Schnüffeln war, und zog den dicken Kragen von ihrem Wollpullover bis über die Ohren.
Auf einmal fand sie es unheimlich da allein im Moor und sah sich um. Doch außer ihr war niemand dort, abgesehen von den Krähen und diversen anderen Tieren, die nicht im Süden überwinterten.
Jetzt wirst du albern, Marie Fuchs, dachte sie und lächelte.
Die Wolkendecke brach auf und ließ die Sonne rausschauen, es wurde gleich etwas wärmer, sodass sie sich ihr entgegenstreckte. Marie schloss die Augen und versuchte sich zu entspannen. Einfach herrlich, diese Stille, dachte sie.
Doch schon musste sie wieder an den Brief denken und stellte sich vor, wie sie vor dem Notar saß und er ihr sagte, was sie geerbt hatte. Und das auch noch in dem Hause ihres Erzeugers.
Ich werde dem Notar schreiben, dass ich das Erbe nicht antreten werde, gleich heute Abend, wie ich es schon Lars gesagt habe. Auf keinen Fall wollte sie das Haus dieses Mannes zur Testamentseröffnung betreten. Lars hatte ja vor einem Jahr das Haus seiner Eltern geerbt, im Dobbenviertel von Oldenburg, eine gute Gegend. Es war vermietet, und er hatte gute Mieteinnahmen davon, wie er sagte.
Marie hatte auf einmal wieder das Gefühl, nicht allein zu sein, aber das stimmte ja auch. Die kleine Fibi wuselte hier

in ihrer Nähe umher, alles andere sind wieder deine dummen Hirngespinste, sagte sich die junge Floristin und genoss weiter die Sonne, während sie ihren Gedanken nachhing.

Plötzlich hörte sie etwas hinter sich. Sie öffnete die Augen und wollte sich umdrehen, doch ein Arm legte sich um ihren Hals, drückte ihre Kehle augenblicklich zu.
Marie bekam keine Luft mehr, wollte schreien, doch nur seltsame, leise Geräusche kamen aus ihrem Hals. Ihre Hände griffen nach dem Arm, wollten ihn lockern, doch es gelang ihr nicht, ihn zu fassen. Sie saß wie in einem Schraubstock fest, gnadenlos und ohne Aussicht auf Lockerung. Panik kam in ihr auf. Wer um Himmelswillen war das? Was sollte das? Sie würde ersticken! Abermals schlug sie um sich, nur kurz, dann fielen ihre Arme schlaff herunter.
»Du lässt mir keine andere Wahl«, flüsterte ihr jemand ins Ohr, doch Marie hörte nichts mehr. Jegliche Spannung wich aus ihrem Körper, wie auch das Leben.
Nun war nur noch der Atem des Mörders zu hören und der Wind, der mit den fast kahlen Gagelsträuchern und der Wasseroberfläche zu spielen schien.

2

Kommissar Peter Grahne hatte sich mittlerweile etwas eingelebt, und auch die Scherze zu Hauptkommissarin Heide Rose hatte er fast alle gehört. Ihre Größe von 1,59 m und die Tatsache, dass sie eine gute Kampfsportlerin war, waren wohl maßgeblich dafür verantwortlich.
Er war schon einige Wochen in der Polizeidirektion und hatte so ziemlich alle Kollegen kennengelernt. Er teilte sich ein Büro mit Heide Rose, die die letzte Woche endlich mal ein paar ihrer Überstunden abfeiern konnte. Zum Glück war es sehr ruhig, nur ein Mordfall war passiert, bei dem Grahne vom Schreibtisch aus, die ermittelnden Kollegen unterstützt hatte. Es nervte ihn schon, dass er die ganze Zeit im Büro war und nicht draußen bei den Ermittlungen und erinnerte den promovierten Psychiater daran, was er nicht wollte. Nämlich die ganze Zeit von einem Raum aus, seine Arbeit machen.
Doch nun war der erste April da, und die Kommissarin war endlich wieder zurück. Grahne freute sich, denn er arbeitete lieber mit ihr zusammen.
Einiges an Papierkram war in dieser Woche zu erledigen, sie gingen gerade einen alten, ungelösten Fall durch.
Plötzlich kam Kollege Müller aufgebracht ins Büro der beiden gestürmt.
»Rose!«, schrie er. »Rose, dir ist ein Flüchtiger gerade ins Auto gerast, die ganze Fahrerseite ist kaputt!« Er machte mit der Hand eine Bewegung, als erwartete er, dass sie aufspringen und ihm folgen würde. Doch Heide Rose blieb

gelassen sitzen und arbeitete weiter.
»Hörst du nicht, dein RAV ist hinüber«, rief Müller noch mal und mit Nachdruck.
Grahne beobachtete das Ganze von seinem Schreibtisch aus, überlegte aufzustehen, aber sein Gegenüber blieb gelassen sitzen. Peter Grahne wollte sie gerade ansprechen, da sah Rose endlich auf und stellte nur kurz fest:»Wenn mir da einer reingefahren wäre, hätte ich schon längst einen Anruf von unserem Pförtner mit der Angabe, wer es war«, und machte mit den Unterlagen zu dem alten Fall einfach weiter.
Als das Telefon klingelte, erstarrte sie einen Moment, nahm dann zügig den Hörer ab und meldete sich.
»Kommissarin Heide Rose ...« Sie wurde unterbrochen.»Ah, ja ... alles klar, wir kommen gleich«, sagte sie und legte auf.
Grahne blickte sie nun erschrocken an, doch auch der Kollege sah irgendwie irritiert aus.
»Wir sollen zu Schießübungen rüberkommen«, sagte sie zu Grahne, speicherte alles auf ihrem PC und schaltete ihn aus.
»Ja, wie jetzt, Rose!?« Kollege Müller gab nicht auf.»Und dein Auto?«
»Ach, Müller, du alte Nase, seit Jahren versucht ihr mich in den April zu schicken. Tut mir ja leid, aber ich bin da echt durch meine Familie schon total abgehärtet. Gebt es endlich auf«, sagte sie bloß und sah zur Tür.
Schon schoben einige Kollegen den Kopf durch die Tür und lachten.
»Müller, ich habe es dir gleich gesagt, du schuldest mir einen Zwanni«, meinte einer und lachte laut. Kollege Müller maulte laut rum und griff zu seinem Portemonnaie in der Gesäßtasche. Ein Zwanziger wechselte den Besitzer. Rose schüttelte den Kopf, nahm ihre Jacke und verließ das Büro.
Grahne tat es ihr gleich, und wenig später saßen beide in ihrem unbeschädigten RAV und fuhren los. Rose grinste vor

sich hin. Grahne musste auf dem Beifahrersitz lachen, Rose bemerkte es und fragte ihn, wieso er lachte.

»Ach, der Kollege hat sich so ins Zeug gelegt, um Sie in den April zu schicken, aber Sie sind ganz ruhig geblieben. Woher wussten Sie, dass es nicht stimmte?« fragte er sie.

»Also echt, jedes Jahr versuchen die es, sie sind zwar sehr kreativ, was die Einfälle angeht, aber ich kenne es schon von früher. Meine Familie und Freunde hatten es auch des Öfteren versucht. Irgendwann steht man morgens auf und denkt: ›Ah, heute ist der 1. April, mal sehen, wer sich was einfallen lassen hat‹, und geht in den Tag mit dem Bewusstsein, dass es eine Schreckensnachricht gibt«, lachte sie, und Grahne verstand. »Kennen Sie das nicht?«, fragte Rose ihren Kollegen auf dem Beifahrersitz verwundert.

»Nein, eigentlich nicht, jedenfalls nicht so schlimm. In der Schule haben das mal ein paar Mitschüler versucht, aber in meiner Familie wurde keiner in den April geschickt«, meinte er lachend.

Sie mussten etwas nach außerhalb fahren, doch sie kamen gut durch, die Straßen waren relativ frei an diesem Freitagmorgen. Das würde sich gegen Mittag sicher ändern, wenn alle ins Wochenende wollten, dachte Rose.

Wenig später kamen sie bei dem Schießstand an, wo die alljährliche Schießprüfung stattfand. Rose war gespannt, wie Grahne sich wohl anstellte, denn sie hatte ihn noch nie schießen sehen.

Ihr Auftauchen in den Räumlichkeiten sorgte für einige Belustigungen. Die Kommissarin ging mit ihren 1.59 m zielstrebig vor, gefolgt von ihrem Kollegen Grahne, der sie mit seinen 1.95 m weit überragte.

Das Grinsen ihrer Kollegen sah Heide schon lange nicht mehr, die meisten Kommentare überhörte sie, doch bei einigen besonders bissigen gab sie ihren Senf dazu.

Rose wollte Grahne den Vortritt lassen, doch er bestand auf

Ladys First, und so ging sie in den Schießstand, nahm ihre Waffe und schoss blitzschnell auf die entfernte Zielscheibe, nachdem der Prüfer ihr ein Freizeichen gegeben hatte. Das ganze Magazin feuerte sie ab und lud die Waffe sofort nach. Währenddessen war ein Schießplatz frei geworden, und Grahne kam rein, um seinen Test zu absolvieren.
Rose sah auf den Bildschirm und war mit ihrem Ergebnis zufrieden. Sie schaute sich dann nach Grahne um, den sie einige Reihen weiter fand. Sie blickte auf den Monitor, der seine Treffer anzeigte.
»Nicht schlecht«, dachte sie, seine Schüsse gingen alle auf die Scheibe, die meisten um die Mitte.
»Bin heute nicht so gut in Form«, meinte jedoch Grahne und zuckte mit den Schultern.
»Ach was«, entgegnete Rose und zog eine Augenbraue hoch. Sollte sie das jetzt glauben, überlegte sie und kam zu dem Schluss, dass es nur von Vorteil sein konnte, wenn der Kollege so gut mit der Waffe war.
Die Ergebnisse wurden eingetragen, und sie gingen auch schon wieder.
Zurück im Büro, wartete noch eine Menge Schreibtischarbeit auf die beiden. Doch schon wenige Stunden später war Feierabend, schöner noch, denn es war Wochenende.

Er stand vor der Tür des kleinen Blumenladens.
Wegen Krankheit geschlossen stand da, und das schon seit zwei Tagen.
Schnell wandte er sich wieder ab, bevor ihn noch jemand sah.
Der Typ fiel ihm wieder ein, der ihn vor ein paar Tagen plötzlich herumgerissen und geschlagen hatte. Dabei wollte er sie sich nur mal ansehen, aber dieser Typ, er schien sie zu beobachten. Ein Detektiv vielleicht, dachte er, doch

irgendwie passte das nicht. Wo war sie bloß und wieso krank? Was sie wohl hatte? Nun, er würde einfach mal die nächsten Tage noch mal vorbeischauen. Irgendwann müsste sie ja wieder gesund sein, überlegte er und verschwand in Richtung Innenstadt.

3

Schon früh an diesem Sonntagmorgen war Günther Budde mit dem Fahrrad unterwegs. Wie jedes Jahr machte er an einem Sonntag Anfang April eine Führung anlässlich der Gagelblüte und war deshalb auf dem Weg zum Wittemoor, wo man sich um zehn Uhr traf. Seit zwei Wochen etwa war der Huder Gästeführer alle paar Tage ins Moor gefahren, um zu sehen, wann die Blüten des Gagelstrauches sich öffneten. Denn je nach Witterung kann es da Abweichungen geben, und er wollte sicher sein, dass bei seiner Führung durch das Moor, die Interessierten auch auf ihre Kosten kamen.

Er hatte gerade das Huder Ortsschild passiert und fuhr gemütlich auf dem Radweg der Linteler Straße am Reiherholz, einem Wald, entlang. Er genoss die Ruhe, bevor

er sich all den Fragen der Wissensdurstigen stellte. Schaute, wie um ihn herum der Frühling langsam erwachte. Zu dieser Stunde bedeckte noch Tau das Gras am Straßenrand und auch die Wiesen auf der anderen Seite des Radweges.
Am Rande des Reiherholzes entdeckte er einen Sperber auf dem kräftigen Ast einer Buche. Auf der Wiese zu seiner Rechten sah er ein paar Rehe grasen.
Als er etwas später am Weg zum Wittemoor ankam, hatte er den Treffpunkt für die Führung erreicht. Er stellte sein Fahrrad an einem Baum am Wegesrand ab und schloss es ab. Da kamen auch schon die ersten Teilnehmer seiner Führung.
»Moin«, begrüßte man sich freundlich und die Teilnahmegebühr wurde von Herrn Budde dankbar entgegengenommen.
Auch dieses Mal herrschte großes Interesse an der Führung durch das Wittemoor. Es gab neben der Gagelblüte auch einiges anderes zu sehen sowie Interessantes von Herrn Budde zu berichten. Denn auch ein vorchristlicher Bohlenweg lag auf der Besichtigungstour und erhielt immer besondere Aufmerksamkeit.
Der Bohlenweg war Zeuge längst vergangener Zeit, er konnte auf das Jahr 135 v. Chr. datiert werden. Er überbrückte das Wittemoor und schuf eine Verbindung zwischen der Geest, einem Gebiet bei Hude, und der Hunte, einem Fluss. Der südliche Ausgangspunkt des Bohlenweges war eine eisenzeitliche Siedlung, unweit einer Quelle im Waldstück »Schnitthilgenloh« bei Lintel. Ein Teilstück des Bohlenweges wurde rekonstruiert und war jedes Jahr Teil der Führung durchs Wittemoor.
Mit dem Wetter hatte man heute wohl Glück, es waren zwar ein paar Wolken zu sehen, aber es sollte an diesem Sonntag trocken bleiben, versprachen jedenfalls die Wetterfrösche.

Der eine oder andere Teilnehmer verließ sich darauf nicht und war mit einem Regenschirm oder einer Regenjacke ausgestattet. Alle hatten aber an festes Schuhwerk gedacht, was auch besser war, denn der Weg durchs Moor war doch teilweise ganz schön uneben.

Langsam, aber sicher wurde die Gruppe vollständig, und es entstanden einige Gespräche, denn Herr Budde wurde schon einiges zur Führung gefragt. Gerade als die Gruppe starten wollte, gesellte sich noch ein Hobby-Naturfotograf dazu. Wie er nach den staunenden Blicken der Leute auf seine Kamera mit riesengroßem Objektiv und Stativ in der Hand erklärte.

Nun wurden alle von Herrn Budde offiziell begrüßt, und es gab die ersten Informationen zur Führung.

Dann bewegte sich die Gruppe, angeführt von Herrn Budde, in Richtung Wittemoor. Der Weg führte zwischen Wiesen hindurch, die mit Stacheldraht eingezäunt waren, vorbei an einigen Birken am linken Wegesrand.

Schon beim ersten Halt an einer Brücke, die über den Geestrandgraben führte, gab es viele wissenswerte Informationen, unter anderem auch zu der Wasserwirtschaft früher und heute.

Einige Meter weiter sah man auf der linken Seite einige unterschiedlich große Löcher in dem Moorboden, zu eckig, um natürlich zu sein, und Herr Budde erzählte, was es damit auf sich hatte. Auch auf der rechten Seite des Weges erschienen sie, mit Moorwasser gefüllt sahen sie auf den ersten Blick aus, als wären es natürliche Vertiefungen des Moores. Doch sie waren von Menschenhand gemacht, um Wasser für eventuelle Brände zum Löschen zu haben, nachdem in dem Moor einst ein großer Brand getobt hatte.

Der Weg führte dann weiter, vorbei an einer kleinen Schutzhütte, direkt ins Wittemoor.

Günter Budde erklärte, wie die großen Blaubeersträucher

zur Linken ihren Weg ins Moor fanden, und machte die Gruppe dann auf die ersten Gagelsträucher auf der linken Seite aufmerksam.
Der Fotograf schoss einige Aufnahmen der rostrot blühenden Sträucher und von einem schwarzen Raben, auf dem Ast einer etwas entfernten Birke.
Die Gruppe folgte währenddessen Herrn Budde weiter auf dem Weg und blieb erst wieder vor einem kleinen See stehen. Unzählige Gagelsträucher säumten das Seeufer, und eine kleine Insel war mitten im See. Während Herr Budde erklärte, dass der Gagelstrauch seine Füße bzw. Wurzeln im Wasser haben musste, baute der Fotograf sein Stativ auf, um perfekte Fotos machen zu können.
Er war ganz fasziniert von dem See und seinem Drumherum, wie er einem beobachtenden Teilnehmer der Führung leise sagte.
Die interessierten Zuhörer von Herr Budde erfuhren, dass im Mittelalter die Gagelblüten eine wichtige Funktion hatten. Sie wurden beispielsweise in die Strohmatratzen gegeben, um lästiges Ungeziefer fernzuhalten. Auch in den Backstuben wurden einige der blühenden Sträucher aufgehängt, damit Fliegen und Ähnliches fernblieb.
»Heute stehen die Sträucher unter Naturschutz, und es ist verboten, sie zu pflücken«, erklärte Herr Budde. »Die Gagelsträucher sind vom Aussterben bedroht, da es immer weniger Moore gibt.« Danach widmete er sich den Fragen einiger Leute.
Ein bizarr wirkender, hochragender aber abgestorbener Baum mitten im See wurde von den Leuten fotografiert. Wie jedes Jahr, dachte Günter Budde, sah kurz zu, bevor er sich umdrehte, um langsam weiterzugehen. Er kannte das schon, einige Stellen waren einfach wunderschön und mussten von den Leuten geknipst werden.
Im hinteren Bereich des Sees lag eine abgestorbene,

umgestürzte Birke tief im Wasser, nur ihre Äste griffen unheimlich nach dem grauen Himmel. Der Naturfotograf war sofort angetan von dem Bild und machte mehrere Einstellungen mit dem großen Objektiv. Dann stockte er, holte das Gesehene näher und wieder weiter weg.
»Aber das ist doch?« Der Fotograf schaute irritiert zur Gruppe und dann wieder durch die Kamera. Einige Teilnehmer sahen fragend zu ihm.
»Also das ... ich glaube, ich sehe da Finger in den Ästen der toten Birke. Kann bitte mal jemand von Ihnen schauen, ich hoffe, ich irre mich.« Der Fotograf war ganz blass geworden und sah Hilfe suchend in die Gruppe.
Einer der Männer kam eilig zu ihm und sah durch die Kamera, die sicher auf dem Stativ stand.
Das starke Objektiv hatte das Geäst der Birke sehr nah herangeholt. In einer Gabel davon, unter Wasser, musste sich tatsächlich eine Hand verfangen haben. Doch nur drei Finger waren über der Wasseroberfläche zu sehen. Ein gespenstischer Anblick, und dem Mann lief ein Schauer über den Rücken.
»Ja, tatsächlich«, bestätigte er dem Fotografen, »da sind drei Finger zu sehen, einfach unfassbar!« Er schüttelte den Kopf, als wollte er den Anblick wieder loswerden. Nun wollte noch einer der Teilnehmer hindurchschauen, musste es aber ebenfalls bestätigen und stellte fest, dass man die Polizei rufen müsse.
Er griff sogleich nach seinem Handy und wählte die Nummer.
So etwas hatte Günter Budde in seiner Zeit als Gästeführer noch nicht erlebt.
Die Gruppe war einige Momente ruhig, alle waren erschrocken über den Fund.
Der Anrufer wurde gebeten dortzubleiben, bis die Beamten eintrafen, und man fragte noch, wo genau die Leiche lag.

Warten im Moor, in dem Wissen, dass in unmittelbarer Nähe eine Leiche im Wasser lag. Man war geschockt und verwirrt, es wurden Thesen darüber aufgestellt, was passiert sein könnte. Unruhe machte sich in der Gruppe breit.

***

Sonntagmorgen, kurz vor elf.
Das Telefon klingelte, und Heide wusste augenblicklich, dass eine Leiche gefunden worden war. Sie konnte sich auch nicht erklären wieso, aber sie hatte irgendwie das Gefühl.
»Rose«, meldete sie sich kurz und knapp und lauschte dann dem Anrufer. »Wo? Im Wittemoor? Wo ist das?«, fragte sie den Kollegen am anderen Ende. »Ah, nach Wüsting …Ja, das werde ich schon finden. Weiß Grahne schon Bescheid? Alles klar, bis dann!« Sie legte auf und machte sich fertig.

Wenig später klingelte sie an der Haustür von Grahnes Reihenhaus, da er nicht wie sonst draußen wartete, und ging auch schon zurück zu ihren RAV.
Sekunden später kam er heraus, hatte schon seinen Mantel an und folgte ihr zum Wagen.
»Moin, was wissen wir denn schon?«, fragte er die Kommissarin.
»Moin, nur, dass eine Hand aus dem Wittemoor ragt, scheinbar hängt da noch jemand dran. Die Spusi wird schon da sein, die wurden natürlich zuerst informiert«, erzählte sie ihrem Kollegen.
Sie lenkte ihren Toyota sicher durch die Ortschaft Wüsting, in Richtung Hude, wo sie in die Straße zum Wittemoor einbog und etwa hundert Meter weiter hinter den Wagen der Kollegen parkte. Denn der weitere Weg war durch einen Schlagbaum versperrt.

Ein Beamter erwartete sie bereits und führte sie zum Fundort der Leiche, der ein ganzes Stück weiter im Moor lag.
Eine Gruppe betroffener Sonntagsausflügler stand in der Nähe davor, als die beiden dort eintrafen.
Auf Roses fragenden Blick hin, erklärte ihr der Kollege, dass einer aus der Gruppe die Leiche mit einem starken Objektiv entdeckt hatte.
»Wie lange müssen wir denn noch warten?«, fragte man nun beim Anblick der Kommissare voller Hoffnung, endlich entlassen zu werden und die Führung fortsetzen zu können.
»Hat schon jemand ihre Personalien aufgenommen?«, fragte Heide Rose und sah den Beamten neben sich an.
»Ähm, nein«, sagte er betreten.
»Na, dann machen Sie das bitte sofort. Sie sind neu, oder? Notieren Sie bitte auch, wie die Leiche entdeckt wurde und von wem, und dann dürfen die Herrschaften gehen.« Sie nickte den Leuten zu, und einige der Gruppe sahen sie dankbar an.
»Ach und, gehen Sie bitte mit den Leuten ein Stück weiter den Weg runter, wie es aussieht, wird die Leiche gleich aus dem Wasser geholt, und wir wollen doch nicht, dass der eine oder andere hier schlecht träumt«, meinte sie noch leise zu ihrem neuen Kollegen und ging dann zu dem kleinen Trampelpfad, der offensichtlich um den See herum näher zu der Leiche führte.
Viel mehr wollte Kommissarin Rose eigentlich, dass die Privatsphäre, die selbst einer Leiche zustand, nicht gestört wurde, aber das dachte sie sich lieber nur.

Sie blickte wenig später in das kauende Gesicht von Kollege Kroog, der ihr zur Begrüßung kurz zunickte und dann wieder auf den See sah, wo ein Taucher der Spusi damit beschäftigt war, die Leiche ans Ufer zu holen.

Zuvor hatte er versucht, unter Wasser Fotos von der Lage der Leiche zu machen, was bei dem braunen Moorwasser ziemlich aussichtslos war. Er hatte es sich also weitestgehend angesehen, hatte die Tote von ihrem Gewicht geschnitten und brachte sie nun an das Ufer. Der Taucher war angeseilt, ebenso wie die Leiche mittlerweile.
Man hatte sie an einem schweren Gegenstand festgebunden und im Wasser versenkt, damit sie nicht wieder hochkommen würde.
Dem Mörder war wohl nicht aufgefallen, dass sich eine Hand seines Opfers in der Astgabel der toten Birke im Wasser, verkeilt hatte.
Kroog und noch einige andere Kollegen hielten die Seile und zogen vorsichtig die Leiche aus dem Moor. Als sie auf Uferhöhe war, gab Kroog sein Seil an Grahne, um sich zur Leiche zu beugen und sie vorsichtig auf den Boden zu ziehen.
Danach wurde der Taucher, der mit zwei Seilen gesichert war, ebenfalls zum Ufer gezogen.
Heide Rose sah sich derweil schon die tote junge Frau, die sie aus dem Wasser geholt hatten, etwas genauer an.
Sie war etwa Mitte bis Ende zwanzig, von normaler Statur und hatte an ihrem rechten Ringfinger einen Ehering. Also würden sie zuallererst die Vermisstenanzeigen durchgehen, beschloss Rose.
»Also, nur weil ihre Hand sich in der Astgabel verfangen hatte, ist sie nicht weiter abgesackt«, meldete sich der Taucher zu Wort.
»Unter ihrem Körper war nämlich nichts, gut ... außer dem Gewicht, aber sie stand quasi im Wasser und mit der Hand über der Oberfläche. Das Gewicht konnte auch noch weiter runter, hätte sie sonst auch noch tiefer gezogen ...« Er stockte, beim Gedanken daran. »Als wenn sie im Wasser stände und winkte, ist das nicht gruselig?«, fügte er

schließlich noch hinzu und schüttelte sich.

»Aber Tod durch Ertrinken können wir ausschließen oder Kroog?«, fragte Rose ihren Kollegen von der Rechtsmedizin, der sich die Tote genauer ansah.

»Sie haben die Würgemale am Hals gesehen oder? Ja, Sie haben recht, sie ist gewürgt worden, bevor man sie ins Wasser stieß. Ob sie allerdings schon tot war oder nur bewusstlos, wird die Obduktion ergeben«, erklärte der Kollege.

»Gut, können Sie mal nachsehen, ob die Tote irgendwelche Papiere bei sich hatte?«, bat Rose ihn, und er tastete die Leiche vorsichtig ab. Heide ging nun etwas näher, neben den Kopf, und sah sich die Tote genauer an.

Sie wurde plötzlich kreidebleich, und zeitgleich mit Kroog, der die Papiere der Toten gefunden hatte, sagte sie: »Marie Fuchs!« Kroog sah sie an.

»Sie kennen sie?«, fragte er, und Grahne, der fast vergaß, den tauchenden Kollegen am Ufer aus dem Wasser zu ziehen, musterte sie.

Heide Rose sah wirklich etwas betroffen aus, stellte er fest.

»Äh, ja«, versuchte sie sich zu fangen.

»Ihr gehört oder gehörte der kleine Blumenladen bei mir um die Ecke, wo ich immer Blumen gekauft habe«, erklärte sie und wandte nun endlich ihren Blick ab.

Grahne hatte den Taucherkollegen aus dem Wasser geholfen und sah sich die Tote ebenfalls genauer an.

Ihre Augen waren wie vor Schreck aufgerissen und das Gesicht verzehrt. Die Würgemale am Hals waren sehr deutlich.

»Was hatte sie denn als Gewicht an sich gehabt?«, fragte Grahne den Taucher, nachdem er das abgetrennte Seil um ihre Beine bemerkt hatte.

»Also, das Wasser ist so trüb, das konnte ich nicht richtig sehen«, meinte er und schüttelte seinen Kopf.

»Das ist aber Beweismaterial«, stellte Grahne fest.
»Deshalb habe ich das Seil, wo es noch dranhängt, an der toten Birke befestigt. Damit wir es bergen können«, zwinkerte er Grahne an, und dieser nickte anerkennend.
»Haben Sie ein Seil von wenigstens zehn Metern? Dann können wir es gleich bergen«, sagte er, doch Grahne musste verneinen.
Einer der Polizisten, die die Leute am Weg von dem Fund abschirmten, kam zu den Ermittlern.
»Die Gruppe, die die Leiche gefunden hatte, lässt fragen, wann sie ihre Wanderung oder Führung durchs Moor fortsetzen können«, teilte er ihnen mit.
»Haben Sie von allen die Personalien aufgenommen, wie ich Ihnen gesagt hatte?«, fragte Rose ihn, und er nickte zustimmend.
»Dann können sie natürlich alle weiter, wie ich Ihnen aber ja auch schon gesagt hatte«, stellte Rose fest und fragte an den Taucher gewandt: »Was glauben Sie, wann Sie das Gewicht geborgen haben?«
»Na ich hoffe heute noch, zwei Kollegen sind mit Seilen unterwegs hierher.«
»Sehr schön«, stellte Rose fest und wandte sich zum Gehen.
»Wollen sie nicht die Adresse von der Toten wissen?«, fragte Kroog, der sich gerade einen Müsliriegel in den Mund schieben wollte.
»Brauch ich nicht, sie wohnte mit ihrem Mann über ihrem Blumenladen«, sagte Rose zu ihm gewandt und ging einfach los.
Grahne sah Kroog etwas irritiert an, nickte ihm dann zu und ging hinter seiner Chefin her. Er spürte, dass ihr der Mord an der jungen Frau naheging, ließ sie aber erst mal in Ruhe.
Am Weg zurück zum Auto blieb sie stehen, drehte ihr Gesicht in Richtung Sonne und holte tief Luft. Grahne beobachtete sie dabei. Ihr verkrampfter Körper entspannte

sich etwas, sie holte noch mal tief Luft und sah ihn dann plötzlich an.
»Grahne, wir müssen ihren Mann informieren«, sagte sie und wandte sich zum Gehen.
»Möchten Sie, dass ich das mache?«, fragte er Rose und sah sie an. »Nein, aber danke. Ich werde es machen«, stellte sie fest und ging weiter.
Sie kannte Marie Fuchs nur als liebenswerte Person, konnte sich nicht vorstellen, wer sie, warum auch immer, getötet hatte. Aber wer versteht schon die Menschen, dachte sie.
Wo du auch bist, ich werde deinen Mörder finden, schwor Heide Rose. Sie wusste, sie würde sie vermissen und ihre wunderschönen Kreationen, die netten Gespräche und einfach das Lachen der freundlichen Floristin.

Wenig später klingelten sie an der Haustür Fuchs. Der Ehemann, Lars Fuchs, meldete sich durch die Sprechanlage.
»Kommissare Rose und Grahne von der Kripo Oldenburg, wir möchten Sie bitte sprechen«, sagte sie in die Sabbelbox, und Sekunden später ging die Tür summend auf.
Herr Fuchs sah die zwei Ermittler verwundert, aber auch hoffungsvoll an und bat sie herein.
»Kommen Sie wegen meiner Frau? Haben Sie sie endlich gefunden?«, fragte er auch schon, und Heide Rose überlegte kurz. »Wie lange vermissen Sie Ihre Frau schon?«, wollte sie von ihm wissen. »Seit drei Tagen jetzt. Ich hatte es melden wollen, war auf dem Revier, aber man wies mich ab, meinte, ich solle einfach warten. Wie geht es ihr denn, und wo ist sie?« Herr Fuchs wurde ungeduldig.
»Setzen Sie sich bitte«, schlug Heide Rose vor und nahm ebenfalls Platz auf einem Sessel. Der junge Mann tat wie ihm geheißen und sah sie erwartungsvoll an.
»Herr Fuchs, wir haben ihre Frau gefunden. Ich muss Ihnen allerdings sagen, dass sie tot ist. So, wie es aussieht, wurde

sie ermordet«, berichtete sie.
»Was? Aber wer … ich verstehe nicht«, stammelte er, sprang vom Sofa auf und lief hin und her.
»Ich dachte beim Wer könnten sie mir helfen. Gab es jemanden, der ihrer Frau etwas antun wollte? Hatte sie Feinde?« Heide ließ ihre Augen durch die Wohnung schweifen, Grahne beobachtete währenddessen Herrn Fuchs, der weiterhin aufgeregt umherlief und sich immer wieder die Hände vors Gesicht hielt.
»Nein, Marie doch nicht, das heißt … ja natürlich. Da war doch dieser Stalker. So ein Typ, der meinte, Marie und er wären füreinander geschaffen. Wir hatten eine Verfügung erwirkt, dass er sich ihr nicht mehr als fünfhundert Meter nähern darf«, erzählte er und sah die zwei an.
»Können Sie mir den Namen dieses Mannes geben?«, fragte Heide Rose, und Lars Fuchs ging zum Regal und zog einen Ordner heraus, um ihr wenig später den dort notierten Namen und die Adresse zu geben.
»Seit wann genau haben Sie Ihre Frau vermisst?«, wollte sie dann noch von ihm wissen.
»Das war Donnerstag. Ich kam von der Arbeit, und sie war nicht da, ich bin dann in den Laden. Petra war dort, unsere Aushilfe. Sie hatte meine Frau abgelöst, Marie wollte mit Fibi rausfahren zum Spazierengehen. Mehr wusste Petra auch nicht«, schloss er.
»Ja natürlich, Fibi ist ja auch nicht da«, entfuhr es Heide Rose, die sich in der Wohnung umsah. Der Witwer schaute sie verwundert an.
»Oh, ich bin … also war Stammkundin bei Ihrer Frau im Laden und hatte dort Bekanntschaft mit Fibi machen dürfen«, erklärte sie und sah ihren Kollegen an.
»Demnach ist der Hund auch nicht wiederaufgetaucht?«, fragte nun Grahne, und Lars Fuchs schüttelte den Kopf.
Er ging zum Fenster und schien sich ein paar Tränen

wegzuwischen.

»Nun, Ihre Frau ist im Wittemoor gefunden worden, vielleicht irrt die Kleine dort noch umher, wenn sie keiner gefunden und mitgenommen hat«, gab Heide Rose ihm einen Hinweis.

Der Mann schwieg kurz. »Also, wenn ich ehrlich sein soll, es war eigentlich mehr Maries Hund. Mich konnte die kleine Hündin nicht gut leiden, warum auch immer«, erklärte er schließlich.

»Heißt das, dass Sie sie nicht suchen wollen?«, fragte Rose verwundert. »Es hat zwar die letzten Nächte nicht mehr gefroren, aber wenn es noch mal Frost gibt, wäre es für Fibi sicher nicht gut«, hakte sie noch mal nach.

»Wie schon gesagt, ich kann mit ihr nichts anfangen, sie hört auch nicht, wenn ich sie rufe. Ich denke, sie ist bestimmt schon von jemand gefunden worden«, war sich Lars Fuchs sicher.

Heide Rose und Peter Grahne sahen sich an. Rose zuckte mit den Schultern, und Grahne hakte noch mal nach: »Diese Petra, die ihre Frau im Laden vertreten hat, wie heißt sie mit Nachnamen, und welche Adresse hat sie?«

Grahne notierte sich alles und steckte seinen Block wieder ein.

»Können Sie uns bitte den Laden von Marie zeigen, ich möchte mich mal kurz umsehen?« Rose sah den Witwer bestimmend an.

Er holte wortlos den Ladenschlüssel und begab sich mit den beiden in den Blumenladen seiner Frau. Grahne ging in den Ladenraum, sah unter den Verkaufstisch, schob dort ein paar Dinge hin und her, während Rose in dem Nebenraum verschwand, wo sie einen kleinen alten Schreibtisch vorfand. Sie schaute in die Schubladen, eine kleine Tür an der Seite, und letztendlich nahm sie den Stapel mit den Briefen, der dort lag. Post von verschiedenen Firmen,

Blumenhändlern. Wahrscheinlich Rechnungen und Bestellscheine, dachte Rose und schaute in einen Umschlag, um festzustellen, dass sie recht hatte. Sie legte ihn wieder zu den anderen. Dann sah sie einen Brief von einem Notar dazwischen, er hatte eine Hamburger Adresse, wie sie gleich feststellte. Sie nahm ihn aus dem Umschlag und überflog die Zeilen. Marie hatte geerbt, und zwar von ihrem Vater, der verstorben war. Die Kommissarin überlegte einen Moment, dann steckte sie die Benachrichtigung des Notars ein und sah sich weiter in dem Hinterzimmer von Maries Laden um.
An einer Wand waren viele Regale, allerdings mit Boxen gefüllt, wo vorne draufstand, was sie enthielten. Rose nahm wahllos eine raus und sah hinein, dann noch eine und noch eine, doch es waren tatsächlich lediglich Dekorationen darin. Rose wusste auch nicht, was sie sich vorstellte, vielleicht ein Tagebuch mit Informationen zu dem Mörder? Ja, das wäre doch mal nett, dachte sie und schaute sich nach Grahne um.
Er kam gerade zu ihr und zog die Schultern hoch. »Nichts Besonderes«, meinte er, und Rose nickte zustimmend.
Der Witwer stand die ganze Zeit vorne im Verkaufsraum vor der Ladentür und schaute raus, ohne ein Wort von sich zu geben.
»Gut, wenn Ihnen sonst niemand einfällt, der für den Mord an Ihrer Frau infrage kommt«, sagte Rose, während sie ebenfalls zur Tür ging und den Witwer fragend ansah.
»Nein, im Moment nicht.« Lars Fuchs ging vor, wieder durch den ganzen Laden, und öffnete den Kommissaren die Hintertür.
»Sagen Sie, führte ihre Frau vielleicht ein Tagebuch?«, fragte Rose den Witwer noch auf der Türschwelle. Doch er verneinte.
Grahne gab ihm noch eine Karte, falls ihm noch etwas

einfiel, und die zwei gingen durchs Treppenhaus in den Hof.
»Was nun?«, fragte Grahne, als sie wieder in Heides RAV4 saßen.
»Also den Stalker möchte ich mir gleich mal ansehen, der wohnt gar nicht so weit weg, am Rande von Oldenburg«, erklärte Rose und startete den Wagen.

***

»Jens Bulrich?«, fragte Rose den jungen Mann, der auf ihr Klingeln hin die Tür öffnete.
»Wer will das wissen?«, fragte er und musterte die zwei vor seiner Tür.
»Kriminalpolizei, mein Name ist Rose, und das ist mein Kollege Grahne. Dürfen wir kurz reinkommen?« Rose ging einen kleinen Schritt auf die Tür zu, doch der junge Mann wich keinen Zentimeter zurück.
»Ich wüsste nicht warum«, entgegnete er und sah die Ermittler abwechselnd herausfordernd an.
»Nun, es geht um Marie Fuchs, wir hätten da ein paar Fragen zu ihrem Verbot, sich der jungen Frau zu nähern. Wo waren sie zum Beispiel am Donnerstagnachmittag?«, fragte Rose und sah an Jens Bulrich vorbei in dessen Wohnung, Grahne beobachtete ihn dabei genau.
»Marie? Die habe ich die letzten Tage nicht gesehen, hat sie das etwa gesagt?« Er wurde beim Sprechen lauter, schnaubte leicht durch die Nase.
»Nein, wieso sollte sie?«, fragte Rose wieder, und Bulrich sah sie trotzig, aber schweigend an.
»Also, was wollen sie überhaupt, ich habe die Frau nicht wieder angefasst«, meinte der Stalker und sah von einem Kommissar zum anderen.
»Marie Fuchs wurde heute Morgen tot aufgefunden, sie wurde seit Donnerstag vermisst. Also, wo waren sie am

Donnerstagnachmittag?«, wiederholte Rose ihre Frage und schaute ihn dabei sehr streng an.
Jens Bulrich wurde nun leicht nervös, er klimperte mit seinen Augenlidern und schaute aufgeregt hin und her.
»Aber was soll das heißen, sie ist tot … ich habe sie geliebt. Wieso ist sie tot? Ermordet sagen sie? Aber wer …?« Er war plötzlich in sich gekehrt. »Wir waren füreinander bestimmt, sie hatte es nur noch nicht begriffen.« Tränen flossen aus den Augen des jungen Mannes, er schien wirklich verzweifelt zu sein.
»Herr Bulrich, Frau Fuchs war verheiratet, und zwar mit Lars Fuchs. Hatten Sie ihr wieder aufgelauert und abermals versucht, sie von etwas zu überzeugen, das nicht ist und nie sein wird?«, fragte Grahne nun und wurde von dem jungen Mann entsetzt angesehen.
»Nein! Unsinn, ich habe sie die letzten Tage nicht gesehen. Ihr Laden war auch zu, und ans Telefon ging ebenfalls niemand«, rechtfertigte er sich.
»Gut, dann können Sie uns ja auch sagen, wo Sie am Donnerstagnachmittag waren«, stellte Rose fest. Ihr Gegenüber dachte kurz angestrengt nach.
»Bis siebzehn Uhr habe ich gearbeitet, danach war ich noch etwas einkaufen und bin nach Hause gegangen. Habe mir Essen gemacht und den Abend über ferngesehen«, erzählte er und sah die kleine Kommissarin an.
»Wo genau haben sie bis siebzehn Uhr gearbeitet, und waren sie den ganzen Abend allein zu Hause?«, hakte Grahne nach.
»Ja, was glauben Sie denn, natürlich habe ich allein geschaut!« Bulrich war leicht gereizt, er hasste es wohl, ausgefragt zu werden, aber ihm blieb in diesem Fall nichts anderes übrig, als zu antworten.
Die Ermittler blieben stumm vor ihm stehen, er wollte schon fragen, was noch war, dann begriff er.

»Ach, meinen Arbeitgeber wollen sie noch, oder?« Er nannte Grahne den Namen und die Adresse und sah sie dann provozierend an.
»Ist sonst noch was?«, fragte er frech.
»Das ist erst mal alles, danke, Herr Bulrich! Sie sollten aber nicht in Urlaub oder dergleichen fahren, falls wir noch Fragen haben«, erklärte Rose.
Bulrich schüttelte den Kopf, ging rein und schloss die Tür vor der Nase der Ermittler.
Rose und Grahne sahen sich an, kehrten zum Auto zurück und setzten sich rein.
»Na, was sagen sie zu dem Mann, Grahne?«
Er überlegte kurz. »Ein komischer Typ, wenn Sie mich fragen«, meinte er dann.
»Ich frage Sie ja«, lachte Rose.
»Also, seine Trauer und Betroffenheit waren echt, er schien tatsächlich keine Ahnung von ihrem Tod gehabt zu haben.«
»Oder er hat sich gut verstellt«, warf Rose ein.
»Nun, klar ich kann mich auch irren, und er ist ein sehr guter Schauspieler«, musste Grahne zugeben.
»Okay, also ich bringe Sie jetzt nach Hause, heute können wir ohnehin nichts mehr ausrichten«, stellte Rose fest und startete den Wagen.

In der Ferne waren Krähen zu hören, und der Wind frischte etwas auf.
Heide Rose bekam eine leichte Gänsehaut, als sie heute zum zweiten Mal den Weg in Richtung Wittemoor ging.
Der Gedanke, dass die kleine Chihuahua Hündin von Marie Fuchs hier noch allein umherirrte, ließ sie nicht los.
So war sie, nachdem sie Grahne abgesetzt hatte, direkt noch mal hierhergefahren.
Es war bereits früher Nachmittag. Die Kollegen waren alle schon fort, und auch sonst war keine Menschenseele im

Moor zu sehen.
Wieso nur war Marie Fuchs mit ihrer kleinen Hündin hierher zum Spazieren gegangen? Machte sie das öfter? Rose würde das in Erfahrung bringen müssen. Vor allem, wer noch davon wusste, dachte sie.
Nichts war von dem Tumult heute Morgen zu sehen, außer dem rot-weißen Absperrband, das im Wind flatterte und den Zugang zu dem kleinen Trampelpfad verhindern sollte. Heide Rose bückte sich und ging darunter durch, dann sah sie sich noch mal um, ob jemand zu sehen war, doch sie war allein.
Ganz langsame, leise Schritte machte sie und horchte.
Doch außer den Krähen und einigen Gänsen in der Nähe hörte sie nichts.
Sie summte leise ein Lied vor sich her, sie wollte die kleine Hündin nicht verschrecken. Denn das war sie sicher schon genug. Bestimmt hatte sie den Mord an ihrem Frauchen mit ansehen müssen. Wusste ein Hund, was da passiert war?
Rose war sich fast sicher und suchte die Umgebung nach der kleinen beigefarbenen Hündin ab.
»Fibi«, rief Rose etwas hilflos, sie hatte keine Erfahrung mit Hunden. Als Kind wollte sie immer gerne einen haben, aber ihre Mutter lehnte ein Tier generell ab. »Hallo, Fibi, komm«, versuchte sie es abermals.
Sie stand jetzt an dem Punkt, wo sie Marie Fuchs aus dem Wasser gezogen hatten. Man konnte deutlich das platt getrampelte Gras sehen, und es war auch noch überall nass.
Rose ging ein kleines Stück weiter, da lag ein umgestürzter Baum, der prima zum Sitzen war, wie eine Bank. Was Rose auch gleich mal ausprobierte. War Marie auch hier gewesen? War sie am Ende hier überrascht worden?
Heide schaute sich den Baum genauer an, ohne jedoch umherzulaufen, sie vergaß den Hund für einen Augenblick und sah sich alles genau an.

Was war das? Zuerst dachte sie, dort wäre auch etwas Wasser am Glitzern, aber nur eine Sekunde, dann sah sie, was es war.

Eine silberne Kette lag dort auf dem Boden. Heide holte ihr Handy raus und fotografierte den Fundort genau.

Wieso war es ihren Kollegen nicht aufgefallen? fragte sie sich und ließ die Kette in einer Tüte verschwinden, die sie im Dienst immer bei sich trug.

»Fibiiii«, rief sie und besann sich wieder auf ihr eigentliches Vorhaben.

Würde die kleine Hündin überhaupt auf ihr Rufen reagieren? Sie hatte schließlich eine andere Stimme als ihr Frauchen, doch sie kannte Rose andererseits auch aus dem Laden, überlegte sie und rief noch mal: »Fibiiii!«

Plötzlich hörte sie ein helles, zartes *Wuff,* und aus einem nahen Gebüsch, das auch noch von Grasbüscheln zugewachsen war, kam die kleine Chihuahua Hündin auf Heide Rose zugestürmt. Sie begrüßte Heide genauso freundlich wie bei ihrem Frauchen im Laden.

Sie hatte einen Hundepullover an, der etwas schmutzig war, und zitterte am ganzen Körper. Rose nahm sie hoch und warf noch einen Blick auf den Busch, aus dem die kleine Hündin eben kam. Irgendetwas glänzte dort. Rose ging näher und näher. Als sie direkt davorstand und sich hinhockte, um danach zu greifen, sah sie, dass es eine Sitzunterlage war. Eine Seite war kuschelig und die andere mit wärmender, wasserdichter Alubeschichtung überzogen. Heide Rose zog sie langsam heraus und musste feststellen, dass die kleine Hündin sie sich dort reingezogen haben musste. Ob sie Marie Fuchs gehörte?, fragte sich Rose. Sie nahm es an. Auf jeden Fall sollte die Spusi sich das Teil mal genauer ansehen, beschloss Rose, als sie den Trampelpfad wieder zurückging.

Die Hündin wehrte sich ein wenig, und Heide blieb stehen.

Fibi sah sie mit ihren großen Augen an und blickte auf das Wasser, der Baum lag unverändert darin.

»Du kannst hier nicht bleiben«, redete die Kommissarin mit der Hündin und hoffte, dass sie wenigstens etwas von dem verstand, was sie zu ihr sagte.

Sie zitterte immer noch, Heide öffnete den Reißverschluss ihrer Jacke und steckte sie kurzerhand vorne in ihre Jacke.

»Hm, was mache ich denn jetzt mit dir? Dein Herrchen hat ja mehr als deutlich zu verstehen gegeben, dass er dich nicht haben will. Für einen Außenzwinger im Tierheim scheinst du mir zu klein, außerdem könntest du ja auch eine Zeugin sein«, stellte Rose fest und streichelte das Köpfchen der Hündin.

Klar, eine Zeugin bist du sicherlich, dachte Heide Rose und überlegte, was sie mit ihr machen sollte. Sie wollte sich ihrer Annehmen, das stand fest, doch sie hatte weder Futter noch Körbchen für das kleine Tier.

Nun gut, fahren wir zu deinem Herrchen, er hat ja alles für dich da, und wenn er dich dann tatsächlich nicht nehmen will, soll er deine Sachen rausrücken, beschloss Heide, als sie bei ihrem Wagen ankam.

Doch zunächst fuhr sie bei der Spusi vorbei und brachte ihnen die Kette und die Sitzunterlage, sie sollten mal untersuchen, ob daran noch was zu finden war.

Als sie wenig später in dem Hof zu Fuchs' Wohnung hielt, hatte sie bereits beschlossen, dem Herrchen die Kleine nicht auszuhändigen.

Aber sie nahm sie mit nach oben, denn sie wollte sehen, ob sie ihr Herrchen wirklich nicht mochte.

Kaum vor der Wohnungstüre des Ehepaars Fuchs, fiel Heide Rose auf, dass die kleine Hündin wieder zitterte, sie hielt immer eine Hand von außen gegen die Jacke, damit sie nicht unten durchrutsche. Lars Fuchs stand oben im

Türrahmen.
»Guten Tag, ich habe Fibi gefunden«, sagte Rose und hielt dann inne, da die kleine Hündin bellte.
»Ich habe Ihnen doch gesagt, dass sie mich nicht mag. Ich kann mit Tieren nichts anfangen, dass merkt sie wohl«, stellte er fest.
»Ja, das sagten Sie, ich will sie ja auch zu mir nehmen, sie scheint mich zu mögen. Ich wollte Sie nur fragen, ob ich ihre Sachen haben kann. Körbchen und ganz wichtig ihr Futter, sie ist total ausgehungert. Man kann ihre Rippen spüren«, stellte Rose fest und sah den Witwer an.
»Ja, na klar. Kommen Sie rein, ich hole alles«, erwiderte er, ließ die Tür offen und ging schon ihre Sachen zusammenzusuchen.
Heide Rose staunte nicht schlecht, was so ein kleiner Hund alles hatte. Da kamen drei Körbchen zusammen, und nun wollte Herr Fuchs noch das Futter, die Näpfe und Leckerlis holen.
»Ich bringe die Körbe schon nach unten zum Wagen«, sagte sie und nahm alle drei mit der freien Hand.
Eine Kuschelhöhle tat sie auf den Beifahrersitz, die anderen zwei schmiss sie auf die Rückbank. Die kleine Fibi holte sie aus ihrer Jacke und hielt sie vor ihre Kuschelhöhle. Schnell grub sie mit ihren Pfötchen danach, und Heide ließ sie los.
Schwupp, war sie in ihrer Höhle verschwunden, sie drehte sich im Kreis und legte sich hin.
Heide schloss den Wagen ab und ging wieder nach oben.
Die Haustür hatte sie mit dem Holzkeil, der da unten neben der Tür auf dem Boden lag, blockiert. So brauchte sie nicht zu klingeln.
Herr Fuchs hatte alles in eine Plastiktüte getan, sie hasste diese Dinger, aber dies war eine Ausnahme.
»Da sind die ganzen Dosen Nassfutter für die Kleine drin, sie verträgt wohl auch nicht alles, wie Marie mal sagte.

Obendrauf habe ich die Leckerlitüten gelegt und natürlich die Näpfe«, erklärte er und wollte ihr die Tüte geben.
Er hielt plötzlich inne.
»Ach, sie hatte ja auch noch einen Mantel und Pullover für die Hündin, die liegen hier vorne in der Schublade.« Er öffnete eine in der Flurkommode, nahm die zwei Teile raus und steckte sie ebenfalls in die Tüte.
»Ich will das natürlich nicht alles umsonst haben. Was bekommen Sie denn dafür?«, wollte sie von Lars Fuchs wissen, der sie ganz erstaunt ansah. Er schüttelte erst seinen Kopf, doch dann hielt er inne und überlegte.
»Nun, die Körbchen, Futter und Mäntel ... wären fünfzig Euro in Ordnung?«, fragte er die Kommissarin. Sie nickte und holte ihr Portemonnaie aus der Tasche, um ihm das Geld zu geben. Zum Glück war sie zuvor bei der Bank am Geldautomaten gewesen, dachte sie und gab ihm den gewünschten Betrag. Dann nahm sie die Tüte mit den ganzen Sachen entgegen und verabschiedete sich.
Hm, dachte Heide auf der Treppe nach unten, er wirkte echt erleichtert, als sie den Hund behielt. Sie schienen tatsächlich keine gute Beziehung zu haben. Heide konnte es nicht nachvollziehen, aber Marie Fuchs hatte ihr ja mal erzählt, dass Fibi nicht jeden an sich ranließ.
Rose packte die Tüte in den Kofferraum und fuhr das kurze Stück zu sich nach Hause. Es war am späten Nachmittag, sie wollte zunächst bei einer Freundin anrufen, die sich mit Hunden auskannte, und fragen, was man beachten sollte und überhaupt. Sie hatte ja keine Ahnung.

Peter Grahne war mit Freunden unterwegs, aber als sie alle in einem Café saßen, musste er an den Morgen im Moor denken. Daran, wie blass Heide Rose mit einem Mal war, als sie die Leiche von Marie Fuchs sah.
Natürlich war es schrecklich, wenn man einen Toten kannte,

wenn er aus dem bekannten Umfeld war. Dann war sie auch noch so jung gewesen, die Floristin. Peter war sich sicher, dass Heide Rose echte Sympathie für die junge Geschäftsfrau empfand. Es war deutlich zu sehen gewesen.
Auch als sie beim Witwer waren, schien Heide Rose betroffen, als sie hörte, dass der keine Hund der Toten ebenfalls verschwunden war. Vielleicht gab es ja eine Möglichkeit, dass man mal nach dem Hund dort ein wenig suchte, dachte Peter Grahne und bestellte sich einen Tee, als die Kellnerin an den Tisch der fröhlichen Gruppe kam.
»Na, wo warst du denn eben, Peter?«, wollte Anna, die Freundin seines Kumpels, wissen. Peter sah sie erschrocken an, er hatte nicht gedacht, dass es aufgefallen war, aber da hatte er sich wohl getäuscht.
»Nun, ich hatte heute Morgen schon einen Einsatz, der kam mir gerade wieder in den Sinn, sorry«, erklärte Peter und nickte ihr zu.
»Nein, das kann ich doch verstehen. Ist bestimmt nicht immer einfach, da den Abstand zu bewahren, wenn man die Toten sieht oder?«, erkundigte sich Anna nun genauer.
Doch bevor Peter darauf antworten konnte, warf sein Freund ein, dass er nun aber ja Feierabend habe und bestimmt das auch gerne mal vergessen würde.
Sie nickten sich zu und nahmen ihre bestellten Getränke von der Kellnerin entgegen, die gerade kam.
Die Sonne spitzte durch die Wolkendecke und wärmte die Freunde, die sich mutig draußen an einen Tisch gesetzt hatten. Eingehüllt in die Wolldecken, die man dafür auf die Stuhllehnen gelegt hatte.

***

Jens Bulrich stand vom Fernseher auf und ging aufgeregt

hin und her. Er konnte sich nicht auf den Film konzentrieren, nein, es schwirrten ihm zu viele Gedanken im Kopf umher.
Marie vor Tagen ermordet, erwürgt und ins Moor ... Er sah seine Hände an. Tränen liefen über seine Wangen, und seine Hände wurden zu Fäusten.
Nie wieder würde er ihr folgen können, sie sehen oder gar anrufen können.
Er war plötzlich wütend, ja er war fuchsteufelswild und schmiss alles von seiner Kommode im Wohnzimmer, vom Tisch. Er hasste Marie, diesen Unbekannten, die ganze Welt und sich. Ja, sich hasste er auch.
Er ging heulend und schluchzend zu seinem Sessel, ließ sich hineinfallen und sackte in sich zusammen.

***

Ganz still saß er da und starrte ins Leere.
Nun lag seine Marie in der Gerichtsmedizin, dachte Lars Fuchs und versuchte seine Gedanken zu ordnen.
Was sollte er nun tun? Ihren Laden verkaufen oder vermieten?
Familie benachrichtigen, schoss es ihm durch den Kopf.
Doch da war niemand mehr, Maries Mutter war schon vor Jahren gestorben, kurz bevor er sie kennengelernt hatte. Geschwister hatte sie keine, ihre Mutter hatte nie geheiratet. Da war noch der Bruder der Mutter, Maries Onkel, aber er hatte keine Lust mit diesem Idioten Kontakt aufzunehmen. Nein, auf gar keinen Fall.
Ja, was sollte er mit dem Laden machen?
Vielleicht sollte er mal mit Petra reden, Maries Hilfe aus dem Laden, überlegte er.
Immer noch saß er still und starr da, keine Träne hatte er geweint und tat es auch jetzt nicht. Doch er wusste, Marie

kam nie wieder.
Plötzlich sprang er auf. Er musste etwas tun, ja er konnte nicht so tatenlos rumsitzen. Lars Fuchs ging zum Telefon.

***

Am Abend war Heide Rose mit genügend Input von ihrer Freundin Elke versorgt worden.
Sie war nun wesentlich entspannter, was die Sache *Hund* anging, auch wenn Fibi ja ein besonders kleines Exemplar war. Nur bei der Fütterung war sie sich mengentechnisch noch nicht so sicher, da es ja nach Gewicht ging. Rose hatte zwar eine Küchenwaage, aber die Batterie war leer. Doch morgen war ja schon Montag, und so würde sie heute Abend und morgen früh einfach schätzen, wie groß der Magen von Fibi wohl ungefähr war.
Doch vorher sollte sie noch mit der Hündin Gassi gehen, meinte Elke, und Heide leinte die Hündin an, um mit ihr in dem nahen kleinen Park herumzulaufen. Brav verrichtete sie dort ihr Geschäft, und nach einer halben Stunde gingen sie wieder nach Hause.
Die Hündin hatte am frühen Nachmittag, als Heide die ganzen Sachen von Lars Fuchs geholt hatte, schon ein wenig Futter bekommen.
Sie war natürlich sehr hungrig, doch Heide gab ihr nur ein wenig und dafür öfter, damit sie sich wieder an die Mahlzeiten gewöhnen konnte, so wie Elke sagte.
Nun bekam sie von Heide eine normale, geschätzte Portion, und die kleine Hündin hatte in Windeseile den Napf leer.
Ein schrecklicher Geruch stieg der Kommissarin plötzlich in die Nase. Nein, Moment, sie hatte ihn vorhin schon bemerkt.
Da fiel es ihr wie Schuppen von den Augen. Das Fell von Fibi war trotz des Pullis ganz schmutzig, jetzt, wo sie es sich

genauer ansah, fiel es ihr erst auf.
Aber was sagte Elke?! Bei Hunden darf man kein Menschenshampoo benutzen, nicht mal das für Babys. Sie stand auf und ging zu der Tüte, die sie einfach in die Ecke gestellt hatte und in der sich noch verschiedene Utensilien für die Hündin befanden.
»Ah, da ist es ja!«, meinte Heide zu sich selbst, als sie eine Flasche Hundeshampoo in Händen hielt.
»Tja, mein kleiner Schatz, dann kommst du heute wohl nicht drum rum«, sagte sie nun zu Fibi, die vor ihr stand und sie mit großen Augen ansah.
Heide nahm die Hündin einfach hoch und ging mit ihr ins Bad, um sie in der Wanne abzuduschen.
Doch schon eine halbe Stunde später saßen die beiden auf dem Sofa, Fibi auf einem dicken Handtuch, worin sie sich vorher noch gewälzt hatte, und sahen sich einen Film im Fernsehen an.
Nun war Heides Nase entspannt, und in Anbetracht dessen, dass sie Fibis Schlafkörbchen neben ihr Bett gestellt hatte, sah die Kommissarin der Nacht gelassen entgegen.

***

Den ganzen Tag hatte er seine innere Unruhe einfach nicht abschütteln können. Als er nun nach Hause kam, überlegte Peter Grahne, ob er seine Chefin einfach mal anrufen sollte. Ihr vorschlagen, dass man mal nach der Hündin im Moor suchte, vielleicht konnte man auch einen der Polizeihunde dafür bekommen. Schließlich war sie ziemlich angespannt wegen des verschwundenen Hundes gewesen, als sie ihn heute Mittag zu Hause abgesetzt hatte, das hatte er gemerkt.
Es war nun bereits zwanzig Uhr. Er überlegte, ob er anrufen sollte, immerhin war sie ja seine Kollegin, sie waren ein

Team, und da sollte man auch aufeinander achten, dachte er und ging zum Telefon.
Heide Rose meldete sich mit entspannter Stimme am anderen Ende.
»Grahne hier, ich dachte … also Sie waren heute Mittag ziemlich in Sorge wegen des kleinen Hundes. Vielleicht könnte man morgen ja mal eine Suche organisieren. Was halten Sie davon?«, fragte er seine Kollegin.
»Also Grahne, Ihnen entgeht aber auch nichts«, lachte sie am anderen Ende. »Das brauchen wir aber nicht mehr, die Hündin ist gefunden worden, es geht ihr gut.«
»Oh, na dann ist ja alles in Ordnung. Dann sehen wir uns morgen im Büro«, meinte er, und verabschiedete sich von seiner Partnerin.
Grahne war froh, sie hatte sich gut angehört, irgendwie erleichtert.
Nun wollte er den Tag ruhig ausklingen lassen und stellte seine Musik an, um zu entspannen.

***

Heide bemerkte im Laufe des Abends auf dem Sofa, dass die kleine Hündin mehrmals niesen musste, auch als sie später in ihrem Körbchen neben Roses Bett lag. Sicher hatte sich Fibi während der Tage im Moor erkältet, da es nachts nur zwei bis vier Grad waren, überlegte Rose im Bett.
Morgen früh wollte sie sowieso erst zum Tierarzt fahren, so hatte es ihr ihre Freundin Elke aufgetragen. Einmal den Hund durchchecken lassen, ob noch alles in Ordnung war nach dem Abenteuer im Moor.
Heide stand auf und holte Fibi zu sich ins Bett, was dieser sichtlich unangenehm war. Doch die Kommissarin ließ sich nicht von dem Zittern und dem ängstlichen Blick der Hündin beirren, sie legte sie neben sich, schön unter die kuschelige,

warme Decke.
Ganz verkrampft lag sie da, doch Heide versuchte es zu ignorieren, so wie man das bei ungewolltem Verhalten bei Hunden machen sollte. Nur gut, dass Elke ihr schon einiges erzählt hatte, so konnte sie nicht so viel falsch machen.
Heide begann die kleine Hündin zu streicheln, sobald sie sich entspannte, und schon kuschelte sich der Chihuahua an sie ran. Also, geht doch, dachte Heide und freute sich über ihren ersten Erfolg bei dem Hund.

4

Am Montagmorgen ging sie nach dem Duschen als Erstes mit Fibi raus, danach bekam diese ihr Futter und Heide ihr Frühstück.
Der Tierarzt war sehr zufrieden mit der kleinen Hündin, sie war bis auf eine kleine Erkältung gesund und bekam zur Stärkung eine Spritze.
Dann fuhr die Kommissarin mit der Hündin ins Büro.
Sie hatte lange überlegt, was sie mit ihr machen sollte, und sich entschlossen, sie einfach mitzunehmen.
Ihr war klar, dass es gleich ein großes Hallo geben würde, aber das war ihr egal.
Sie wollte sie auf gar keinen Fall ins Tierheim bringen, und außerdem war sie eine Zeugin, denn sie hatte sicher den

Mörder von Marie Fuchs gesehen und würde ihn wiedererkennen. Das Gute war, dass Fibi ihr überallhin folgte.

So ging sie wie gewohnt ins Präsidium, ohne dass der Kollege am Eingang den kleinen Hund unten sah. Auf den Fluren erntete sie schon erstaunte Blicke, aber keiner sagte etwas, bis sie ins Büro kam.

»Da sind Sie ja!« Grahne war erleichtert, seine Chefin zu sehen.

»Ja, sorry … wir mussten noch zum Tierarzt«, erklärte Rose und Grahne bekam große Augen.

»Kann ich davon ausgehen, dass das Fibi ist?«, fragte er, und Rose nickte.

»Gestern bin ich noch mal ins Wittemoor und habe sie gesucht, es hat mir einfach keine Ruhe gelassen. Der Arzt sagt, sie ist gesund, bis auf eine kleine Erkältung«, erklärte Rose und blickte Grahne an.

Er sah irgendwie aufgewühlt aus und besorgt.

»Sie haben sich Sorgen gemacht, weil ich heute Morgen nicht gleich da war?«, fragte die Kommissarin verwundert.

»Natürlich, wenn Sie sonst so pünktlich sind, ist das schon irgendwie …« Grahne fand die richtigen Worte nicht, aber Rose verstand.

»Okay, ich werde Sie das nächste Mal informieren. Vielleicht per WhatsApp?« Sie sah ihn an, und er nickte.

»Das wäre klasse, ich finde es besser, wenn wir uns gegenseitig über so was informieren«, erklärte er. »Es hätte ja auch was passiert sein können.« Rose verstand ihn. Er hatte natürlich recht.

»Gut, was gibt es denn Neues?«, wollte die Kommissarin von ihrem Kollegen wissen, nachdem sie sich auf ihrem Schreibtischstuhl niedergelassen hatte.

Fibi setzte sich auf dem Boden neben sie und sah sie groß an.

»Nun, Marie Fuchs wurde an dem Tag ihres Verschwindens bereits erwürgt und in das Moor geschmissen, mit dem Gewicht an den Füßen«, erzählte Grahne. »Was übrigens ein großer Pflanzstein war, überall im Baumarkt erhältlich, wiegt 50 kg so ein Teil.«
Sie hörte ihm gebannt zu, als plötzlich Fibi jaulte.
Grahne stand von seinem Schreibtisch ihr gegenüber auf und schaute zu dem Hund, der Rose flehend ansah.
»Haben Sie ihr keinen Korb oder Ähnliches mitgebracht?«, wollte er von Rose wissen. »Äh, nee, wieso denn?«
Fibi war im Laden von ihrem Frauchen auch immer in ihrem Körbchen, Marie Fuchs hatte ihr auch mal gesagt, dass Hunde morgens nach dem Gassigehen noch mal schlafen.
Heide Rose, du bist eine doofe Nuss, dachte sie.
»Nun, Sie sitzen auch bequem auf ihrem Stuhl und ...«, begann Grahne, doch Heide Rose hob die Hand.
»Ja, ich hab schon verstanden, hab da echt nicht dran gedacht. Moment, ich bin gleich wieder da«, erklärte sie und ging aus dem Büro wieder raus zum Auto.
Natürlich gefolgt von Fibi, denn ihr neues Frauchen wollte der kleine Chihuahua unter keinen Umständen aus den Augen lassen.
Sie hatte den Korb eigentlich für Fibi im Auto gelassen, damit sie sich da hinlegen konnte, aber gut, dann kam er eben ins Büro. Als die Kommissarin nun mit einem Hundekörbchen den Pförtner passierte, stand dieser auf und sah sich die Sache genauer an.
Doch bevor er etwas sagen konnte, warf Heide Rose ein:
»Das ist eine wichtige Zeugin, sie steht unter meinem persönlichen Schutz«, und ging einfach weiter, gefolgt von ihrer Zeugin.
Der Pförtner stand sprachlos da und schaute den beiden hinterher. So etwas hatte er sicher noch nie erlebt!.
Er widmete sich wieder seinem Frühstücksbrot und dem

heißen Kaffee.

Rose platzierte den Hundekorb hinter sich an der Wand, gleich neben dem Aktenschrank. Fibi schnupperte kurz, und schwupp, sprang sie rein und kuschelte sich in die Decke. Grahne schaute Rose triumphierend an.
»War da noch was, dass Sie mir berichten wollten?«, fragte sie ihn schnell, um wieder zur Sache zu kommen.
»Ähm, ja.« Grahne sah auf seine Unterlagen.
»Laut der Spuren am Boden saß sie auf diesem Baumstumpf, als der Mörder sie von hinten angriff und tötete. Dabei muss ihr auch die Kette gerissen sein. Sie hat aber ebenfalls auf der Sitzunterlage gesessen, denn diese hatte Faserspuren ihrer Hose und des Pullovers. Nach dem Mord muss er den Pflanzstein an ihren Füßen befestigt und sie direkt im Moor versenkt haben«, berichtete Grahne und sah kurz zu dem kleinen Hund.
»Wie jetzt, direkt nach dem Erwürgen schmiss er sie ins Moor?« Rose konnte sich nicht vorstellen, dass der Mörder da mit einem fünfzig Kilo schweren Stein durchs Moor gewandert war.
Grahne schaute noch mal auf den Bericht von Kollege Kroog.
»Also, hier steht nichts weiter, aber die Spusi hatte eine Schleifspur von ein paar Metern gefunden, bis unter einem Busch. Demnach wurde die Tote dorthin gezogen. Vielleicht hatte der Mörder sie dorthin gelegt, um dann in Ruhe den Stein zu holen?«, überlegte Grahne.
»Ja, damit sie niemand sieht, das wäre vorstellbar«, fand auch Rose.
»Hat Kroog sich schon wegen dem Obduktionsbericht gemeldet?«, fragte Rose ihren Kollegen, doch er schüttelte verneinend den Kopf.
»Na, dann lassen Sie uns mal dort hinfahren.« Schon stand

Rose auf und ging zur Tür. Grahne ergriff seinen Mantel und folgte ihr. Doch nun musste er aufpassen, denn vor ihm lief ein kleiner Chihuahua, der ebenfalls Rose folgte.
Grahne musste grinsen, was für ein Anblick sie nun waren, und er fragte sich, wie lange das wohl so blieb.
»Was ist das denn?!« Ein Kollege sah die drei und blieb mit großen Augen und offenem Mund stehen. Ein weiterer Polizist meinte auch seinen Senf dazugeben zu müssen.
»Das ist ein Rottweiler für Arme«, meinte er, und die zwei lachten sich fast kaputt darüber.
Rose ging auf die Kollegen zu. »Also, dass ich keinen Rottweiler brauche, solltet Ihr doch wissen oder? Vielleicht sollte ich euch das noch mal beim nächsten Training beweisen«, meinte Rose lässig mit einem Zwinkern, und die beiden waren augenblicklich still.
Sie erinnerten sich noch sehr gut daran, dass Rose sie beim Training auf die Matte gelegt hatte.
»Es geht euch zwar nichts an, aber Fibi ist eine Zeugin und steht unter meinem persönlichen Schutz«, rief Rose ihren Kollegen noch zu, während sie dem lachenden Grahne nach draußen folgte.

Während Rose und Grahne in die Pathologie gingen, blieb die kleine Hündin allerdings im Auto. Karl Kroog war mal wieder am Müsliriegelkauen, als die zwei eintrafen.
Auf dem Tisch lag Marie Fuchs, bis zu den Schultern zugedeckt, er schien gerade mit ihr fertig zu sein.
»Hallo, hast du schon was für uns?«, fragte Rose hoffungsvoll den dicklichen Mediziner.
»Rose! Dir geht es wieder nicht schnell genug was?!«, stellte Kroog fest und legte sein Diktiergerät beiseite.
»Stimmt, bei mir tun sich die ersten Fragen auf, und ich dachte, du kannst sie mir bestimmt beantworten«, sagte sie und lächelte ihn nett an.

»Ah, zum Beispiel?«, fragte er und legte auch seinen Müsliriegel hinter sich auf den Tisch mit den Unterlagen.
»Weißt du, wie lange sie in etwa tot war, bis sie im Wasser versenkt wurde?«, kam Rose gleich zur Sache.
»Nun, das kann nicht lange gewesen sein, also keinen Tag oder gar Tage. Was meinst du mit deiner Frage genau?«
»Na ja, sie wurde wohl ein Stück weiter abgelegt, und ich will wissen, ob der Mörder seinen Stein direkt aus dem Wagen geholt hat, oder hat er sie erst ein paar Stunden oder Tage danach ...« Rose sah die Tote an.
»Ah, ich verstehe, worauf du hinauswillst. Nein, wie schon gesagt, es hat keinen Tag lang gedauert. Er muss den Stein dabeigehabt haben, vielleicht im Auto, also war der Mord geplant«, war sich Kroog sicher.
Rose holte tief Luft, und Grahne fragte weiter: »Haben Sie denn irgendwelche Hinweise auf den Täter bei der Toten gefunden?« Grahne hoffte es.
»Unter dem einen Nagel habe ich so etwas wie einen Stoffrest gefunden. Den muss ich aber noch genauer untersuchen, ein paar Tests machen. Mehr leider nicht, er muss Handschuhe und eine Jacke angehabt haben, die nicht viel Angriffsfläche geboten haben. Vielleicht aus Leder«, schätzte der Kollege.
»Er?« Rose sah Kroog an. »Du gehst davon aus, dass es ein Mann war?«
»Ja, ein Mann oder eine kräftige Frau, so viel steht fest«, bestätigte der Kollege. »Denn jemanden so zu erwürgen, dazu braucht man viel Kraft.«
Rose starrte auf die Tote.
Wer hat dir das angetan? Wer hatte einen Grund, dich zu töten? Warum? Es war geplant ... wer zum Henker plant einen solch grausamen Mord?
»Rose?!«
Die Kommissarin drehte sich zu den Kollegen. »Ja, das war

alles«, sagte sie nachdenklich, bevor sie sich noch mal an Kroog wandte: »Den endgültigen Bericht schickst du uns dann ja zu.«
»Wie immer«, nickte er und suchte seinen Müsliriegel.

»Na, über was haben Sie da drin nachgedacht?« Beim Auto angekommen, sah Grahne sie fragend an.
Rose stieg ein, und als er auf dem Beifahrersitz saß, drehte sie sich zu ihm.
»Das war eine liebe, ruhige Frau, soweit ich das beurteilen kann. Ich frage mich einfach, wer sie und warum getötet hat. Noch dazu alles dafür vorbereitete ...« Rose sah ihn an, als hätte er eine Antwort darauf.
»Ich denke das *Warum*, kann uns der Mörder sagen«, meinte Grahne, und Rose wusste, dass er recht hatte.
»Wir müssen das Motiv finden«, stellte sie nach kurzer Überlegung fest.
»Das nimmt Sie ganz schön mit, oder?« Seine Besorgnis war Grahnes Stimme anzuhören.
Heide Rose holte tief Luft, sie konnte es nicht leugnen, er hatte es eh schon längst in ihr gelesen.
»Wir werden den Mörder schon finden«, beruhigte er sie, und Rose fühlte sich tatsächlich erleichtert.
»Gut, fahren wir noch mal zum Witwer. Ich will alle Personen aus dem Freundes- und Bekanntenkreis der Toten.«

***

Lars Fuchs war Rechtsanwalt und nicht gerade erfreut, als sich die Ermittler bei ihm telefonisch meldeten und kurze Zeit später in seiner Kanzlei auftauchten. Schließlich hatte er eine Menge Arbeit.
Seine Sekretärin führte Rose und Grahne in sein Büro, wo er

hinterm Schreibtisch an einigen Unterlagen saß.

»Nun, was kann ich noch für sie tun?«, fragte er ohne Umschweife und zeigte auf die bequem aussehenden Stühle vor seinem Tisch.

Rose und Grahne nahmen Platz, sie hatten Fibi im Auto gelassen, es würde ja auch nicht lange dauern.

»Ist Ihre Frau öfter an diesen Ort gegangen? Und wenn ja, wer wusste davon?« Rose wollte keine Zeit verlieren.

»Keine Ahnung, sie ging wohl mal in das Wittemoor, aber ich habe keinen Schimmer, wie oft oder wer noch davon weiß«, zuckte Lars Fuchs mit den Schultern.

»Ich hätte gerne eine Liste mit allen Freunden und Bekannten Ihrer Frau, Name und Adresse, Telefonnummer. Auch die von Ihrer Aushilfe im Laden«, verlangte Rose, und der Witwer schmiss seinen Stift auf den Tisch.

»Wie stellen Sie sich das denn vor? Sieht es hier vielleicht so aus, als hätte ich nichts zu tun?« Er sah sie stur an.

»Hätten Sie nichts zu tun, wären Sie bestimmt nicht, einen Tag nachdem ihre tote Frau gefunden worden ist, zur Arbeit gegangen. Aber Sie sind ja sicher sehr daran interessiert, dass der Mörder Ihrer geliebten Frau gefunden wird, weshalb Sie uns bestimmt die Liste schnellst möglichst zukommen lassen«, konterte Rose, stand auf und legte dem Herrn Fuchs ihre Visitenkarte auf den Tisch.

»Darauf finden Sie meine E-Mail-Adresse, Sie können mich aber auch anrufen, und ich hole mir die Liste ab. Ich wohne in Ihrer Nähe«, erklärte sie. »Und nun wollen wir Sie auch nicht länger von ihrer Arbeit abhalten.« Rose drehte sich um und verließ mit Grahne das Büro des Witwers, der ihnen sprachlos hinterher sah.

Die Sekretärin im Vorzimmer schaute erstaunt, als die Besucher schon wieder das Büro verließen.

Grahne ging zu ihr. »Sagen Sie, arbeiten Sie gerne für Herrn Fuchs?«, fragte er mit einem freundlichen Lächeln, und es

war ihr sichtlich peinlich. Sie überlegte kurz.
»Ja, warum nicht, es ist halt Arbeit«, antwortete sie ihm.
»Haben Sie je seine Frau hier gesehen, hat sie ihn mal besucht?«, fragte er sie weiter, und sie sah ihn groß an.
»Also, ich kann mich nicht erinnern, aber sie hat doch auch einen Laden oder? Da hat sie doch keine Zeit ... doch warten sie, einmal hatte sie ihn abends zum Essengehen abgeholt. Da hatte Herr Fuchs Geburtstag«, fiel ihr wieder ein.
»Das ist aber bestimmt schon an die zwei Jahre her«, war sie sich sicher.
»Haben Sie vielen Dank«, meinte Grahne mit einem Augenzwinkern, und die zwei Ermittler verließen die Kanzlei.

»Nicht schlecht, Grahne, was hat sie Ihnen denn noch verraten«, fragte Rose neugierig, denn sie wusste ja, dass er auch zwischen den Zeilen lesen konnte.
»Nun, ich denke, sie ist nicht mehr glücklich da. Könnte mir vorstellen, dass sie sich nach einer anderen Stelle umsieht, meine Frage war ihr sehr unangenehm«, war er sich sicher. Rose sah ihn erstaunt an. »Hm, dann sollten wir ihr vielleicht noch mal auf den Zahn fühlen. Immerhin kriegen diese Vorzimmerdamen ja mehr mit, als manchem Chef lieb ist. Vielleicht bringt sie uns ja sogar auf die richtige Spur wegen des *Warums*. Das machen am besten wieder Sie mit Ihrem unvergleichlichen Charme, Grahne«, Rose zwinkerte ihm zu, während sie in ihren Wagen einstieg.
Grahne blieb erst erstaunt stehen, setzte sich dann aber auch auf seinen Sitz.
»Aber lassen Sie sich nicht zu viel Zeit, nicht dass sie tatsächlich bald weg ist. Doch erst mal brauchen wir die Liste«, meinte Rose, und er nickte zustimmend.
»Und jetzt?«, fragte er Rose und sah nach Fibi, die die zwei vom Rücksitz aus beobachtete.

»Da wir die Liste vom Witwer noch nicht haben, würde ich sagen, wir sehen uns eine andere Liste an, nämlich die der Gruppe, die die Tote gefunden hatte.«
Plötzlich klingelte ihr Handy, und Rose ging ran.
»Ach, Herr Bulrich!« Sie sah Grahne an, während sie hörte, was der Stalker zu sagen hatte.
»Nun, da müssten Sie ins Präsidium kommen und eine Aussage machen«, erklärte sie ihm. »Am besten sofort, also heute noch. Ja ist gut, bis dann!«
Rose startete den Wagen und fuhr los.
»In der nächsten halben Stunde will Bulrich kommen und eine Aussage machen. Das letzte Mal, als er Frau Fuchs beobachtet hat, ist ihm ein Mann aufgefallen, der das ebenfalls tat«, berichtete sie ihm.
»Oh, in echt jetzt, zwei Stalker zur gleichen Zeit? Oder ist es nur ein Versuch, seinen Kopf aus der Schlinge zu ziehen?«
»Nun, wir werden sehen, er kommt ja vorbei. Mal schauen, ob wir rekonstruieren können, wie der andere Mann genau aussieht«, überlegte sie laut und lenkte den Wagen in Richtung Präsidium.

***

Lars Fuchs bemerkte den jungen Mann mit der Kapuze nicht, der vor dem Laden stand, als er mit seinem Wagen von der Kanzlei nach Hause kam. Der Witwer fuhr auf den Hof und parkte wie immer auf seinem Stellplatz, kontrollierte noch mal, ob alle Autotüren verschlossen waren und er alles aus dem Wagen geholt hatte. Dann ging er zur Haustür und wurde dabei von ebendiesen Augen unter der Kapuze beobachtet. Der Mann stand im Hofeingang, unbemerkt von Lars Fuchs, und musterte ihn ganz genau.
Als der Witwer die Tür aufgeschlossen hatte, schaute er sich

plötzlich um.
Blitzschnell wich der junge Mann zurück, hielt kurz inne und linste dann vorsichtig wieder um die Ecke. Er sah gerade noch den Witwer in dem Haus verschwinden, die Tür hinter ihm zugehen. Schnell lief er zu dem eben abgestellten Auto und schaute es sich genauer an.
»Suchen sie jemanden?«, wurde er plötzlich von einer älteren Dame aus dem Fenster oben gefragt. Der junge Mann sah nicht hinauf, drehte sich einfach nur um und ging vom Hof.

***

Wie selbstverständlich folge Fibi den zwei Ermittlern in ihr Büro und legte sich, dort angekommen, brav in ihr Körbchen.
Rose holte aus ihrer Tasche eine kleine Schüssel und füllte Wasser hinein, dann stellte sie die Schüssel neben das Körbchen. Die kleine Hündin sprang sofort wieder heraus und trank. Grahne beobachtete es und lächelte.
»Wie wäre es, wenn ich uns mal Teewasser anstelle?«, fragte er Rose, und bevor sie ihm zustimmen konnte, ging er und tat es.
»Klasse, ich glaube, an Sie kann ich mich gewöhnen«, lachte Rose und widmete sich ihrem Schreibtisch.
Bis auf die Liste der Teilnehmer von der Führung zur Gagelblüte gab es leider nichts Neues, und sie sah Grahne an, der sich gerade wieder von der Kommode mit dem Wasserkocher umdrehte.
»Ja?«, fragte er sie, weil sie so nachdenklich dreinschaute.
»Hm, nein, nichts. Also bis auf diese Liste gibt es nichts Neues«, meinte sie etwas enttäuscht. Dabei wusste sie, dass alles seine Zeit brauchte.
»Oh, zeigen Sie doch mal«, bat Grahne, und sie reichte ihm

die Liste rüber.

Er sah sie sich interessiert durch, und als der Wasserkocher sich ausschaltete, ging sie und machte zwei Becher Tee für sich und ihren Kollegen fertig.

Das war das erste Mal, dachte sie, dass sie für ihn einen Tee machte, denn sie wusste gar nicht, wie er ihn trank.

»Nehmen Sie Ihren Tee mit Kandis und Milch?«

»Oh nein, bitte nur mit einem kleinen Kandis«, antwortete er und las weiter.

Genau wie ich, dachte Rose und stellte wenig später die Becher auf ihre Schreibtische. Gerade wollte sie ihn fragen, was er da so Interessantes auf der Liste sah, da klopfte es an der Tür, und ein Polizist brachte Bulrich ins Büro.

»Vielen Dank, Kollege«, sagte Rose und bat Bulrich, auf einem Stuhl neben ihren Schreibtisch Platz zu nehmen.

»Sie sagten am Telefon, dass Ihnen noch jemand aufgefallen war?«, fragte sie ihn sogleich, und er nickte.

»Ja, ich wusste erst nicht, ob ich es sagen soll, aber ich habe nichts mit ihrer Ermordung zu tun. Das müssen Sie mir glauben!« Er klang verzweifelt, und Rose nickte ihm verständnisvoll zu.

»Und ja, ich habe sie wieder beobachtet, das war an diesem Donnerstag, als sie verschwunden ist, aber ganz früh morgens. Bevor sie ihren Laden öffnet, geht sie immer mit ihrem Hund raus«, berichtete er und sah erstaunt in die Ecke hinter Rose, wo Fibi gerade wieder zum Wassernapf ging.

»Aber, ist er das nicht?«, fragte er Rose, die seinem Blick folgte und dann nickte.

Die kleine Hündin schnupperte kurz in die Nähe von dem Stalker, drehte sich dann um und ging wieder in ihr Körbchen, wo sie sich einrollte und die Augen schloss.

»Sie haben Marie Fuchs also an dem Morgen wieder aufgelauert«, stellte Rose fest und sah zu Grahne hinüber,

der ab und zu rüber sah, aber ansonsten mit dem PC beschäftigt zu sein schien.
»Aufgelauert?!« Bulrich war mit der Bezeichnung nicht zufrieden, fuhr aber fort. »Jedenfalls folgte ich ihr rüber in die Elisabethstraße, da geht sie meist lang, spaziert da am Ufer mit dem Hund herum und lässt ihn sein Geschäft verrichten. Um sie besser sehen zu können, bin ich bei dem Versicherungsgebäude dort auf die Stufen gelaufen. Da sehe ich doch einen Typen mit Kapuze an den geparkten Autos stehen, der sie ebenfalls beobachtet«, erzählt er entrüstet.
Rose sah ihn nur schweigend an, so fuhr er fort.
»Ich bin zu dem Kerl hin und hab ihn herumgerissen, gefragt, ob er etwa die Frau mit dem Hund beobachtet, dann habe ich ihn geschubst, und er ist gegen das Auto gestoßen. Der Typ hat daraufhin aber das Weite gesucht«, schloss er und sah kurz zu Grahne rüber.
»Konnten Sie denn sein Gesicht erkennen oder genug sehen, dass Sie ihn wiedererkennen würden?« Rose sah ihn hoffnungsvoll an.
»Na, was man eben erkennen kann, wenn einer eine Kapuze aufhat. Seine Augen erkenne ich aber wieder, seine Nase und den Mund eigentlich auch«, überlegte Bulrich.
»Gut, dann wollen wir es mal versuchen«, sagte Rose, nahm ihr Telefon und wählte eine Nummer.
»Hallo, Maxi, wir brauchen mal ein Phantombild, kannst du kurz kommen? Ja, der Augenzeuge sitzt hier … okay, Moment«, sagte Rose und an Bulrich gewandt: »Wäre es möglich, dass Sie morgen Vormittag gegen neun Uhr noch mal kommen? Dann hat unsere Polizeizeichnerin Frau Albera für Sie Zeit.«
»Ja, ich denke, das kann ich einrichten«, meinte Bulrich, und Rose sagte der Kollegin am Telefon Bescheid.
Rose legte auf und wandte sich Herrn Bulrich zu.

»Fällt Ihnen noch etwas zu dem mysteriösen Mann ein?«
Sie sah ihn aufmerksam an, und auch Grahne tat es, wie sie aus dem Augenwinkel heraus wahrnahm.
»Vielleicht ein Tattoo, Schmuck oder eine Tasche … irgendetwas, und scheint es noch so bedeutungslos«, versuchte sie ihm zu helfen, sich zu erinnern.
Bulrich überlegte kurz, bevor er antwortete.
»Nein, tut mir leid, er hatte eine blaue Jeans an, einen schwarzen Kapuzenpulli und eine schwarze Lederjacke, mehr ist mir nicht aufgefallen«, stellte er fest.
»Und Sie wollen ernsthaft behaupten, dass Sie nichts mit dem Tod von Marie Fuchs zu tun haben? Wir haben uns natürlich Ihre Akte kommen lassen.« Rose griff danach auf ihrem Schreibtisch, und Bulrich verdrehte die Augen.
»Hallo! Ich bin freiwillig gekommen, um Ihnen zu helfen!«, erinnerte er sie.
»Ja, Sie haben Frau Fuchs aber auch ständig angerufen, ihr aufgelauert und Fotos und Videos über WhatsApp geschickt. Bis Sie sie dann auf offener Straße umarmt und geküsst haben«, erklärte sie und sah Bulrich gespannt an.
»Na und, alles harmlos, ich liebe sie halt«, meinte er kleinlaut. »Deshalb würde ich sie doch nicht umbringen!«, rief er nun lauter und sah Rose mit trotzigem Gesichtsausdruck an.
»Frau Fuchs hatte auf alle Ihre Versuche, ihr näherzukommen, nicht reagiert. Im Gegenteil, sie hat Ihnen sehr deutlich zu verstehen gegeben, dass sie nichts von Ihnen will. Trotzdem haben Sie sie überrumpelt und geküsst. Ich könnte mir schon vorstellen, dass Sie nach der richterlichen Verfügung, wonach Sie sich ihr nicht nähern dürfen, einfach total enttäuscht … ja sogar wütend waren. Was haben Sie gemacht? Sind Sie ihr gefolgt, und haben Sie versucht, sie zur Rede zu stellen?«
Rose beobachtete den Verdächtigen genau, doch er saß da

und schüttelte nur wild den Kopf. »Das ist alles nicht wahr!«, sagte er, doch Heide Rose fuhr unbeirrt fort: »Was ist dann passiert? Hat Frau Fuchs Sie wieder abgewiesen, und Sie waren so enttäuscht, dass Sie Ihre Hände um ihren Hals gelegt und zugedrückt haben?«
»Nein!«, schrie er sie jetzt laut an und sprang auf. Wie ein Tiger im Käfig lief er hin und her. »Ich habe sie nicht getötet, so glauben Sie mir doch!«, sagte er nun völlig außer sich und setzte sich wieder auf den Stuhl, auf den Rose schweigend und mit ernstem Blick zeigte.
»Nun, wir werden sehen, was morgen bei Ihrem Phantombild rauskommt. Des Weiteren haben Sie Oldenburg nicht zu verlassen und sich uns für weitere Fragen zur Verfügung zu stellen«, sagte sie, und Bulrich nickte.
»Gut, das ist vorerst alles. Dann würde ich sagen, sehen wir uns morgen wieder. Der Pförtner unten wird Ihnen sagen, wo Sie hinmüssen«, erklärte Rose ihm, und er verabschiedete sich.
Als Herr Bulrich draußen war, sah Rose zu Grahne rüber, der sich wieder auf den Computer konzentrierte. Die ganze Zeit tat er dies schon und hatte sich auch immer wieder Notizen gemacht.
»Was treiben Sie da eigentlich die ganze Zeit?«, fragte die Kommissarin ihren Kollegen nun.
Erst schaute er etwas ertappt und erschrocken aus, dann machte sich Triumph in seinem Gesicht breit.
»Nun, ich dachte das Gespräch können Sie alleine führen, und ich schau mir währenddessen mal die Leute auf der Liste genauer an. Die Teilnehmerliste der Führung durch das Moor«, erklärte er noch genauer.
»Und?« Die Kommissarin sah ihn neugierig an, und Grahne blickte auf seine Aufzeichnungen. »Ach kommen Sie Grahne, spannen Sie mich nicht so auf die Folter! Ich sehe

doch, dass Sie was gefunden haben.« Rose wäre am liebsten über den Tisch gesprungen, um sich selbst seine Notizen anzusehen. Aber sie hielt sich zurück und übte sich in Geduld.
»Also, zwei haben Strafzettel wegen falschen Parkens, und einer ist schon mehrfach zu schnell gefahren …«, fing er an und wurde augenblicklich von seiner Chefin unterbrochen.
»Peter Grahne!«, rief Rose laut, und er grinste.
»Nun … der Naturfotograf hat nicht immer nur Natur fotografiert«, fuhr er zögerlich fort.
Rose verdrehte ihre Augen.
»Er hatte vor fast sechs Jahren auch Akt-Portraits und dann später nur Porträts gemacht. Allerdings hatte er da einige Anzeigen bekommen, wegen sexueller Belästigung und einmal sogar wegen Vergewaltigung. Wegen Letzterem ist er auch vorbestraft«, schloss Grahne und sah in die groß gewordenen Augen von Rose.
»Na das ist ja mal ein Ding«, entfuhr es ihr, und Grahne nickte. »Gute Arbeit, Kollege«, meinte sie und sah auf die Uhr.
Es war Mittag, nun wusste sie auch, weshalb sie Hunger hatte.
»Was halten sie von einem Abstecher in die Kantine, zwecks Akkuaufladen, bevor wir uns den Herrn mal vornehmen?«, fragte Rose und kramte in ihrer Tasche rum.
»Ja, eine gute Idee, der Herr wohnt auch in Hude«, stimmte er zu und sah, wie sie Fibi einen Streifen getrocknetes Fleisch gab.
»Ja, auch die Kleine hat Mittagspause«, erklärte sie nach seinem fragenden Blick.

Etwa eine halbe Stunde später saßen die zwei Ermittler und die kleine Hündin satt in Roses Wagen und fuhren über Wüsting nach Hude. Auf der linken Seite erschien das

Wittemoor, welches Heide nun dank Marie Fuchs auch zur Genüge kannte. Sie hätte gerne darauf verzichtet oder es lieber gleich ganz anders kennengelernt.
Als auf der rechten Seite ein Parkplatz kam, bremste Rose ab und fuhr kurzerhand drauf, um ein paar Schritte in den Wald zu gehen.
Sie sah, wie Grahne sie fragend anblickte, und nahm die Leine aus der Mittelkonsole. »Kommen Sie kurz mit?«, fragte sie, und er stieg ebenfalls aus.
»Gleiches Recht für alle«, lachte Grahne. Rose wusste, dass er ihre Toilettenpause nach dem Essen meinte und musste auch lachen.
Die kleine Fibi lief heute schon entspannter an der Leine, freute sich Rose. Nachdem es am Morgen einen heftigen Schneeschauer gegeben hatte, schien jetzt die wärmende Sonne. Typisch April, dachte Rose.
Sie liefen etwa eine Viertelstunde in den Wald hinein und dann wieder zurück, sodass die Hündin genügend Zeit für jede Form von Geschäft hatte.
Rose fuhr anschließend den Wagen in Richtung Hude, zur Adresse des Naturfotografen, die Grahne ihr gesagt hatte.

Hans Bromelius war etwas verwundert, als es zu dieser Zeit an seiner Tür klingelte, und wollte schon die vermeintlichen Vertreter abwimmeln. Doch er erkannte beim Öffnen sofort die zwei Ermittler aus dem Moor vom gestrigen Tag.
Er hatte ja schon damit gerechnet, dass sie wegen weiterer Fragen vorbeikommen würden, da sie es schon gestern erwähnt hatten, allerdings nicht so schnell.
Heide Rose und Peter Grahne stellten sich vor, doch er nickte ihnen zu und bat sie ins Wohnzimmer, noch bevor sie geendet hatten.
Er bat sie, sich zu setzen, und tat es ebenfalls.

»Herr Bromelius, wir müssen Sie um die Fotos vom Tatort bitten«, begann Grahne.

»Alle?«, fragte Bromelius entsetzt, und Grahne nickte.

»Es sind Tatortfotos, Sie könnten wichtige Informationen für uns enthalten«, erklärte er, und Bromelius nickte verständig. »Natürlich bekommen Sie die später wieder«, erklärte Grahne weiter.

Bromelius stand auf und ging zu seiner Kamera, die in der Ecke auf seinem Schreibtisch lag, er schaltete sie zunächst ein, sah kurz nach, welche Fotos drauf waren, und entnahm dann die richtige Speicherkarte.

Grahne nahm sie dankend entgegen und fuhr mit der Befragung fort.

»Herr Bromelius, kannten Sie die Tote, Marie Fuchs?«

»Nein«, kam es wie aus der Pistole geschossen, und Hans wurde offensichtlich sehr nervös. Grahne sah ihn eindringlich an, und Heide Rose beobachtete das Ganze ruhig.

»Entschuldigen Sie«, fragte Rose plötzlich dazwischen, »darf ich vielleicht mal Ihre Toilette benutzen?« Bromelius sah sie irritiert an, erklärte ihr aber dann, wo sie die Keramikabteilung fand.

»Nun«, begann Grahne, »uns ist nicht entgangen, dass Sie früher mal Portraitfotos gemacht haben«, erklärte Grahne, und sein Gegenüber verstand augenblicklich.

»Ach, das darf doch wohl nicht wahr sein! Das ist schon eine Ewigkeit her«, wurde er laut. »Was glauben Sie denn, warum ich nun Landschaftsfotografie mache?!«

»Na ja, vielleicht waren Sie zu diesem Zweck ja auch ins Wittemoor gefahren, und dann haben Sie die junge Frau gesehen, die sich da etwas abseits des Weges ausruhte ...«, begann Peter Grahne, und der Verdächtige sprang auf.

»Was wollen Sie denn damit sagen? Sie meinen doch wohl nicht, dass ich diese Frau ermordet und dann dort im Moor

versenkt habe?«
Grahne blieb ruhig sitzen und versuchte diese Ruhe auch auf sein Gegenüber zu übertragen, doch es sah diesmal nicht so aus, als ob er damit Erfolg hätte.
»Das sind nur ganz gängige Fragen, die wir stellen müssen, regen Sie sich nicht auf«, versuchte Grahne ihn zu beruhigen.
»Sie wollen mir doch wohl nicht erzählen, dass Sie jeden Teilnehmer der Führung am Sonntag diese Fragen stellen?« Der Fotograf war immer noch geladen, wurde aber etwas ruhiger.
»Nun, Sie haben das Foto gemacht beziehungsweise die Tote entdeckt. Bei so einem großen Moor schon echt ein Zufall, finden Sie nicht?« Grahne sprach weiter mit seiner beruhigenden Stimme.
»Ja, es war in der Tat ein echter Zufall! Verdammt noch mal, was kann ich denn dafür, wenn ich die Leiche entdecke?« Aufgeregt ging er nun hin und her in seinem Wohnzimmer, Grahne beobachtete ihn.
»Das wissen wir eben nicht, deshalb müssen wir diese Fragen stellen«, erklärte Grahne. »Also, alles Routine.«
Rose kehrte ins Wohnzimmer zurück, Hans Bromelius setzte sich wieder hin. Rose nickte kurz, hockte sich zu Grahne, und dieser fuhr fort mit der Befragung.
»Vielleicht haben Sie sie ja auch schon im Vorfeld beobachtet und sind ihr gezielt gefolgt bis ins Moor. Schließlich hatte sie ebenso rote Haare wie ihre anderen Opfer, die Sie sexuell belästigt und einmal sogar vergewaltigt hatten«, meinte Grahne, und der Fotograf sprang augenblicklich wieder auf.
Er machte zwei Schritte nach vorne und packte Grahne am Kragen, noch ehe der reagieren konnte. Rose stand sekundenschnell neben den beiden Männern und bedeutete dem Fotografen, ihren Kollegen loszulassen,

doch der schrie Grahne und Rose laut an: »Ihr spinnt ja wohl, kommt hierher und erzählt so einen Mist! All die Jahre habe ich mir nichts mehr zuschulden kommen lassen, dass müsstet ihr doch auch in euren Akten sehen!« Er klang verzweifelt.
»Lassen Sie meinen Kollegen los«, sagte Rose ruhig. »Sie reiten sich nur noch tiefer in die Scheiße.«
»Ich!? Ihr reitet mich hier in die Scheiße, versucht schnell einen Schuldigen zu finden, einer mit einer Vorstrafe ist da doch für euch Pack gerade richtig.« Er schüttelte Grahne.
»Ach und was ist das dann mit ihrer schwarzen Kapuzenjacke da oben im Schrank!? Am Tag des Verschwindens wurde ein Mann mit ebenso einer Jacke gesehen, wie er Marie Fuchs beobachtet hat«, konterte Rose.
Das war zu viel, der Fotograf schubste Grahne in die Ecke und ging auf Rose los.
Doch sie war viel zu flink für ihn, wich zur Seite, ergriff mit der rechten Hand blitzschnell hinten an ihrem Gürtel die Handschellen, die Sekunden später um seine Handgelenke schnellten. Plötzlich hörte sie Grahne stöhnen und drehte sich zu ihm.
Er lag krumm auf dem Boden. Rose schuppste den Fotografen auf sein Sofa und ging zu Grahne.
»Was ist mit Ihnen? Soll ich Ihnen hochhelfen?« Rose sah ihn besorgt an.
Grahne versuchte aufzustehen, es gelang ihm jedoch nicht. Rose half ihm vorsichtig hochzukommen, Hans Bromelius immer im Blick. Doch dieser schien selbst erschrocken zu sein und blieb brav auf dem Sofa. Allerdings war er bei der Aktion auf dem Bauch gelandet, und er richtete sich gerade vorsichtig auf, setzte sich hin.
Endlich hatte es Grahne mit Roses Hilfe auf seine Füße geschafft, doch er stand nach vorne gebeugt und beim

Versuch sich aufrecht hinzustellen, schrie er reflexartig und fasste sich an den Rücken.

»Sie sind selber schuld! Was behaupten Sie hier solche Lügen, nach all den Jahren«, murmelte er kleinlaut vom Sofa.

»Selbst schuld?!« Rose sah den Fotografen scharf an.

»Also Sie haben Glück, dass Sie nicht daneben liegen, weil ich Ihnen ausgewichen bin, anstatt Sie ... ach!« Rose wollte nicht ihre Fassung verlieren. »Sie haben einen Beamten angegriffen und verletzt, ich muss Sie jetzt mit aufs Revier nehmen«, sagte sie und ging einen Schritt auf Bromelius zu. Dieser stand beschämt auf und ging mit ihr zur Haustür.

»Und Sie müssen zu einem Fachmann«, meinte Rose an Grahne gerichtet, als sie an ihm vorbeiging.

»Ach, das geht bestimmt gleich wieder weg«, meinte er nur und versuchte den beiden möglichst aufrecht zu folgen.

Rose bedeutete dem Fotografen, hinter dem Beifahrersitz Platz zu nehmen. Grahne ging ebenfalls auf die Rückbank und setzte sich ganz vorsichtig hinter dem Fahrersitz, während Rose Fibi nach vorne auf dem Beifahrersitz setzte und von ihr ganz groß angesehen wurde.

»Hey, ist das Ihr Polizeihund?«, fragte Bromelius und lachte.

»Ich dachte, Ihnen wäre nun das Lachen vergangen«, stellte Rose fest.

»Wenn Sie nicht endlich leiser sind, sind Sie ihr Abendessen, klar?!« Rose drehte sich fragend zu Bromelius, und er nickte ihr zu.

Sie startete den Wagen und fuhr in Richtung Oldenburg, zum Präsidium.

Lars Fuchs machte am Nachmittag früher Feierabend. Er hielt es einfach nicht mehr aus im Büro, sagte seiner Sekretärin, sie solle alle seine Termine absagen und verließ fluchtartig seine Kanzlei.

Die letzten Tage war einfach so viel passiert, dass der Witwer erst mal den Kopf klarbekommen musste, so viel ging ihm durch den Kopf.
Zu Hause machte er sich erst mal einen Kaffee und setzte sich aufs Sofa. Plötzlich stand er auf, nahm Maries Ladenschlüssel und ging hinunter.
Er sah ihren kleinen Schreibtisch im Nebenraum durch, es waren Rechnungen und Bestellscheine. Er wollte sie erst mit nach oben in die Wohnung nehmen, ließ sie dann aber doch einfach unten in ihrem Schreibtisch liegen.
Ja, ihr Vater hatte sie als alleinige Erbin eingesetzt, da sie sein einziges Kind war, dachte er an den Brief vom Notar, den Marie bekommen hatte. Es war genau, wie Marie es ihm erzählt hatte. Doch sie wollte das Erbe ja nicht, wie sie ihm versichert hatte.
Der junge Witwer fing an zu weinen, erst ein wenig, dann immer mehr. Wie konnte es nur passieren? Seine Marie?!
Plötzlich wischte er sich die Tränen weg und schaute sich noch ein wenig um im Laden seiner Frau. Hier hatte sie viel Zeit verbracht, dachte er und konnte sie fast spüren. Lars Fuchs ging in den Verkaufsraum und sah auf die leere Kasse, die unzähligen bunten Bänder unter dem Tresen und die Rollen Geschenkpapier hinter dem Tresen an der Wand.
Dann ging er und holte die Biotonne vom Hof in den Laden und schmiss die ganzen vergangenen Schnittblumen da hinein.

Der Pförtner im Polizeipräsidium Oldenburg schaute verwundert, als Rose mit einem Festgenommenen in Handschellen, gefolgt von dem kleinen Hund und einem ganz krumm laufenden Peter Grahne, ankam. Mit offenem Mund schaute er dem Gespann hinterher, schüttelte seinen Kopf und widmete sich wieder seiner Arbeit.

Im Büro schubste sie den Fotografen Bromelius auf den Stuhl neben ihrem Schreibtisch, machte die Handschellen von seinen Händen und wandte sich an Grahne.
»Sie sehen nicht so aus, als wenn es Ihnen besser ginge. Wollen Sie wirklich nicht zum Arzt?«, fragte sie ihren Kollegen.
»Nein, jetzt lasse ich Sie nicht allein.« Er deutete auf den Verdächtigen auf dem Stuhl. »Auch wenn Sie Ihren Bluthund dabeihaben«, lachte Grahne, aber Rose gelang nicht mal ein Lächeln. Es gefiel ihr gar nicht, dass ihr Kollege bei der Attacke von dem Fotografen verletzt worden war.
»Also, haben Sie Marie Fuchs am Donnerstagmorgen beobachtet? Bekleidet mit dem schwarzen Kapuzenpulli in Ihrem Schrank?«, fragte Rose Bromelius ohne Umschweife, nachdem sie sich an ihren Schreibtisch gesetzt hatte.
»Unsinn!«, schrie er laut.
»Vorsicht!« Heide Rose wurde jetzt auch barsch. »Noch ein Ausraster wie eben in ihrer Wohnung, und Sie bekommen von mir nicht nur Handschellen verpasst.«
Sie schaute ihm dabei so eindringlich in die Augen, dass er verstand und mit großen Augen nickte.
»Und jetzt beantworten Sie einfach ruhig unsere Fragen«, forderte Rose und sah ihn aufmerksam an.
Bromelius holte tief Luft, überlegte kurz und antwortete dann ruhig.
»An dem Donnerstagmorgen hatte ich einen Zahnarzttermin«, sagte er, und auf Grahnes »Wo?« nannte er ihm Namen und Adresse.
»Woher kannten Sie Marie Fuchs?«, bohrte Rose nun weiter.
»Aber ich kannte sie doch gar nicht!« Der Fotograf wurde wieder lauter, und Rose sah ihn scharf an, was ihn wieder zur Räson brachte. Er holte abermals tief Luft und versuchte ruhig zu bleiben. »Ehrlich, ich kannte diese Frau nicht. Ja,

ich habe in meiner Vergangenheit einiges falsch gemacht, aber niemals habe ich jemanden getötet. Ich schwöre!«, rief er und sah die Kommissarin mit ehrlichen Augen an, bevor er zu Grahne rüber blickte. »Es tut mir leid, dass das passiert ist, aber ich habe mein Leben seitdem so was von geändert, dass ich einfach die Nerven verliere, wenn Sie daherkommen und so was behaupten«, meinte er, drehte sich wieder zu Rose hin und sackte dann förmlich in sich zusammen.

Rose suchte Grahnes Blick, er nickte leicht. Er versuchte seine Schmerzen vor ihr zu verbergen, doch soweit konnte sie Menschen lesen, um zu sehen, dass er welche hatte.

»Wieso haben Sie sich der Führung zur Gagelblüte angeschlossen?«, fragte sie nun den Fotografen.

»Na, ich mache Naturfotos, und die Gagelblüte ist selten, steht deshalb ja auch unter Naturschutz. Finde, es ist eine sehr interessante Blüte, und der Strauch hat eine noch interessantere Geschichte, deshalb habe ich an der Führung teilgenommen«, erklärte er schließlich und sah sie offen an.

»Kannten Sie jemanden aus der Gruppe?«

»Nein, ich war allein da, und nein, ich kannte auch niemanden der anderen Teilnehmer«, beantwortete er geduldig ihre Fragen.

»Wieso haben Sie die abgestorbene Birke fotografiert?«

»Also, ich weiß nicht, ich habe den Baum gesehen, wie er da im Wasser lag und fand den Anblick einfach schön. Da dachte ich, mach ich ein paar Fotos von, und habe das Stativ aufgebaut. Erst als ich dann einige Nahaufnahmen gemacht habe, ist mir die Hand oder, besser gesagt, sind mir die Finger aufgefallen. Ich habe erst gedacht *Das kann doch nicht wahr sein, da musst du dich irren,* aber als ich es noch näher herangezogen hatte, sah ich, dass es tatsächlich Finger waren. Mir wurde ganz anders, hab gefragt, ob noch jemand mal schauen würde, und ein Mann aus der Gruppe ist dann gekommen. Als dieser das bestätigt hatte, kam noch einer, meinte, es gebe keinen Zweifel und dass man die Polizei rufen müsse. Ich kannte die Frau wirklich nicht, ich halte mich von Frauen eh meistens fern, und wenn ich wirklich mal eine kennenlerne, sag ich ihr die Wahrheit über mich. Das hat mir mein Psychiater empfohlen im Abschlussgespräch, ich bin nämlich rehabilitiert«, erklärte er der Kommissarin und sah sie erwartungsvoll an.

»Natürlich brauchen wir den Namen von ihrem Psychiater«, meldete sich Grahne wieder zu Wort und notierte sich wenig später Name und Anschrift.

»Wenn Sie als rehabilitiert gelten, warum sind Sie dann eben bei Ihnen zu Hause so ausgerastet?«, fragte Rose ihn.

»Na, weil ...« Er war wieder aufgeregt, merkte es und versuchte ruhig zu bleiben.

»Ich hatte eine Freundin, seit einem halben Jahr waren wir nun zusammen, sie wusste von Anfang an Bescheid über meine frühere Vergangenheit. Wir hatten sogar schon überlegt zusammenzuziehen, da macht sie gestern einfach Schluss mit mir, es sei ihr doch zu riskant und was sie noch alles für einen Blödsinn gesagt hat.« Bromelius standen die Tränen in den Augen.

Rose und Grahne sahen sich an, eine schreckliche Stille herrschte auf einmal in dem Raum. »Nun gut«, begann Rose, »dann haben wir fürs Erste genug gehört. Wir fahren Sie jetzt nach Hause.« Rose stand auf. »Grahne, willst du ihn noch wegen tätlichen Angriffs anzeigen?«, fragte sie ihren Kollegen, und Bromelius stand die Panik in den Augen.

»Nein, immer noch nicht«, sagte er.

»Allerdings müssen wir die Aktion in unserem Bericht vermerken, das ist Vorschrift«, sagte Rose, und der Fotograf nickte.

Wenig später ging das ganze Gespann von vorhin wieder an dem Pförtner vorbei, Rose mit dem Fotografen, diesmal ohne Handschellen, gefolgt von Fibi und Grahne. Der Pförtner musste bei dem Anblick lachen und schüttelte den Kopf.

Wenig später saßen die drei im Wagen, und Heide Rose fiel auf, dass Bromelius über irgendetwas angestrengt nachdachte.

Plötzlich wurde er ganz aktiv. »Oh warten Sie, ich weiß vielleicht jemanden, der Ihnen helfen kann«, erklärte er den neugierigen Blicken, als er sein Portemonnaie raussuchte und darin nachsah.

Grahne sah fragend in den Rückspiegel in Roses Gesicht, doch sie zuckte mit den Schultern.

»Ah, da ist sie ja, Stefanie Wagner heißt die Heilpraktikerin meiner Freundin, also Ex ...« Er schaute kurz traurig auf die Karte, reichte sie dann aber Grahne.

»Meine Ex-Freundin hatte eine ganz ungünstige Bewegung beim Sport gemacht und lief auch so schief wie Sie, mit starken Schmerzen. Doch sie hat gleich bei ihr angerufen und schnellstmöglich einen Termin bekommen. Wenn Sie also nicht zum Arzt wollen, kann ich diese Dame nur empfehlen«, meinte Bromelius und sah Grahne erwartungsvoll an.

»Das ist eine sehr gute Idee«, meinte Rose, da Grahne nicht reagierte, »was meinen Sie, schauen wir uns doch mal die Heilpraktikerin an.«

»Also, sie sagt Ihnen auch ehrlich, wenn sie Ihnen nicht helfen kann, da brauchen Sie also keine Bedenken haben«, erklärte der Fotograf.

»Na gut, dann ruf ich da mal an. Danke!«, meinte Grahne, und Bromelius strahlte.

»Prima, Sie haben die Karte, und ihr Handy haben Sie doch sicher auch dabei, also worauf warten Sie?«, fragte Rose und lachte ihn über den Rückspiegel triumphierend an.

Grahne dachte natürlich an später, und dann würde er es

vielleicht auch vergessen, doch nun kam er aus der Nummer nicht mehr raus. Er holte sein Handy aus der Tasche und rief an.
Rose sah immer wieder erwartungsvoll in den Rückspiegel, dann ließ Grahne plötzlich sein Handy wieder in der Tasche verschwinden.
»Was ist los?«, fragte Rose verwundert.
»Nichts, es geht niemand ran.« Grahne war insgeheim ja erleichtert.
»Oh, dann ist sie bestimmt in einer Behandlung. Am besten rufen Sie in zehn Minuten noch mal an«, meinte Bromelius und grinste ihn an.
»Eine sehr gute Idee«, stellte Rose fest und grinste Grahne ebenfalls über den Rückspiegel an. Er nickte kurz und sah dann resignierend aus dem Fenster.
Auf einmal zog er ein schmerzverzerrtes Gesicht, Rose hoffte, dass er wirklich dort anrief, um sich einen Termin geben zu lassen.
Als Arzt hatte er natürlich keine große Meinung von Heilpraktikern, die nach Glauben der Ärzte ihr Wissen in einem Wochenendseminar lernten oder bestenfalls in einem halben Jahr. Andererseits hielt er auch nicht mehr wirklich viel von den meisten seiner Kollegen, bei dem, was er da so alles mitbekommen hatte in all den Jahren. Grahne versuchte sich also frei zu machen, von all den Vorurteilen und hoffte nun sogar, sich die Heilpraktikerin ansehen zu können. Ja, er war gespannt auf ihr Wissen und Wirken.

***

Lars Fuchs wollte endlich Antworten, er war seit einer Stunde unruhig zu Hause, und schnappte sich nun seinen Autoschlüssel und fuhr zu Petra Balker, der Angestellten seiner Frau. Er wollte einfach nur ein paar Antworten auf seine Fragen, hören, was sie zu sagen hatte. Wie viel sie wusste.

Petra Balker war etwas verwundert, als Lars Fuchs vor ihrer Haustür stand.
»Herr Fuchs, was ist denn passiert? Gibt es endlich Neuigkeiten von Marie?«, fragte die junge Frau von Mitte zwanzig, die natürlich wusste, dass seine Frau seit ein paar Tagen verschwunden war.
»Ja, das kann man wohl sagen«, begann er vorsichtig, aber wie kann man so was sagen, ohne dass das Gegenüber nicht erschreckt oder geschockt ist?
»Man hat meine Frau gefunden, tot … ermordet«, sagte er, und Petra Balker hielt sich die Hand vor den Mund. Sie war natürlich entsetzt, und sie wusste sofort, sie hatte Marie als Letzte lebend gesehen. Zumindest außer dem Mörder.
»Um Gottes willen, kommen Sie doch herein!« Sie führte ihn ins Wohnzimmer, wo sie ihn bat, Platz zu nehmen. In der einen Ecke, vor dem Fenster, lag auf dem Boden Petras kleine Tochter und war schwer beschäftigt mit dem Spielzeug, das neben ihr auf der dicken Decke verteilt war.
»Möchten Sie einen Kaffee oder Tee?«, fragte sie Lars Fuchs, doch er lehnte dankend ab. »Womit kann ich Ihnen helfen?«, fragte Petra.
»Ja also, wissen Sie … es gehen mir so viele Fragen durch den Kopf, jetzt, wo Marie tot ist. Der Stalker, der sie immer wieder belästigt hat, und nun wurde sie ermordet im Moor aufgefunden … Ich frage mich halt auch, ob es da noch jemanden gab, der ihr nach dem Leben trachtete, wissen Sie da etwas?« Lars Fuchs sah Petra fragend an.
Die junge Frau überlegte einen Moment lang, bevor sie antwortete. »Nicht, dass ich wüsste. An dem Tag, als sie verschwunden ist, hatte sie wieder einen Anruf von diesem Stalker, das hatte sie mir erzählt. Sie war immer noch ganz

fertig, als ich kam, um in dem Laden zu arbeiten.«
»Hat meine Frau Ihnen sonst noch was erzählt, ist sonst noch etwas Aufregendes passiert?« Der Witwer fragte ganz eindringlich, sodass Petra Balker erst einmal gründlich überlegte, denn sie wollte das Richtige sagen.
»Hm, nein also sonst hatte sie nichts gesagt, nur das mit dem Stalker und dass sie dringend eine Auszeit brauche, aber das sah man auch so. Die Arme war von dem Anruf wieder völlig fertig, richtig kreidebleich«, berichtete Frau Balker, während ihre kleine Tochter am Fenster vor Vergnügen laut schrie.
Lars Fuchs nickte und dachte kurz nach. »Sagen Sie mal … verstehen Sie mich bitte nicht falsch, aber gab es in dem Leben meiner Frau einen anderen Mann?« Er ließ sie keine Sekunde aus den Augen, ja es war fast so, als ob er seinen Augenlidern befähle, nicht zu zwinkern.
Petra Balker war erschrocken über diese Frage, sie dachte bisher immer, dass die Ehe der beiden glücklich gewesen war. Oder waren das einfach nur ganz gewöhnliche Fragen und Gedanken von Hinterbliebenen? Wie verzweifelt musste er auch sein, dass seine junge, gesunde Frau plötzlich tot war?!
Auf der Suche nach dem *Warum* und *Wer* dachte man sicher auch an solche Möglichkeiten, war sich Petra sicher.
»Nein, dazu hatte sie sicher nicht die Zeit und auch kein Interesse daran, außerdem weiß ich, dass sie Sie liebte. Sie war sehr stolz auf Sie«, antwortete Petra endlich, und die Augen von Lars Fuchs füllten sich mit Tränen.
Er brauchte einen Moment, um sich wieder zu fangen, und stand auf.
»Gut, wenn sie sonst nichts gesagt hat, was irgendwie ungewöhnlich oder komisch war, dann danke ich Ihnen, dass Sie sich die Zeit genommen haben«, sagte er und sah sie noch mal eindringlich an.

Doch Petra verneinte abermals, indem sie den Kopf schüttelte, dann begleitete sie ihn zur Tür.
»Wissen Sie schon, was Sie mit dem Laden machen?«, wollte sie von dem Witwer wissen, als er bereits vor der Tür stand.
Er überlegte kurz, bevor er ihr antwortete. »Nun, ich werde ihn aufgeben müssen. Verkaufen oder so, ich weiß noch nicht genau. Jedenfalls kann ich ihn nicht weiterführen.«
Petra nickte verständnisvoll, sie hatte sich das schon gedacht. Was sollte auch ein Rechtsanwalt mit einem Blumenladen?!
Sie selbst konnte den Laden aber leider auch nicht übernehmen, dazu fehlte ihr das Kapital.
Sie schloss hinter dem Witwer die Tür und ging wieder ins Wohnzimmer, zu ihrer kleinen Tochter. Sie setzte sich aufs Sofa und beobachtete, wie sie mit ihren Sachen spielte und dabei lachte. Die junge Mutter ließ sich von dem Lachen ihrer Kleinen anstecken. Doch dann wanderten ihre Gedanken zu Marie Fuchs. Wer könnte so eine nette Frau ermorden? fragte sie sich. Wie schrecklich das doch alles war, wie unfassbar.
Petra begann zu weinen, ganz leise, ihre kleine Tochter sollte es nicht merken. Es war so schön mit Marie, sie war eine sehr nette Chefin, eigentlich war ihre Beziehung fast freundschaftlich. Sie vermisste Marie und würde sie nie vergessen, das war sicher.
Petra nahm sich vom Tisch ein Taschentuch und versuchte sich zu beruhigen. Hoffentlich wurde der Mörder gefasst, oh ja, das hoffte sie sehr.
Zu gerne hätte sie weiter in dem kleinen Laden gearbeitet. Schade um den schönen kleinen Laden, dachte Petra.

***

Gleich nachdem die Ermittler den Fotografen Bromelius wieder zu Hause abgeliefert hatten, rief Grahne noch mal bei Frau Wagner, der Heilpraktikerin, an.

Sie ging nun so schnell dran, dass er erst mal überlegen musste, was er noch wollte. Dann schilderte er ihr, dass er gestürzt sei und sich dabei wohl was verrenkt hatte und man ihm sie empfohlen hatte. Sie hatte einige Fragen zu seinem Schmerz und ob er geradestehen könnte und so weiter, er antwortete und war gespannt. Sie sagte ihm, dass sie gerade ihren letzten Termin beendet hatte und nun nach Hause wollte, er aber, wenn er in der Nähe sei, noch vorbeikommen könnte.

»Ja, wir sind in Hude«, sagte er schnell. »Wir könnten gleich da sein.«

»Gut, dann los«, lachte sie am Telefon. Während Grahne sich verabschiedete, stieg er schon ins Auto ein, in dem Rose schon hinter dem Lenker sitzend auf ihn wartete.

Zügig fuhren sie den Weg aus Hude heraus in Richtung Wüsting, bis sie in den Bahnweg einbogen und erstaunt feststellten, dass sie sich auf einer Hofstelle mit Pferden befanden.

Doch ein Schild der Heilpraktikerin vorne an der Hofeinfahrt sagte ihnen, dass sie hier richtig waren, und Rose parkte den Wagen an der Straße.

Als sie den Hof betraten, sahen sie eine große, dunkelhaarige Frau gerade bei einem Nebeneingang die Pflanztöpfe rechts und links vom Eingang gießen.

Ebenso waren rechts und links von der Tür kleine Schilder, die auf die Naturheilpraxis hinwiesen.

Stefanie Wagner sah hoch, und als sie die zwei erblickte, musste sie lachen.

Grahne lief nach wie vor etwas krumm, aber er war immer noch ein Riese gegenüber Rose, was ja nun wirklich komisch aussehen musste.

»Wir hatten telefoniert?«, fragte Grahne.

»Wenn ich Sie so ansehe, würde ich Ja sagen«, lachte sie und bat die beiden mit einer Handbewegung einzutreten.

»Ja, dann kommen Sie mal rein, Sie dürften gerade auf meine Bank passen«, meinte sie, nun aber etwas ernster.

Rose setzte sich gleich vorne in den Wartebereich, während die Heilpraktikerin Grahne den Weg in den Behandlungsraum wies.

»Sie können aber ruhig mitkommen«, meinte Frau Wagner zu Rose. »Oder möchten Sie nicht, dass ihre Freundin dabei ist?«, fragte sie den Hünen vor sich.

»Oh nein, ich bin nicht seine Freundin«, antwortete Rose schnell, »ich bin seine Arbeitskollegin und habe ihn nur hergefahren, weil wir gerade in der Nähe waren.«

»Ach so, aber das wird dauern, und ich habe gerade Tee gemacht«, meinte die Heilpraktikerin auffordernd zu Rose und folgte dann Grahne, der weiter in den Raum ging.

»Kommen Sie doch ruhig mit rein«, rief Grahne zu Rose.

»Ach nee, ich schau mir hier mal die Zeitungen an. Sie wird Ihnen schon nicht wehtun«, sagte Rose, war sich aber nicht sicher, ob das stimmte.

Natürlich musste Frau Wagner vor der Behandlung erst mal eine Anamnese machen, was etwas dauerte, aber Grahne genoss dabei den Tee, den sie schon vorbereitet hatte. Irgendwie schien er ihn zu beruhigen, dachte Grahne und nahm noch einen Schluck. Als sie alles von ihm in ein Karteiblatt notiert hatte, bat sie Grahne, die Schuhe auszuziehen und den Oberkörper frei zu machen. Währenddessen zog sie die Massagebank von der Wand weiter in den Raum.

Sie stockte, als er wieder zur Tür ging und sah ihn fragend an.

»Oh, ich muss meine Dienstwaffe eben der Kommissarin

geben, ich darf sie hier nicht einfach so ablegen«, erklärte er ihr und verschwand kurz.
»Dienstwaffe?«, fragte Stefanie Wagner und zog die Augenbrauen hoch, als er wieder den Behandlungsraum betrat. »Ja, wir sind von der Kripo«, erklärte er. »Ein Verdächtiger hat mich vorhin geschubst, habe ihn zu stark in die Mangel genommen.«
»Oh, dann ist es aber doch ein Arbeitsunfall und muss von einem Durchgangsarzt behandelt werden.« Die Heilpraktikerin sah ihn groß an.
»Nein, es ist ja nicht so schlimm, ist ja nur ein Wirbel raus oder sowas, oder?«, fragte er sie nun.
»Ja, gucken wir mal ... Einer oder mehrere ... ich schau mir das mal an«, sagte sie und machte die Bank fertig.

Nachdem es den ganzen Tag eher bewölkt war, kam nun die Sonne raus, und Heide Rose dachte an Fibi, die im Auto wartete. Sie legte ihre Zeitschrift wieder zurück und ging zum Wagen, wo die kleine Hündin sie freudig erwartete. Sie machte die Tür auf und holte sie raus, um mit ihr Gassi zu gehen. Es war eine sehr ruhige Nebenstraße, und so setzte sie die Hündin auf den Boden und lief einfach los. Fibi folgte Rose, blieb hier und da stehen und schnupperte, um dann schnell hinter Heide herzurennen. Auch ihr Geschäft erledigte sie brav, weit im Grünstreifen, wo niemand langlief. Als die Kommissarin sich umdrehte, um den Weg wieder zurückzugehen, sah sie, dass eine dunkle Wolkenfront auf sie zukam.
Sie ging etwas zügiger, sie wollte vor dem Regen beim Auto sein, und es gelang ihnen auch gerade. Alle Autotüren machte Rose auf und ließ die nun mittlerweile abgekühlte Luft durch den Wagen ziehen, bis die ersten Tropfen fielen. Dann schloss sie alle Türen wieder, ließ Fibi im Wagen, wo sie sich zum Schlafen hingelegt hatte.

Heide Rose ging zurück in die Praxis, wo ihr Kollege offensichtlich immer noch behandelt wurde, und setzte sich wieder in den Wartebereich.

Frau Wagner fing wieder an den Füßen an, ging dann über die Beine aber schnell zum Rücken und holte sich auf einmal einen kleinen Hocker aus einer Ecke.
Mit einem Fuß stellte sie sich darauf, und mit dem anderen ging sie auf die Bank, neben Grahne. Stück für Stück tastete sie mit ihren Händen, die sie übereinandergelegt hatte, den Rücken ab und übte Druck auf die Wirbel aus. Bis sie schließlich zu der Stelle kam, wo der Wirbel raus war, und es knackte abermals, aber lauter, und Grahne schrie reflexartig auf.
»Aaaah«, kam wie aus ihm herausgedrückt, Sekunden später stand Rose in dem Raum.
Sie starrte die große Frau an, die mit einem Fuß auf der Bank stand, die Hände an Grahnes Rücken, und mit dem anderen Fuß auf einem Hocker. Dann sah sie ihren Kollegen mit nacktem Oberkörper, der sie erstaunt ansah, da sie in die Behandlung gestürmt war.
»Oh, Entschuldigung … ich …« Rose wusste nicht, was sie sagen sollte.
»Sie dachten, ich mache ihren Kollegen kaputt was?«, lachte Frau Wagner laut los. Grahne lachte ebenfalls.
»Wenigstens ist sie nicht mit gezogener Waffe reingestürmt«, lachte er nun noch lauter, jedoch beim Anblick ihres Blickes entschuldigte er sich schnell.
»Sie kriegen ihn gesund wieder, versprochen«, sagte Frau Wagner und machte dann einfach ihre Arbeit weiter.
Auch Grahne entspannte sich wieder und drehte sein Gesicht runter, sodass Rose einfach leise die Tür schloss und sich wieder auf ihren Stuhl im Wartebereich setzte.
Sie ärgerte sich über sich selbst, dass sie aber auch immer

bereit war, wenn jemand schrie. Sie musste da echt ruhiger werden, dachte Heide Rose und nahm sich wieder eine der Zeitungen.

Nach etwa einer halben Stunde kam Grahne endlich aus dem Behandlungsraum, und zwar wieder mit geradem Rücken. Sein Gesicht war nicht mehr schmerzverzerrt, er lächelte sie an.

»Na, es scheint Ihnen ja viel besser zu gehen«, stellte Rose erleichtert fest, und Grahne nickte.

»Ja, alles scheint wieder da zu sein, wo es hingehört«, sagte er zufrieden.

Rose musste wieder an die peinliche Situation vor einer halben Stunde denken.

»Entschuldigen Sie bitte, ich habe jemanden schreien gehört und bin einfach los«, sagte Rose nun an Frau Wagner gerichtet, die gerade hinter Grahne erschien. »Ist einfach ein Reflex bei mir«, lächelte sie die Heilpraktikerin verlegen an.

»Alles gut, dass hört sich bestimmt schrecklich an, wenn man hier wartet und nicht sieht, was gemacht wird«, lachte sie, und Rose nickte.

Rose gab Grahne seine Waffe zurück, und er legte sie gleich wieder ins Halfter am Gurt. »Haben Sie vielen Dank«, sagte er noch mal zu Stefanie Wagner.

»Ihre Karte habe ich ja, falls mal wieder was ist.«

»Ja, gerne, und denken Sie daran, es könnte sein, dass ich noch mal nacharbeiten muss«, meinte Frau Wagner und verabschiedete die Kommissare.

Draußen meinte Grahne ganz verlegen: »Ich hätte nicht gedacht, dass es so lange dauert.« Und als Rose ihn fragend ansah, fügte er noch hinzu: »Na, weil es in der Arbeitszeit war ...«, und schaute die Kommissarin unsicher an.

»Da machen Sie sich mal keinen Kopf, Grahne. Schließlich hätten sie auch zum Arzt gehen und sich krankmelden

können. Außerdem muss das auch niemand wissen, ich bin zwischendurch außerdem vor der Praxis gewesen, habe mit der Gerichtsmedizin telefoniert, und ja, ich war auch einmal Gassi mit Fibi«, meinte Rose und stieg in den Wagen. »Freut mich, dass Ihnen die Frau so gut helfen konnte.«
Grahne nickte. »Ja, Sie kennt sich echt aus, und wenn ich mal wieder was haben sollte, werde ich auf jeden Fall zu ihr gehen«, stellte er fest.
»Ja, das hatte ich mir auch überlegt. Bisher kam ich immer so klar, aber wenn mal was beim Taekwondo-Training passieren sollte, was ich nicht hoffe, dann werde ich wohl auch dort anrufen. Ich hatte mir vorhin schon eine Karte aus dem Wartebereich eingesteckt«, grinste Rose und startete den Wagen.
»Oh, gab es denn was Neues in der Gerichtsmedizin?«, fragte Grahne.
»Ja, der Todeszeitpunkt konnte auf fünfzehn bis fünfzehn Uhr dreißig eingegrenzt werden«, berichtete sie. »Wir müssen noch herauskriegen, wo man die Pflanzsteine in und um Oldenburg überall bekommen kann.«
»Bestimmt in jedem Baumarkt oder?«, meinte Grahne.
»Vielleicht auch nicht, die Händler legen ja auch Wert auf ein besonderes Sortiment, das nicht überall zu finden ist. Also einfach mal überprüfen«, erklärte Rose. »Allerdings ist für heute Feierabend, es ist schon spät. Morgen früh nehmen wir das in Angriff.«.

5

Am nächsten Morgen kamen Rose und Grahne gleichzeitig im Kommissariat an und gingen freundlich grüßend am Pförtner vorbei. Er erwiderte den Gruß, doch als er sah, dass es Heide Rose war, kam er eilig heraus.
»Ja sagen Sie mal, was ist das denn mit dem kleinen Hund, der Ihnen dauernd hinterherläuft? Wir sind hier doch keine Hundestaffel … Wobei, dafür wäre der eh zu klein«, lachte er und machte sich damit Rose nicht zur Freundin.
Sie blieb stehen und drehte sich um. »Das ist Fibi, sie ist eine wichtige Zeugin in einem Mordfall. Und wie kommen Sie eigentlich darauf, dass sie für die Hundestaffel zu klein ist?« Heide Rose machte ein paar Schritte auf ihn zu.
Der Pförtner sah sie erschrocken an und verschwand dann schnell wieder hinter seiner Glasscheibe. Die Ermittler setzten ihren Weg mit Fibi fort.
»Was grinsen Sie denn so, Grahne?« Rose schaute ihren Kollegen an.
»Das Gesicht vom Pförtner war einfach zu herrlich, als ihm bewusst wurde, was er gesagt hatte«, lachte er nun laut und hielt Rose und der kleinen Hündin die Tür auf. Nun musste Rose auch lachen, es war wirklich zu komisch. Sie war gespannt, ob er sie noch mal wegen Fibi ansprechen würde.
Während Rose ihren Schreibtisch nach Neuigkeiten durchsah, setzte Grahne Wasser für Tee auf. Sie hatte den Bericht vom Sonntag auf ihrem Schreibtisch und las ihn aufmerksam durch, da tat ein schwarzer Tee ganz gut.

Danach wurde die Tafel aktualisiert, es gab noch nicht viel, aber Tatort und Fundort der Leiche sowie eine Menge kleiner Hinweise.
Die Zeit ging dahin, als plötzlich das Telefon klingelte.
Es war Maxi, sie hatte das Phantombild von dem Kapuzenträger, wie er erst mal genannt wurde, fertig.
Nach dem Anruf sah Heide Rose auf die Uhr und war erschrocken, wie spät es schon war. Sie ließ sich das Bild, welches ihre Kollegin schon per Mail geschickt hatte, gleich ausdrucken. Rose und Grahne sahen es sich gründlich an.
»Wir sollten Lars Fuchs fragen, ob er diesen Mann schon mal gesehen hat«, schlug Grahne vor.
»Ganz genau, und ich denke, das machen wir sofort.« Rose stand auf, nahm ihre Jacke, und wenig später saßen die zwei Ermittler im Auto, auf der Rückbank Zeugin Fibi.

Im Vorzimmer saß heute nicht die Sekretärin von Lars Fuchs, so gingen sie nach kurzem Anklopfen einfach durch zu seinem Büro. Ohne Umschweife legte Rose dem Witwer das Phantombild auf den Schreibtisch.
»Haben Sie diesen Mann schon mal gesehen?«, fragte sie ihn und ließ ihn nicht aus den Augen.
Herr Fuchs sah sich das Bild genau an, schüttelte dann aber den Kopf.
»Nein, den habe ich noch nie gesehen. Wer soll das denn sein?«, fragte er die Ermittler.
»Das wüssten wir auch gerne, er soll Ihre Frau ebenfalls am Donnerstag beobachtet haben«, erklärte Rose.
Fuchs warf noch einen Blick auf den Mann mit der Kapuze, schüttelte aber wieder den Kopf. »Nein, keine Ahnung wer das ist«, stellte er erneut fest.
»Gut, kann man nichts machen, hätte ja sein können.« Rose nahm das Bild wieder an sich. »Können Sie mir noch die Adresse von der Dame geben, die bei Ihrer Frau im Laden

gearbeitet hat?«, bat Rose ihn.
Herr Fuchs sah in seinem Adressbuch nach und schrieb Rose den Namen und die Adresse auf. Rose sah sich den Zettel an, nachdem er ihn ihr gereicht hatte.
»Danke, ist Frau Balker schon über den Tod ihrer Frau informiert?« Rose war lieber vorbereitet.
»Ja, ich habe es ihr gesagt«, meinte Fuchs und nickte Rose zu.
»Hat Ihre Sekretärin heute frei?«, fragte Grahne nun den Rechtsanwalt.
»Äh, ja, hat sie«, entgegnete er etwas zögernd.
Die zwei Kommissare verließen das Büro des Witwers wieder.

»Also, was diesen Mann mit Kapuze betrifft, tappen wir ja völlig im Dunkeln. Hoffe, die Suche mit dem Bild im Netz bringt was, auch wenn es eher unwahrscheinlich ist«, stellte Rose fest und startete den Wagen.
Sie fuhren zu Petra Balker, um sie ebenfalls zu fragen, ob sie den Mann schon mal gesehen hatte. Überhaupt stand sie noch auf der Liste der zu befragenden Personen.
Die ehemalige Angestellte von Marie Fuchs öffnete die Tür und sah die Ermittler erstaunt an.
»Guten Tag, wir haben ein paar Fragen zu dem Tod von Marie Fuchs. Dürfen wir kurz reinkommen?«, fragte Grahne die junge Frau freundlich, und die Kommissare zeigten ihr die Dienstausweise.
Nach einem Blick darauf, ging Petra Balker einen Schritt zur Seite und ließ die beiden eintreten. Sie führte sie ins Wohnzimmer, wo alle Platz nahmen.
Heide Rose legte das Fahndungsbild vor Petra auf den Tisch.
»Haben Sie diesen Mann schon mal gesehen?«, fragte sie die junge Frau hoffnungsvoll. »Vielleicht mal im oder vor dem Blumenladen?«

Petra Balker sah sich aufmerksam das Bild an, schüttelte dann aber den Kopf und verneinte.

»Wissen Sie, ob Frau Fuchs sonst noch von jemandem verfolgt wurde? Oder belästigt? Oder hatte sie vielleicht einen Freund, einen Liebhaber?«, fragte Grahne sie nun und beobachtete genau ihre Reaktion darauf.

»Aber nein, Marie hatte doch keinen Liebhaber.« Frau Balker hörte schon das zweite Mal diese Frage und war etwas verwirrt.

»Sie wurden das schon mal gefragt«, stellte Grahne richtig fest. »Von wem?«

»Ja, von Herrn Fuchs. Er war gestern hier und hat mir auch einige Fragen gestellt«, berichtete sie. »Es ging natürlich auch um den Laden.«

»Okay, und Sie wissen genau, dass sie keinen Liebhaber hatte? Wie ist es mit einem guten Bekannten oder sonst einer Person, mit der sie die letzte Zeit mehr Kontakt hatte?« Grahne bohrte lieber noch mal ein bisschen weiter.

Die junge Frau überlegte sehr genau, was sie sagte. Was ja im Prinzip gut war, allerdings auch etwas verdächtig. Wusste sie etwas, das sie nicht sagen wollte?

Grahne studierte ihre Körperhaltung, die erst recht locker war und sich plötzlich deutlich verspannte. Das Baby hatte sich gemeldet, und die junge Mutter stand auf und ging in die Ecke, wo es auf einer Kuscheldecke gespielt hatte.

Sie nahm ihr Kind hoch und setzte sich wieder zu den Ermittlern.

»Also, ich weiß nur von diesem einen Mann, diesem Stalker, der hatte ja auch ein Verbot, sich ihr zu nähern«, erzählte sie nun.

»Ja, davon wissen wir, aber das hier ist ein anderer Mann.« Rose tippte auf das Phantombild. »Wissen Sie zufällig, ob es noch jemanden gab, der sie beobachtet hat oder auf andere Weise in ihr Leben getreten ist?«

Petra Balker, von der nun jede Anspannung abgefallen war, überlegte kurz und schüttelte dann den Kopf. »Nein, das hätte Marie mir erzählt, da bin ich mir sicher«, sagte sie und versuchte ihr Kind zu beruhigen.
»Ist Ihnen sonst irgendwas Merkwürdiges aufgefallen?«, bohrte nun Grahne nach.
»Nein wirklich nichts, ich habe auch schon überlegt, aber bis auf den Brief vom Notar und den Anruf fällt mir nichts ein. Der Stalker hatte an dem Tag mittags bei ihr angerufen, war ja auch leider nichts Ungewöhnliches mehr, und Marie war davon ganz schön fertig«, berichtete die junge Frau. »Keine merkwürdige Situation, nein. Ich gehe seit gestern auch schon immer wieder alles durch. Ich habe leider keine Ahnung, wer so was machen konnte, wer ihr nach dem Leben trachtete oder was auch immer.« Frau Balker liefen Tränen über die Wangen.
»Hat Herr Fuchs Ihnen gesagt, was mit dem Laden jetzt passiert«, versuchte Grahne sie etwas abzulenken.
Sie wischte sich die Tränen mit einem Taschentuch aus ihrer Hosentasche weg und schüttelte den Kopf.
»Nun, er meinte, er wird ihn aufgeben müssen, den Mietvertrag wollte er noch heute kündigen«, berichtete sie.
Grahne gab ihr eine Karte, falls ihr noch was einfiel. Dann verabschiedeten sich die zwei Ermittler wieder.

Draußen im Wagen sah Rose zu Grahne. Er kannte den fragenden Blick schon von ihr. »Nein, sie hat ihn wirklich nicht gesehen. Erst hatte sie sich immer mehr verspannt, aber als sie begriff, dass wir von dem Stalker bereits wissen, war sie ganz entspannt«, erklärte Grahne. »Ich denke, es gab niemanden in Marie Fuchs' Leben, jedenfalls keinen anderen Mann.«
Grahne war sich sehr sicher, und Rose nickte.

***

Er war wieder bei dem Blumenladen, es war seine einzige Spur. Doch es war immer noch geschlossen. Als er nun näher ging, sah er, was auf dem Zettel an der Tür stand:
Wegen Todesfall geschlossen
Das konnte doch nicht sein, oder? Ist am Ende etwa sie tot? Das würde erklären, warum der Laden die ganzen Tage geschlossen war, aber das konnte doch nicht wirklich sein, oder? Andererseits könnte auch ein naher Verwandter tot sein, und sie fühlte sich in ihrem Schmerz nicht fähig zu arbeiten. Oder war es wegen ihres Vaters? Ja, dass schien ihm plausibel.
Er wurde trotzdem nervös. Was sollte er denn jetzt machen? Viel Zeit blieb ihm nicht mehr, nur noch ein paar Tage. Die Kübel mit den Schnittblumen waren leer, stellte er fest. Nur noch ein paar Topfblumen standen im Laden.
Er lehnte sich mit der linken Schulter leicht gegen die Tür des kleinen Blumenladens.
Hilflos fühlte er sich und unendlich allein, dabei hatte er gedacht, sein Ziel sei so nahe. Ob er ihren Mann mal fragen sollte? Oder war der gestorben? Er hatte so viele Fragen und hoffte endlich auf Antworten. Langsam ging er in den Hof. Vielleicht in der Hoffnung, sie dort zu sehen.

Lars Fuchs war, kurz nachdem die Ermittler bei ihm gewesen waren, nach Hause gefahren. Heute hatte er keine Termine mehr, und das war auch gut so, er musste sich um genug andere Dinge kümmern. Er sah nur zufällig aus dem Fenster, denn er wollte die Blumen von Marie auf der Fensterbank mal gießen. Da fiel ihm der junge Mann vor dem Laden auf, der sich gegen die Ladentür lehnte. Das war doch genau der Mann, den er etwa eine Stunde zuvor auf dem Phantombild gesehen hatte, dachte er und schaute

noch mal genauer hin.
Doch er war sich ganz sicher und lief in den Flur. Wo hatte er noch die Karte von den zwei Kommissaren, überlegte er, und dann fiel es ihm wieder ein. Eilig nahm er sie aus seiner Arbeitstasche und wählte die Nummer.

***

Heide Rose lenkte den Wagen gerade in Richtung City auf der Bremer Heerstraße, als der Anruf von Lars Fuchs kam.
Er war sehr aufgeregt und berichtete, dass die gesuchte Person mit Kapuze vor dem Laden seiner Frau stand.
»Wir sind gleich bei Ihnen«, sagte Grahne, der den Anruf entgegennahm, da Rose fuhr.
»Kapuzenmann vor Marie Fuchs' Laden«, informierte er sie kurz, und sie gab Gas. Doch sie verzichtete auf Blaulicht, denn sie wollte ihn nicht verjagen.
Da sie ganz in der Nähe waren, hatten sie ihr Ziel schnell erreicht, doch vor dem Laden war niemand zu sehen. Auch sonst war keine Person mit einer schwarzen Kapuze in der Nähe, so fuhren sie in den Hof.
»Da!« Rose sah einen jungen Mann mit Kapuze, der sich gerade hinter der Mauer verstecken wollte. Grahne hatte ihn aber auch schon bemerkt und sprang gleich aus dem Wagen, als Rose mitten in der Hofeinfahrt anhielt.
Noch bevor Rose losrennen konnte, hatte Grahne den jungen Mann geschnappt.
»Warum treiben Sie sich hier rum, und was wollen Sie von Marie Fuchs?«, fragte Grahne den jungen Mann eindringlich.
»Äh, nichts Böses«, stammelte dieser, »wollte nur mal mit ihr reden.
»Ah, da haben Sie ihn ja, das ist er, ich habe gesehen, wie er vor ihrem Laden umherging und reinschaute«, stellte Herr

Fuchs fest, der gerade zu ihnen in den Hof kam.
»Das ist aber doch nicht verboten, sich einen Blumenladen anzusehen«, verteidigte sich der junge Mann.
»Stimmt, aber wir ermitteln in einem Mordfall, und in Verbindung damit möchten wir Ihnen ein paar Fragen stellen«, erklärte Rose, und der junge Mann nickte zustimmend.
Grahne sah Rose an, und sie machte eine kurze Bewegung mit ihrem Kopf in Richtung Auto. Grahne ging mit ihm zum Wagen und wollte sich mit ihm auf die Rückbank setzen, doch der junge Mann zögerte einen Moment, als er Fibi dort sah.
»Los, keine Angst, sie beißt nicht. Glaube ich zumindest«, lachte Grahne und stupste ihn leicht, damit er einstieg.
Der junge Mann mit der Kapuzenjacke starrte immer noch den kleinen Hund an, setzte sich dann aber doch ganz rein.
»Wieso ist ihr Hund denn bei Ihnen?«, fragte er nun ganz verwundert und sah zu Grahne. »Das ist doch ihr Hund oder?« Er sah Grahne fragend an.
Fibi schnupperte derweil an dem jungen Mann ganz interessiert und ließ sich auch von ihm streicheln.
Was Rose verwunderte, als sie nach ein paar Worten mit dem Witwer ebenfalls in Auto stieg. Sie schaute den beiden zu, und ehe sie sichs versah, saß Fibi bei dem jungen Mann auf dem Schoß.
»Was ist hier eigentlich los? Wer ist ermordet worden, und wieso ist der Hund von ihr bei Ihnen?« Der junge Mann hatte selbst einige Fragen.
»Sie kommen mit aufs Revier, wir haben auch einige Fragen an Sie«, sagte Rose und startete den Wagen. »Wir haben Sie nämlich schon gesucht.«
Der junge Mann schaute verwundert, atmete tief ein und ließ es geschehen. Er starrte aus dem Fenster, als Rose den Wagen aus dem Hof lenkte.

Na auf deine Geschichte bin ich mal gespannt Kapuzenmann, dachte Heide. Der junge Mann hatte zwar etwas Geheimnisvolles, ja auch ein kleines bisschen Unheimliches an sich, wenn er die Kapuze aufhatte, aber wie ein Mörder wirkte er nicht auf sie.

Doch warum hatte er Marie Fuchs an ihrem Todestag beobachtet, und warum trieb er sich heute vor ihrem Laden herum?

Heide konnte es kaum abwarten, ihm alle ihre Fragen zu stellen.

Dann wunderte sie sich auch noch über die kleine Hündin, die einen Fremden so an sich heranließ, nicht bellte und sich sogar streicheln ließ.

Da konnte doch was nicht stimmen, oder?

***

»Ah, unser Trio mit acht Beinen ist wieder da«, wurden sie von einem Kollegen im Flur empfangen, und Rose war diesmal sprachlos. Was nicht nur sie wunderte, auch der Kollege sah sie irgendwie erstaunt an und zog die Augenbrauen hoch.

Heide Rose versuchte ihn nicht weiter zu beachten und führte den jungen Mann in ihr Büro.

Als sie sich alle gesetzt hatten und Grahne seinen Computer zum Mitschreiben gestartet hatte, legte Rose los.

»Als Erstes möchte ich Ihren Namen wissen, wenn Sie mir bitte mal Ihren Ausweis geben, dann kann mein Kollege die Daten aufnehmen«, sagte Rose ohne Umschweife und hielt ihm die Hand entgegen.

»Mein Name ist Robin Dahlken«, meinte er und gab ihr seinen Ausweis. Heide Rose sah kurz drauf und reichte ihn an ihren Kollegen Peter Grahne weiter.

»Also, jetzt sagen Sie uns bitte mal, was Sie vor dem Laden von Marie Fuchs heute gemacht haben.« Sie sah ihn aufmerksam an.

»Das sagte ich doch schon, ich wollte mit Frau Fuchs reden. Als ich dann den Zettel an der Tür gesehen habe, dachte ich darüber nach, ob ich mal bei ihr klingeln sollte. Da sie ja über ihrem Laden wohnt«, erklärte er und sah die zwei Kommissare fragend an.

Rose überlegte kurz. Bevor sie ihm vom Tod Maries erzählte, wollte sie erst noch mehr über ihn wissen.

»Woher kennen sie Marie Fuchs? Hatten sie eine Affäre?«, frage Rose und beobachtete ihr Gegenüber genau.

»Weder noch«, antwortete er knapp, und als beide Ermittler ihn fragend ansahen, erklärte er: »Nun, ich wollte mal wissen, was sie so für ein Mensch ist. Unser Vater ist gestorben, und ich habe von meiner Mutter erfahren, dass ich eine Halbschwester habe. Nachdem sie mir endlich verraten hatte, wer mein Vater ist. Aber das auch nur, weil ich sie heulend vor ein paar Fotos gefunden hatte, als ich von der Arbeit früher nach Hause kam«, sagte er leicht verärgert.

»Marie Fuchs war Ihre Schwester?« Rose wollte es noch mal von ihm hören.

»Ja, Halbschwester sagte meine Mutter mir, welche nicht ihre Mutter ist, aber wir hatten denselben Vater«, erklärte er noch mal, plötzlich überlegte er. »Wieso war?«, fragte er die Kommissarin und sah erst sie, dann Grahne erschrocken an.

»Marie Fuchs wurde ermordet«, sagte Rose ohne Umschweife.

»Ermordet?! Aber wieso das denn? Wer sollte denn …? Deshalb war ihr Laden geschlossen die letzten Tage.« Fassungslos schüttelte er den Kopf, dann blieben seine Augen an Fibi hängen.

»Ist sie deshalb hier? Wieso denn nicht bei ihrem Mann?«, bemerkte er und sah Rose an, die ihm zwar zunickte, aber auf die zweite Frage nicht einging.
»Robin Dahlken also«, wiederholte sie nachdenklich seinen Namen.
»Ist Ihre Adresse in Hamburg aktuell?« Grahne sah den jungen Mann an, und dieser nickte. Grahne notierte sich dann einiges, und kurze Zeit später gab er den Ausweis seinem Besitzer zurück.
»Wo waren Sie am Nachmittag des 28. März so zwischen fünfzehn und sechzehn Uhr?«, fragte Rose nun direkt.
Robin überlegte, dann holte er sein Smartphone aus der Hosentasche, tippte darauf rum.
»Ach ja, nach dem blöden Zwischenfall am Morgen mit diesem Typen brauchte ich ein Erfolgserlebnis. Bin mit dem Wagen nach Wiefelstede zu einem Antiquitätenhändler gefahren. Hab da ein bisschen rumgeschaut. Die ließen aber nicht so mit sich reden, dachte, ich kann mal was an Erfahrungen aus den Herren rauskitzeln.« Herr Dahlken verdrehte die Augen. »Bin danach noch nach Bad Zwischenahn und anschließend nach Edewecht zu einem Kollegen. Bei Letzterem habe ich mich gut unterhalten können, hab ihm erzählt, dass ich in Hamburg einen Laden habe und es mich sehr interessiert, was hier so verkauft wird. Da begann er mit mir zu fachsimpeln und hörte fast nicht mehr auf. War dann erst gegen achtzehn Uhr im Hotel, habe mein Auto in der Tiefgarage abgestellt und im Restaurant zu Abend gegessen«, schloss er.
»Also, Sie sind Antiquitätenhändler und waren über diesen Zeitraum in Edewecht, wenn ich es richtig verstanden habe?«, fragte Grahne nach, und nachdem Dahlken es bestätigt hatte, ließ er sich die Adresse und den Namen des Kollegen geben.
Da Grahne ihn etwas nachdenklich ansah, erklärte Dahlken:

»Nun, ich habe mich immer schon für so alte Gegenstände interessiert, fand sie einfach viel schöner, und sie wurden damals noch mit Liebe gemacht … detailreich. Als ich in den Ferien bei meinen Großeltern auf dem Land war, konnte ich mich immer kaum sattsehen an den schönen Dingen, die sie hatten. Sie meinten dann, ich würde das alles einmal erben, wenn sie nicht mehr sind. Daraufhin habe ich so geweint, dass sie es nie wiedergesagt haben. Aber sie hatten ein Testament gemacht, dass ich all ihre Sachen erbte. Damals war ich gerade neunzehn und hatte eine Ausbildung zum Einzelhandelskaufmann gemacht. Für mich stand schon mit vierzehn fest, dass ich mal mit Antiquitäten handeln will, hatte auch schon einiges in meinem Zimmer gesammelt, immer mal was auf einen Flohmarkt gekauft. Sehr zum Leidwesen meiner Mutter«, erklärte er, grinste und sah von einem zum anderen.
»Und an welchem Tag genau haben Sie erfahren, dass Marie Fuchs ihre Halbschwester ist?« Rose wollte es etwas genauer wissen.
»Am 3. März war das, als ich meine Mutter da weinend fand, mit dem Bild von meinem Vater in der Hand. Dann erst zeigte sie ihn mir, sagte, wer er war und dass er gestorben ist. Er war schon länger herzkrank, hatte dann wohl einen Herzinfarkt«, Robin blickte traurig zu Boden. »Als ich sie dann fragte, ob sie mir noch mehr Familie verschweigen würde, erzählte sie von meiner Halbschwester, die absolut keinen Kontakt mit ihrem Vater wollte. Die Welt ist schon verrückt, ich habe mir immer einen Vater gewünscht«, sagte der junge Mann nachdenklich und wischte sich verstohlen eine Träne von der Wange. Rose gab ihm ein Taschentuch. Er nahm es dankend an, trocknete sein Gesicht und putzte sich dann die Nase damit.
Plötzlich kratzte Fibi dem jungen Mann am Bein. Er sah sie

kurz an, und dann nahm er sie hoch auf den Schoß, wo sie ihn kurz ansah und sich dann hinlegte.

Während er die Fragen von Rose zu seiner Mutter beantwortete, kraulte er unbewusst den kleinen Hund, was ihn beruhigte. Dann regte er sich plötzlich sehr auf.

»Warum hat sie mir das all die Jahre verheimlicht? Warum können Leute nicht einfach sagen, was Sache ist? Nur weil es unbequem ist? Ich finde so was absolut feige!« Er wurde immer lauter, Fibi hob augenblicklich den Kopf und sah ihn an, was er bemerkte und damit fortfuhr, sie versöhnlich zu kraulen, wobei er sofort wieder leiser wurde.

»Heißt das, dass Sie noch keine Gelegenheit hatten, mit Marie Fuchs zu sprechen?«, fragte Grahne den jungen Mann vor sich.

»Das ist richtig, an dem Tag, wo ich sie mit dem kleinen Hund morgens beobachtet hatte und ansprechen wollte, ist ja so ein Typ auf mich los. Hab dann gemacht, dass ich da wegkomme und bin erst mal in die Oldenburger Innenstadt frühstücken gegangen. Hab mir dabei überlegt, dass ich sie am besten in ihrem Laden aufsuche. Da kann sie nicht weglaufen und ich kann jederzeit gehen, wenn sie keinen Kontakt mit einem Halbbruder haben will. Doch ich stand dann ständig vor einer geschlossenen Tür. Ich hatte ja keine Ahnung ...« Er sprach es nicht aus, sah Fibi auf seinem Schoß an und streichelte sie.

»Können Sie mir den Namen Ihres Vaters geben?«, fragte Grahne und notierte sich ihn. Als die Kommissarin den Namen hörte, fiel ihr der Brief ein, den sie auf Marie Fuchs' Schreibtisch gefunden hatte.

»Genau, Richard Reindersen ... Ihre Schwester hat diesen Brief von einem Notar zur Testamentseröffnung ihres Vaters bekommen«, stellte sie fest, und Robin Dahlken nickte.

»Ja, er hat ja auch von ihr als Tochter gewusst.« Der junge Mann blickte traurig auf Fibi und streichelte sie. Rose fragte ihn dann nach dem Namen und der Adresse seiner Mutter und notierte sie sich.

»Sie müssten noch ein paar Tage hier in Oldenburg bleiben«, sagte Rose anschließend bestimmt.

»Ja, kein Problem«, erwiderte Robin Dahlken, »ich habe das Zimmer für ein paar Tage gebucht, außerdem will ich noch einige Antiquitätenläden hier ansehen.«

Grahne ließ sich noch seine Handynummer geben. »Wieso wollen Sie sich solche Läden hier ansehen?«, fragte Grahne ihn dann interessiert.

»Mal schauen, was die Kollegen hier so alles in ihren Läden haben, wie die Ware präsentiert wird, was sie kostet. Vielleicht finde ich ja auch noch ein Schnäppchen oder einen Händler, mit dem man sich mal austauschen kann«, erklärte er. »Ich habe vor zwei Jahren einen Antiquitätenladen übernommen, am Rande von Hamburg. Noch ist er gemietet, aber wenn ich es schaffe, will ich das Haus kaufen und in der Wohnung darüber wohnen«, berichtete er stolz.

Rose und Grahne waren beeindruckt.

»Gut, wenn Ihnen noch irgendetwas einfällt, rufen Sie bitte an«, sagte Grahne anschließend und gab dem jungen Mann eine von ihren Visitenkarten.

Robin Dahlken nickte, nahm Fibi hoch und setzte sie in ihr Körbchen.

»Was ist jetzt mit ihr?«, fragte er plötzlich, und Rose sah ihn erstarrt an.

»Nun, ich denke, sie bleibt bei mir, ich bin noch total neu auf dem Gebiet, aber ich habe eine Freundin, die sich auskennt, sie hat eine Hundeschule, und die kann ich jederzeit anrufen und ausfragen. Wir schaffen das schon«, sagte sie dann mehr an Fibi gerichtet.

Robin Dahlken lächelte kurz, nickte und verabschiedete sich.

***

Sein Zimmer war zwei Straßen weiter, und er wollte laufen, ja, er musste. Das waren seine Worte auf die Frage der Ermittler, ob sie ihn beim Hotel absetzen sollten. Doch erst mal wollte er alles verarbeiten, was er heute erfahren hatte.
Kaum hatte er Familie gewonnen, so war sie wieder zerronnen, dachte er betrübt, als er das Polizeigebäude verließ.
Hätte er sich doch nur den einen Morgen nicht von diesem komischen Kerl vertreiben lassen. Überhaupt, was war das für einer gewesen? Hatte er sie auch beobachtet? Das war alles ganz schön scheiße, fand er und sah auf seine alte Armbanduhr. War es zu früh für ein Bier?
Ach, heute war es egal und bei dem, was er erfahren hatte, brauchte er jetzt eins.

***

Nachdem Robin Dahlken gegangen war, dachte Rose über seine Worte nach, und über die Wut, die er empfand, weil seine Mutter nicht mit ihm geredet hatte. Natürlich hatte sie ihre Gründe, aber war es ihrem Sohn gegenüber richtig? War es richtig von ihr, Heide Rose, ihren Eltern nicht zu sagen, dass sie im Außendienst bei der Mordkommission war?

Heide Rose sah nach Robin Dahlkens Bemerkung leicht betroffen aus, erkannte Grahne. Da fiel ihm ein, dass ihre Eltern ja dachten, sie würde im Innendienst arbeiten, und

soweit er wusste, hatte Rose ihnen noch immer nicht gestanden, dass sie Kommissarin bei der Mordkommission war.
Klar, dass ihre Eltern Angst um sie hätten, denn dieser Job war nun mal gefährlich, doch Rose konnte sehr gut auf sich aufpassen, und wirklich sicher war es nirgendwo auf der Welt. Das erfuhren sie ja tagtäglich, wenn sie mit Toten konfrontiert wurden, die keinen gefährlichen Job hatten. Wie einer harmlosen Blumenhändlerin …

»Wollen Sie wirklich den kleinen Hund behalten?«, fragte Grahne sie nun.
Rose sah ihn an und überlegte kurz. »Ja, warum nicht?! Ich wüsste sonst niemanden, der sich der kleinen Maus annehmen würde, und ins Tierheim möchte ich sie nicht geben. Und wenn man hier damit ein Problem hat, dann bilde ich sie wirklich noch zu einem Polizeihund aus«, meinte Rose, und im letzten Satz konnte man mehr als ein bisschen humorvollen Trotz hören. »Warum fragen Sie, Grahne? Stört Sie die Kleine?« Nun war ihr Ton wieder ernst geworden.
»Nein, überhaupt nicht«, lachte er und sah zu Fibi.
Als er Rose anblickte, nahm er wahr, wie ihr Gesicht sich plötzlich verkrampfte.
»Was ist? Woran denken Sie?«, fragte er Rose, und sie sah ihn nachdenklich an.
»Daran, dass mein Vater morgen Geburtstag hat und ich mit Fibi am Wochenende zum Kaffee dorthin fahre«, sagte sie und starrte ihn an. »Sicher fragen meine Eltern, woher ich Fibi habe und wieso sie bei mir ist und so was«, überlegte sie laut, und Grahne zog die Augenbrauen hoch.
»Eine gute Gelegenheit, Ihre Eltern über Ihre eigentliche Tätigkeit als Kommissarin zu informieren. Finden Sie nicht?«, meinte Grahne nach kurzer Überlegung. Rose sah

ihn nachdenklich an.

»Stimmt, dass ist in der Tat eine gute Gelegenheit«, stimmte sie ihm zu. »Allerdings will ich nicht meinem Vater die Geburtstagsfeier vermiesen, denn meine Mutter wird ausrasten.« Grahne verdrehte die Augen.

»Intelligenz findet immer eine Ausrede«, meinte er und machte sich wieder an die Arbeit.

Sie wollte erst etwas dazu sagen, ließ es dann aber. Auch Rose wandte sich wieder ihren Unterlagen zu, die sie in ihrem Fach fand.

Der komplette Obduktionsbericht war da, und sie las ihn sich durch. Eigentlich nichts Neues, stellte Rose fest. Doch der Stoffrest unter Maries Fingernagel war analysiert, es war ihrer von dem dicken Pullover.

Schrecklich, dachte Rose. Sie hatte diese liebenswürdige, lachende junge Frau plötzlich vor Augen und fragte sich wieder mal, wer zum Henker zu so einer Tat bloß fähig wäre.

Grahne hatte einige Zettel mit neuen Fallinformationen fertig gemacht, stand auf und heftete sie an die Tafel, die die zwei in ihrem Büro hatten.

Heide ging zu ihm und sah sich die Zettel an.

»Gut, also wir haben jetzt zu dem Unbekannten mit der Kapuze einen Namen, wissen, dass er der Halbbruder der Toten ist, dass der Stoffrest unter Maries Nagel leider von ihr selber stammt und haben einen Pflanzstein unbekannter Herkunft …«, Rose sah die Zettel nachdenklich weiter durch.

»Und dass das Opfer eine Einladung zu einer Testamentseröffnung hatte, was ich nicht uninteressant finde«, stellte Grahne fest.

»Da haben Sie recht«, pflichtete Heide Rose ihm bei.

»Aber wenn ich mir hier alles so ansehe, ist es noch ganz schön mager«, fand sie, und Grahne nickte zustimmend.

Es blieb ihnen nichts übrig, als alles, was sie bisher wussten, noch genauer unter die Lupe zu nehmen und weiterzusuchen.

Grahne durchstöberte das Internet nach Baumärkten, die den Pflanzstein, der an der Leiche gefunden wurde, verkauften, als Rose plötzlich zu sprechen anfing.
»Sie haben recht! Ich werde meine Eltern am Samstag darüber informieren. Ich meine, was soll ich mir da irgendeine Geschichte ausdenken, und überhaupt, das ist ja kein Zustand so«, gab sie im Brustton der Überzeugung von sich, und Grahne nickte sie lächelnd an.
Na, das wollen wir doch mal sehen, ob du das wirklich machst, dachte er.
»Sagen Sie, hat sich der Witwer endlich mit der Liste gemeldet?«, fragte sie Grahne, nachdem sie ihr Fach durchgesehen und nichts dergleichen gefunden hatte.
Er sah nachdenklich zu ihr. »Nein, hier war nichts, keine Liste«, stellte er fest.
»Okay, dann fahre ich da jetzt hin, das dauert mir echt zu lange«, kündigte sie an, stand auf und zog sich ihre Jacke an.
»Kommen Sie mit, oder sind Sie noch nicht mit den Pflanzsteinen fertig?«, fragte sie ihren Kollegen.
»Nee, ich hab hier noch einige abzuchecken. Oder soll ich lieber mitkommen?«
»Nein, machen Sie mal weiter, das ist ja wichtig. Ich fahre in seine Kanzlei und schaue, ob er sie fertig hat. Ansonsten guck ich mal, ob ich einige Namen schon mal aus ihm rauskriege.« Grahne nickte ihr zu und sah, wie Fibi ihr aus dem Büro folgte. Er musste lachen bei dem Anblick.

***

Nach einem Bier verließ Robin Dahlken wieder die Kneipe.

Da er zuletzt mittags was gegessen hatte, merkte er schon den Alkohol und hielt es für besser, erst mal zu Abend zu essen. Er ging einige Straßen weiter, wo er einen Imbiss gesehen hatte, und bestellte sich gerade ein Schnitzel mit Pommes, als sein Handy klingelte.

»Robin, hallo, mein Schatz. Stell dir vor, du sollst zur Testamentseröffnung deines Vaters kommen«, war seine Mutter am anderen Ende aufgeregt zu hören.

»Wie bitte? Wie kommst du denn darauf?«, fragte er seine Mutter. Er hatte keine Ahnung, wieso sie das auf einmal meinte.

»Ich habe den Notar gefragt, ob ich nicht ein Andenken für dich haben kann, weil du doch sein Sohn bist. Da war er ganz interessiert, und ich sollte mit der Geburtsurkunde und Fotos vorbeikommen. Ich war eben da, und nachdem er alles angesehen hatte, meinte er, du musst zur Testamentseröffnung kommen«, erklärte sie ihrem sprachlosen Sohn am Telefon. »Robin?! Bist du noch da?«, rief sie ins Handy, und er erschrak augenblicklich.

»Ja, ich höre dich, ich kann es kaum fassen. Ich meine, er hat doch sicher genug Erben, was soll ich da«, meinte er und dankte der Dame vom Imbiss, die ihm gerade sein Essen an den Tisch brachte.

»Robin, da musst du hingehen. Deine Halbschwester, diese Marie, ist die Haupterbin. Ansonsten hat er nichts gesagt. Bitte geh doch dahin, da lernst du deinen Vater etwas besser kennen, und vielleicht bekommst du ein Erinnerungsstück für dich. Es tut mir so leid, dass ich nichts gesagt habe all die Jahre ...« Seine Mutter flehte richtig.

»Ja, ich gehe hin«, unterbrach er sie, »aber jetzt will ich erst mal was essen. Wann ist diese Testamentseröffnung denn?«, fragte er und steckte sich schon mal eine Pommes in den Mund.

»Am 14. April um sechzehn Uhr«, antwortete seine Mutter.

»Okay, bis dahin werde ich ja wohl wieder da sein«, meinte er zu seiner Mutter lachend. »Mach's gut, bis bald, Ma!«, beendete er das Gespräch und widmete sich seinem Abendessen.
Irgendwie komisch war das ja schon, dachte er. Er soll da hinkommen zur Testamentseröffnung, obwohl er ihn nicht mal kannte, nie kennengelernt hatte.
Aber gut, er wollte gerne ein Foto von seinem Vater haben, und wer weiß, vielleicht erbte er ja auch mehr. Jetzt, wo Marie tot war. Ja, seine Tochter Marie kannte er ja auch nicht, und sie war eingeladen, obwohl sie ihn ablehnte. Na ja, mal sehen was da passiert, interessant wird es bestimmt, sagte er sich.

***

Rose parkte vor der Anwaltskanzlei von Rechtsanwalt Fuchs und ging hinein. Fibi ließ sie lieber im Auto, sie wollte sich vernünftig mit dem Witwer unterhalten können.
Auch an diesem Nachmittag Anfang April war es bewölkt und noch recht frisch. Rose hielt sich ihre Jacke zu und marschierte eilig in die Kanzlei.
Herr Fuchs sah von den Unterlagen auf, als Heide Rose sein Büro betrat.
»Ist Ihre Sekretärin nicht da?«, fragte Rose verwundert.
»Äh, nee, Frau Julfs hat Urlaub«, entgegnete ihr der Witwer und bat Rose mit einer Handbewegung, vor seinem Schreibtisch auf dem Stuhl Platz zu nehmen.
Als sie dem nachgekommen war und er seine Unterlagen weggeräumt hatte, widmete er sich der Kommissarin.
»Was kann ich für Sie tun?«, fragte er.
»Nun, ich wollte die Liste abholen, die Adressliste von ihren Freunden und Bekannten, Familie. Ich bat Sie, sie mir zu geben«, erinnerte sie ihn.

»Ach ja, die Liste!« Er war ganz peinlich berührt. »Die habe ich ganz vergessen.« Er grinste Rose verlegen an.

»Das ist schlecht, ich brauch sie zum Arbeiten, können sie mir nicht jetzt eben ein paar Leute aufschreiben. Vielleicht fangen wir mit der Familie von Marie an«, half sie ihm, einen Anfang zu finden. Er überlegte kurz.

»Ja also, die Eltern von Marie sind tot, Geschwister hatte sie keine, aber ich weiß noch von einem Onkel, dem Bruder ihrer Mutter«, erzählte er.

»Gut, geben Sie mir bitte Namen und Adresse«, bat Rose ihn.

»Oh, na die habe ich hier nicht, da muss ich erst zu Hause nachsehen, wo Marie die hat«, stammelte er. »Sie hatten nicht so den Kontakt, nur mal eine Karte zu Weihnachten haben sie sich geschickt die letzten Jahre«, erklärte er auf den Blick von Rose hin.

»Gut, dann weiter … Welche Freunde haben Sie, hatte Marie eine beste Freundin? Ich brauche die Namen und Adressen«, wiederholte Rose noch einmal und hoffte, der Witwer würde mal langsam aus dem Quark kommen, damit sie endlich ihre Arbeit machen konnte. Lars Fuchs sah sie kurz nachdenklich an, dann nahm er einen DIN-A4-Block aus seiner Schreibtischschublade und schrieb.

Na also, geht doch, dachte Rose und war froh, dass ihr Gegenüber endlich aktiv wurde.

Als er jedoch das Blatt abriss und ihr hinhielt, war darauf nur eine Adresse zu sehen. Sie sah erst das Blatt an, dann den Witwer vor sich.

»Das sind ihre Freunde?«, fragte sie ihn, nachdem sie Namen und Adresse des befreundeten Paars gelesen hatte.

»Ja, ich weiß, das sind nicht viele, aber wir haben viel gearbeitet und außerdem waren wir uns selbst auch genug. Wir haben gerne unsere Zeit zusammen verbracht«, erklärte der Rechtsanwalt und wirkte überzeugend.

»Gut, und auch sonst haben Sie keine Bekannten oder Ähnliches, die Sie mal öfter getroffen haben?«, hakte die Kommissarin noch mal nach, doch Fuchs verneinte.

»Hatte Ihre Frau sonst noch mit jemandem Kontakt, war sie im Sportverein oder Ähnlichem?« Rose ließ nicht locker.

»Also, im Sportverein oder so war sie nicht, und mit wem meine Frau so über Tag noch geredet hat, das kann ich Ihnen ja nun wirklich nicht sagen«, war Fuchs langsam genervt und gab Rose das Blatt Papier wieder zurück.

Sie sah kurz auf den einen Namen, was sie sehr mager fand, und versuchte sich zu erklären.

»Nun, vielleicht eine Nachbarin oder so, mit der ihre Frau sich womöglich auch mal öfter unterhalten oder sogar getroffen hat. Es ist einfach wichtig, alle Personen zu befragen«, sagte sie.

»Ich weiß von niemand weiteren … Aber was ist eigentlich mit diesem Kapuzenmenschen?« Fuchs sah sie aufmüpfig an.

»Dem sollten sie mal ordentlich auf den Zahn fühlen«, stellte er fest. »Überhaupt, haben Sie herausbekommen, was der vor dem Laden meiner Frau gemacht hat? Warum er sie beobachtet hat?« Er war so richtig in Fahrt und erwartete eine angemessene Antwort.

Heide Rose schaute den Witwer ruhig an, viel zu ruhig für sein Empfinden.

»Nun, wir ermitteln weiterhin in alle Richtungen«, erklärte sie ihrem aufgeregten Gegenüber.

»Das ist alles?! Wir ermitteln?! Vielleicht ist der Typ der Mörder meiner Frau! Haben Sie ihn mal ordentlich in die Zange genommen?«, schrie er die kleine Kommissarin plötzlich an.

»Nun kommen Sie mal wieder runter, der junge Mann ist der Halbbruder ihrer Frau, er wollte Sie nur kennenlernen«, erklärte Rose dem aufgebrachten Witwer.

Er sah sie mit großen Augen an.
»Wie jetzt, das ist Ihr Ernst«, sagte er nach einer kurzen Denkpause. »Das gibt es jetzt doch nicht«, fügte er fassungslos hinzu, doch Rose ging nicht darauf ein.
»Sie haben dieser Adresse also nichts hinzuzufügen?«, fragte Rose, um zum eigentlichen Thema zurückzukommen.
Er sah auf das Papier in Roses Hand, dass er ihr kurz zuvor gegeben hatte. »Nein«, meinte er knapp und lehnte sich genervt in seinen Schreibtischsessel zurück.
»Nun gut, Sie haben meine Telefonnummer, falls Ihnen noch etwas Hilfreiches einfällt«, stellte Rose fest und ging mit dem Zettel in der Hand aus dem Büro.

Als sie draußen ihr Auto startete, fiel ihr die Uhrzeit auf, es war Feierabend.
Eigentlich war im Moment auch nichts mehr zu tun, dachte sie, denn sie hatte nichts, das man eine heiße Spur nennen konnte.
Sie nahm ihr Handy und rief Grahne im Büro an.
»Dachte ich mir doch, dass Sie noch im Büro sind«, sagte sie, nachdem er sich meldete.
»Klar, wo denn sonst? Wie war es bei unserem Witwer?«, fragte Grahne und fuhr im Hintergrund seinen PC runter.
»Nun, eine sehr spärliche Liste, nur einen Namen, und die Adresse von Marie Fuchs' Onkel bekomme ich noch. Was hat ihre Recherche ergeben?« Heide hoffte, dass Grahne etwas erfolgreicher war.
»Hm, eigentlich nichts. Zwei Baumärkte haben diese Marke beziehungsweise Sorte von Pflanzstein. Sie meinten, es ist durchaus üblich, auch nur einen zu kaufen oder eben auch zehn. Das fällt nicht weiter auf. Natürlich könnten wir trotzdem versuchen, mit den Kassiererinnen zu sprechen, aber bei der Kundenzahl, die sie täglich haben, wäre das eher eine aussichtslose Sache«, endete Grahne, und Rose

entfuhr ein tiefer Seufzer.
»Alles okay bei Ihnen?« Grahne klang besorgt.
»Ja, war nur ein anstrengender Tag«, beruhigte sie ihn. »Ich mache jetzt Feierabend, schauen Sie mal auf die Uhr, Sie sollten auch für heute Schluss machen.«
»Bin gerade dabei, habe den PC runtergefahren, mache noch ein paar Zettel an unsere Tafel und bin dann weg«, lachte Grahne und wünschte ihr noch einen schönen Feierabend.
»Danke, das wünsche ich Ihnen auch«, antwortete sie und ließ ihr Handy wieder in der Jackentasche verschwinden.
Fibi war während des Gesprächs mit Grahne von der Rückbank nach vorne gesprungen und Heide auf den Schoß gekrabbelt.
Heide hatte automatisch kurz danach angefangen, sie zu streicheln. Nun sah sie den kleinen Hund an und lachte.
»Na, du kleiner Schatz. So kann ich aber nicht fahren«, lachte sie, nahm die Hündin und hob sie rüber auf den Beifahrersitz.
Doch sie stand sofort wieder auf und ging erneut auf Roses Schoß.
»Nein«, sagte Heide laut und bestimmt, so wie ihre Freundin Elke es ihr gesagt hatte, und hob sie wieder auf den Beifahrersitz. Nun blieb Fibi erstaunt sitzen, sah sie kurz an und legte sich dann hin.
Okay, dachte Heide, das hat sie verstanden, aber vielleicht sollte ich doch mit ihr noch in die Hundeschule zu Elke. Damit ich sicherer mit der Erziehung werde und überhaupt, schließlich hatte ich noch nie einen Hund.
Heide startete den Wagen und fuhr nach Hause. Dort angekommen ging sie erst mal mit Fibi eine kleine Runde ohne Leine durch den Park. Sie hatte festgestellt, dass das eine sehr gute Möglichkeit war, den Tag noch mal Revue passieren zu lassen, alles noch mal zu überdenken.

Plötzlich lief die Hündin blitzschnell durch die Büsche und war weg.
Heide rief sie immer wieder.
»Fibi! Fibiiii?« Doch sie kam nicht wieder. Heide ging zwischen den Büschen durch, suchte die kleine Hündin, aber nichts, sie war wie vom Erdboden verschwunden.
Heide lief immer wieder um die Büsche herum und rief Fibi, sah sich auch bei den umliegenden Büschen um, als plötzlich eine Frau mit einem Hund vor ihr stand.
Daneben stand Fibi.
»Da bist du ja«, war Rose erleichtert und sah die Frau fragend an.
»Sie kam auf einmal zwischen den Büschen auf uns zu, mein Herkules mag eigentlich keine anderen Hunde, aber Ihre Hündin scheint er zu mögen«, lachte die Frau fröhlich und schien sich zu freuen, dass ihr Mopsrüde eine Hundefreundin gefunden hatte.
Der kleine stämmige Hund der Frau schnupperte immer wieder an Fibi, und sie sprang wild vor ihm hin und her.
Heide Rose unterhielt sich kurz mit der Frau, die offensichtlich in der Nachbarschaft wohnte.
Dann verabschiedeten sie sich voneinander, und Heide Rose nahm Fibi auf den Arm, da sie auf ihre Rufe nicht reagiert hatte und sie ohne Leine losgegangen war. Das nächste Mal würde sie auf jeden Fall eine Leine mitnehmen, so viel war sicher. Ihr kam wieder der Tipp ihrer Freundin mit der Hundeschule in den Kopf. Sie wollte Elke gleich mal anrufen, dachte Rose, als sie ihre Wohnungstür aufschloss.
Kaum war sie drinnen, klingelte das Telefon. Ohne auf das Display zu achten, ging Heide Rose ran und nahm den Hörer ab.
»Hallo, Liebes, ich bin es«, trällerte ihre Mutter durch den Hörer, und Heide verdrehte die Augen.
»Du weißt doch, dass dein Vater morgen Geburtstag hat,

oder? Wir wollen, dass ihr alle am Sonntag zum Kaffee kommt. Das geht doch, Liebes?« Doch bevor Heide darauf antworten konnte, hatte ihre Mutter noch eine Frage.
»Kommst du allein, oder bringst du jemanden mit, Liebes?«, fragte sie ihre Tochter und lauschte ganz gespannt. Heide Rose hatte immer noch Fibi auf dem Arm und fing plötzlich ganz breit an zu grinsen.
»Also, ja wenn du so fragst ... ich bringe noch jemanden mit. Bis Sonntag!«, rief sie in den Hörer und legte auf. Nun hatte ihre Mutter Stoff zum Grübeln, dachte Heide und freute sich darüber.

***

Lisbeth war völlig perplex, das merkte auch ihr Mann, als er gerade an ihr vorbei ins Wohnzimmer ging.
»Was hast du Schatz?«, fragte er seine Frau.
»Stell dir vor, Heide bringt jemanden mit, sagt sie. Da ruf ich doch gleich noch mal an, das will ich doch genauer wissen«, meinte sie und wählte schon Heides Nummer.
»Lisbeth, lass das! Du wirst dich bis Sonntag gedulden müssen.« Karl-Heinz war auf einmal sehr streng mit seiner Frau. Das kam nicht oft vor, und so brach sie den Rückruf bei Heide augenblicklich ab. Einen Moment lang blieb sie noch dort stehen, das passte ihr ja gar nicht, dass sie ihre Neugierde nicht stillen konnte, aber wenn ihr Mann so energisch mit ihr redete, wusste sie, dass sie keine Wahl hatte. Dabei musste man doch wissen, was man für einen Besucher zu erwarten hatte. Alt oder jung, groß oder klein.

***

Heide war fest entschlossen, nicht wieder ans Telefon zu gehen, wenn ihre Mutter noch mal anrief, um Genaueres zu erfahren. Doch das Telefon blieb erstaunlicherweise stumm.

Nun gut, dachte Rose und wählte die Nummer ihrer Freundin Elke, die sie nach ihrer Hundeschule fragen wollte. Elke ging an ihr Handy und freute sich, dass Heide sie danach fragte.

»Ich habe hier gerade noch eine Einzelstunde und danach frei, wie wäre es, wenn du mit Fibi noch eben am Hundeplatz vorbeikommst? Dann kann ich mir die Maus mal genauer ansehen und mir ein Bild von ihr machen«, schlug Elke ihr vor.

»Ja, aber sie hat noch nicht gefressen«, warf Heide ein und merkte, dass vor allem ihr der Magen knurrte.

»Ach, das ist nicht so schlimm, im Gegenteil, dann können wir gut mit Leckerlis arbeiten. Also schmeiß dich in den Wagen mit ihr, und wir sehen uns gleich«, lachte Elke, und Heide legte nach einem *Okay* auf.

Doch vorher wollte sie noch Lars Fuchs anrufen, wegen der Adresse und Telefonnummer von Maries Onkel, er müsste jetzt zu Hause sein, dachte Rose.

»Fuchs«, meldete er sich.

»Kommissarin Rose hier, Sie wollten mir heute Abend die Adresse von Maries Onkel geben«, erinnerte sie den jungen Witwer.

»Ach ja, Moment«, sagte er, und sie hörte, wie er woanders hinging und rumkramte. Wenig später nannte er ihr die Adresse und die Telefonnummer des Onkels.

»Danke, und falls Ihnen doch noch Namen einfallen, melden Sie sich bitte«, versuchte ihn Rose zum Nachdenken zu bringen.

Er brummte nur was ins Telefon und legte auf.

»Na dann«, meinte sie zu Fibi, wusch sich einen Apfel für unterwegs ab und machte sich mit der Hündin auf den Weg.

Gerade als Rose bei der Hundeschule ankam, verließ der Hundehalter mit seinem Retriever vom Einzelunterricht den Platz.

Das passt ja, dachte Heide Rose und begrüßte Elke, die ihr entgegenkam.

»Na, dann geht ihr zwei, mal bitte über den Platz«, kam eine klare Ansage von Elke, und Rose startete sofort.

Nach einigen Metern schaute sich Rose jedoch unsicher um.

»Wohin soll ich denn mit ihr laufen?«, rief sie zu Elke, und die lachte.

»Erst mal über den Platz, mach ruhig so einen Kreis, schau dich mal mit der Kleinen bei den Geräten um, probier doch den Tunnel, versuch mal, ob sie da durchläuft oder über die Brücke geht, erkundet einfach mal den Bereich«, riet Elke und beobachtete die beiden genau.

Die Kommissarin tat, wie ihr geheißen, lief mit Fibi einen großen Kreis, blieb dann auch mal stehen, ging weiter zu dem Tunnel. Sie deutete mit der Hand da hinein, das hatte sie mal im Fernsehen gesehen, doch die Hündin lief lieber neben dem Tunnel lang.

Heide Rose wurde langsam lockerer, und es fing an, ihr Spaß zu machen.

Fibi blieb jedoch immer mal wieder stehen und schnupperte. Wenn Heide sie allerdings rief, kam sie sofort zurück.

Nachdem sie der Kleinen bedeutet hatte, über die Brücke zu gehen, und sie tatsächlich darüber gelaufen war, immer neben Heide her, rief Elke die zwei wieder zu sich.

»Na, was sagst du zu der Kleinen?« Erwartungsvoll sah Heide die Hundetrainerin an. Elke überlegte kurz, bevor sie antwortete.

»Sie ist total auf dich fixiert, scheint intelligent zu sein, und jetzt halte ich sie mal fest, und du versteckst dich hier auf dem Platz. Ich will was testen«, meinte Elke und machte

eine Handbewegung, dass Heide sich verstecken solle.
Fibi hielt sie am Geschirr fest und drehte sich mit ihr in die andere Richtung, damit sie Heide nicht sehen konnte.
Als Heide nicht mehr zu sehen war, ließ Elke die Hündin los und beobachtete, was sie tat.
Nachdem sie sich mehrmals umgeschaut hatte, ging ihre Nase zum Boden, und sie schnupperte. Elke grinste, sie hatte damit gerechnet.
Fibi lief dann immer weiter in Heides Richtung, die Nase auf dem Boden, schnupperte sie sich zu ihrem neuen Frauchen.
Es dauerte nicht lange, und die kleine Hündin hatte Heide gefunden, sie bellte sie vor Freude an, das Spiel schien ihr zu gefallen. Nichts anderes war es in den Augen der Hündin.
»Das dachte ich mir«, meinte Elke. »Ich denke, mit ihr kannst du gut Mantrailing machen.«
»Echt jetzt?! Du meinst tatsächlich Personen aufspüren?« Heide war erstaunt, dachte sie doch da an größere Hunde von der Hundestaffel, die vermisste Personen ausfindig machten.
»Klar, ich denke, sie hat alles, was Hund dazu braucht«, erklärte ihr Elke.
»Aber machen das nicht normalerweise größere Hunde?«, fragte Heide skeptisch.
»Nein, nicht unbedingt, es kommt beim Mantrailing auf die Nase an, nicht auf die Größe des Hundes«, erklärte ihr Elke.
»Mach doch einfach mal ein paar Trainingsstunden mit, dann kannst du ja immer noch entscheiden, ob es was für euch ist«, schlug Elke vor, und Heide stimmte zu.
»Da lernst du viel über deinen Hund und dein Hund von dir, und ihr beide lernt, euch zu verständigen«, wusste die Hundetrainerin.
Das Mantrailing fand immer montagabends statt, erzählte ihr Elke, und Heide wollte es sich so einrichten, dass sie dann da waren.

Vorher wollte Elke Fibi noch in Bezug auf andere Hunde testen und sich zu gegebener Zeit bei Heide melden.
Da bin ich aber mal gespannt, dachte Heide Rose, als sie mit Fibi wieder nach Hause fuhr. Sie konnte sich unter dem Training noch nichts vorstellen und war auch gespannt, wie die kleine Hündin auf die anderen Hunde reagieren würde. Denn es waren keine Einzelstunden, sondern eine Gruppe von Hunden, die es lernen sollten.
Tja, und dann war sie ja noch zum Geburtstag ihres Vaters eingeladen und sehr gespannt, wie ihre Familie auf Fibi reagierte. Heide Rose fragte sich, ob das der richtige Moment sein würde, um mit der Wahrheit herauszurücken, dass sie bei der Mordkommission war. Lügen würde sie jedenfalls nicht, aber ob sie wirklich den Mut dazu fände angesichts der Ängste ihrer Eltern?
Sie musste sich sehr zusammenreißen, nicht sämtliche möglichen Szenarien durchzuspielen. Aber diesen Tag einfach auf sich zukommen zu lassen, fiel ihr schwer.

***

Peter Grahne musste auch pünktlich heute raus, denn er hatte einen Meditationskurs um zwanzig Uhr. Er war da so reingerutscht, hatte selbst viele Kurse mitgemacht, sogar einen Lehrerkursus. Dann zog die Lehrerin weg, und man suchte lange nach Ersatz, bis jemandem auffiel, dass Grahne durchaus die Fähigkeiten und Qualifikationen dafür hatte.
So war es jetzt sein Meditationskurs, und als Übungsleiter musste er natürlich pünktlich sein. Heide Rose wusste davon nichts, und solange es nicht sein musste, wollte er es ihr auch nicht sagen.
Seit etwa einem halben Jahr machte er das schon, und heute war wieder der Beginn eines neuen Kurses. Er hatte zehn Teilnehmer, die nach und nach zu ihm in den

Trainingsraum kamen. Zunächst stellte er sich vor und bat dann, dass sich alle Teilnehmer ebenfalls kurz vorstellten und sagten, warum sie an dem Kurs teilnahmen und was sie sich davon versprachen. Das fand er als Übungsleiter immer besonders interessant und wichtig. Damit er darauf eingehen konnte.

Nach den Vorstellungen erklärte er zunächst, was bei einer Meditation zu beachten sei. Eine der Teilnehmerinnen sah ihn irgendwie anders an, ja so anhimmelnd, fand er und musste aufpassen, dass er nicht den Faden verlor.

Er versuchte ihren Blick zu ignorieren.

Dann ließ er die Teilnehmer in die Meditation und begleitete sie mit ruhigen Worten und seiner warmen Stimme. Auch er meditierte währenddessen leicht und gab den Teilnehmern Impulse, um sie gut durch die Meditation zu führen.

Alles lief gut, die Teilnehmer waren erfreut über ihre erste Erfahrung in Sachen Meditation und freuten sich schon auf die nächste Woche.

Die junge Frau, die ihn am Anfang angehimmelt hatte, packte auffallend langsam ihre Sachen zusammen und ging deshalb auch als Letzte aus dem Raum. Natürlich nicht, ohne Grahne noch mit einem süßen Augenaufschlag einen *Wunderschönen Abend* zu wünschen. Den wünschte er ihr auch, aber weniger aufmerksam und sah dann zu, dass er in dem Raum alles schloss und ausmachte. Dann hatte er auch endlich Feierabend. Er hoffte sehr, dass sein neuer Fan draußen nicht noch auf ihn wartete, aber er hatte Glück.

Schnell ging er nach Hause und freute sich auf sein Sofa und gute Musik.

6

Nach einer unruhigen Nacht, in der sich Heide vorgestellt hatte, wie sie ihren Eltern von ihrem wirklichen Job erzählte, wachte sie morgens wie gerädert auf.
Sie streckte sich und hielt plötzlich inne. Da lag was auf ihrer Decke in Höhe der Knie. Sie war doch nicht mit ihrem Laptop ins Bett gegangen, oder? Vorsichtig kam sie mit dem Oberkörper hoch und sah nach.
Da ruhte doch tatsächlich ein kleines beigefarbenes Fellbündel auf ihrer Decke.
»Fibi! Was machst du denn hier?«, fragte Heide erstaunt, und die kleine Hündin sah sie daraufhin an. Fibi gähnte kurz, streckte sich und kam dann, mit ihrer Rute wedelnd, auf Heides Gesicht zu. Wer konnte da schon böse sein?!
Heide streichelte sie, die in der Nacht offensichtlich ihre Nähe gesucht hatte. Nun ja, sie hatte sie ja auch selber am Anfang ins Bett geholt, überlegte Rose. So war es nicht verwunderlich, dass sie in der Nacht ihr Körbchen gegen Roses Bett eintauschte. Trotzdem wollte sie Elke wegen des Verhaltens mal ansprechen, ob es gut war oder nicht, dass sie in ihr Bett kam.
Nachdem sie mit der Hündin die Morgenrunde gemacht und sie gefüttert hatte, saß die Kommissarin am Frühstückstisch und schrieb Grahne eine Nachricht. Er sollte nicht erst ganz zum Büro fahren, sie wollte ihn abholen und mit ihm direkt zu Maries Onkel fahren.

Der Weg führte die zwei Ermittler nach Hude, wo Werner

Kalder, der Onkel von Marie, wohnte. Rose fuhr diesmal über Tweelbäke, um zu dem Ort zu gelangen.
Vor den Bahnübergang bogen sie in die Burgstraße, vorbei an einem Edeka-Markt geradeaus über eine Kreuzung.
Als sie an einem kleinen Blumenladen vorbeikamen, viel Rose ein, dass sie auf jeden Fall noch für ihre Mutter einen Blumenstrauß brauchte. Das Geschenk für ihren Vater hatte sie bereits. »Grahne, erinnern Sie mich bitte daran, dass ich da nachher Blumen hole?«, bat sie ihren Kollegen.
»Glauben Sie, dass Ihre Mutter dann Ihre Offenbarung, dass Sie im Außendienst als Kommissarin tätig sind, besser verkraftet?«, fragte er sie grinsend von der Seite.
»Na, das müsste dann aber ein riesengroßer Blumenstrauß sein«, stellte sie lachend fest. »Nein, er ist vielmehr für die Arbeit, die sie mit der Feier hat«, erklärte Rose und bog dann plötzlich in einer der Nebenstraßen rechts ab.
Ein paar Straßen weiter, klingelten sie dann kurz darauf an der Tür von Werner Kalder, dem Onkel von Marie Fuchs. In dem Moment fragte sich Heide, ob er eigentlich bereits von dem Tod seiner Nichte wusste. Aber das würde sie dann ja gleich feststellen. Auf einen fragenden folgte ein genervter Gesichtsausdruck bei dem Onkel.
»Keine Zeugen Jehovas, wie oft soll ich es denn noch sagen!«, meinte er und wollte die Tür schon wieder schließen, doch Rose war schneller und hatte ihren Fuß dazwischen.
»Sind Sie Werner Kalder? Wir sind von der Kriminalpolizei. Dürfen wir kurz reinkommen, wir hätten da ein paar Fragen.« Heide Rose und Grahne zeigten ihre Ausweise, dennoch war der erstaunte Herr Kalder nicht bereit, sie einzulassen.
»Kripo? Was wollen Sie denn von mir?«, fragte er sie und sah von einem zum anderen.
»Nun, es geht um Marie Fuchs«, begann Rose vorsichtig.

»Marie, wieso was ist mit ihr?«
»Ihre Nichte wurde leider ermordet. Wir haben ein paar routinemäßige Fragen an alle, die sie kannten«, erklärte Rose und hatte plötzlich einen völlig verstörten Mann vor sich.
»Marie ist ... tot?« Kalder versuchte, dass gerade Gehörte zu begreifen. Er fuhr sich mit seinen Händen über die Stirn und über den Kopf hinweg.
»Ja, es tut mir leid, ich dachte Maries Mann hätte es Ihnen bereits gesagt?«, führte Rose das Gespräch weiter und sah einen Mann vor sich, der entsetzt den Kopf schüttelte.
»Oh, kommen Sie doch bitte rein«, sagte er und bat die Kommissare ins Haus. Er führte sie in sein großes Wohnzimmer und bat sie, Platz zu nehmen, was er ebenfalls tat.
»Mord, sagten sie? Was...wer um Himmelswillen ...?« Er konnte nicht weitersprechen, seine Stimme versagte.
»Soll ich Ihnen ein Glas Wasser holen?«, fragte Rose und stand auf.
»Nee, ich brauch etwas Stärkeres«, meinte er und zeigte auf eine Ecke im Wohnzimmer, in der sich, wie Rose feststellte, eine Bar befand.
»Etwas Bestimmtes?«, fragte die Kommissarin, aber er schüttelte den Kopf.
»Hauptsache stark«, stellte er fest und hielt sich die Hand dann vor den Mund.
Im Vorbeigehen nickte sie Grahne zu, und sofort führte er das Gespräch weiter, während Rose eine der Whiskey-Flaschen nahm und ein Glas füllte.
Als Rose das Glas mit dem Whiskey Herrn Kalder gab, nickte er ihr zum Dank kurz zu und nahm einen großen Schluck, dann erst antwortete er auf Grahnes Frage.
»Ich habe Marie zuletzt vor einem guten Monat gesehen, da habe ich mir einen Strauß Blumen aus ihrem Laden

geholt. Das habe ich immer mal gemacht, auch um zu sehen, wie es ihr geht«, erklärte er.

»Und? Machte sie auf Sie einen glücklichen Eindruck«, fragte Grahne ganz direkt, und sein Gegenüber überlegte kurz.

»Ja, eigentlich schon«, meinte Kalder dann und nahm noch einen Schluck von seinem Whiskey.

»Wissen Sie, wenn ich ehrlich bin, war ich nicht so begeistert, dass sie damals diesen Lars Fuchs heiraten wollte. Aber ich hatte ihr ja nichts zu sagen, bin ja nur der Onkel und nicht der Vater. Wobei ein Vater bei seiner Tochter mit so einer Äußerung sicher auch keinen Erfolg hätte«, musste er feststellen.

»Aber wieso? Lars Fuchs ist jung, erfolgreich und nett und als Rechtsanwalt doch eigentlich eine gute Partie, wie man immer so sagt.« Grahne wollte, dass Kalder seine Abneigung genauer erklärte und beobachtete sein Gegenüber jede Sekunde.

Der Körper von Herrn Kalder verkrampfte sich ein wenig.

»Ich fand ihn immer eine Spur zu arrogant. Sicher, er war aus gutem Hause, er wohnte mit seinen Eltern in einem Haus im Dobbenviertel, einem der besten Stadtteile in Oldenburg. Trotzdem, ich mochte den Mann irgendwie nie, aber Marie war offensichtlich glücklich mit ihm.« Kalder nahm noch einen Schluck von seinem Whiskey, es war der letzte, und er warf einen sehnsüchtigen Blick in die Ecke, wo die Flaschen standen. Rose ignorierte das.

»Wann haben Sie denn Lars Fuchs zuletzt gesehen?« Grahne bohrte weiter, und Rose musterte ihn.

Was hatte der schlaksige rothaarige Kollege vor?

Kalder musste echt überlegen, bevor er antworten konnte.

»Das ist schon über ein Jahr her, wenn ich mich nicht irre.« Herr Kalder stellte sein Glas auf den Tisch vor sich ab.

»Oh, wo bleiben meine Manieren … möchten Sie etwas

trinken?«, fragte er die Kommissare, doch beide lehnten dankend ab.

»Demnach hatten Sie kein so gutes Verhältnis zu Ihrer Nichte und Ihrem Mann«, ließ Grahne nicht locker, und Kalder sah ihn an.

»Das kann man wohl so sagen, seit einem Vorfall vor etwa drei Jahren, haben wir es vorgezogen, uns nicht mehr gegenseitig einzuladen.« Nach dieser Äußerung sah Kalder in die fragenden Gesichter der beiden Ermittler.

»Nun, alle hatten eigentlich Spaß bei der Hochzeit der beiden, aber der Bräutigam war so was von steif. Wir haben immer wieder versucht, ihn mal aus der Reserve zu locken, dass er einfach mal lustiger wird. Irgendwann meinte ich dann zu ihm, er solle sich mal nach vorne bücken, ich will ihm eben den Stock aus dem Rücken ziehen. Das war dann wohl etwas zu viel, das kam bei den elitären Verwandten von ihm gar nicht an. Man war geschockt, um es genau zu sagen«, schloss er und verdrehte die Augen.

»Maries Freunde waren meiner Meinung, was sie dann auch die Freundschaft gekostet hat. Sie wurden nie wieder eingeladen, Marie sagte aber immer, sie hätte keine Zeit, müsste sich um ihren Laden kümmern … Wer's glaubt …«, sagte er bitter und schüttelte den Kopf.

»Was sagte man denn Ihnen, warum Sie nicht mehr eingeladen werden?«, fragte Grahne Kalder, der träumend vor sich hinsah.

»Erst hatte sie immer Ausreden, dann sagte sie mal, dass ihr Lars es nicht möchte, dass ich komme, und auch nicht, dass sie noch mit mir Kontakt hat. Deshalb bin ich immer mal in ihren Laden um Blumen zu holen, sie zu sehen, ob es ihr gut geht«, meinte er traurig.

»Denken Sie denn, dass Lars Fuchs Marie gegenüber handgreiflich war?« Eine wichtige Frage, wie Grahne fand, weshalb er sie stellte.

Werner Kalder überlegte, bevor er antwortete.

»Also das kann ich nicht sagen, weder das eine noch das andere«, stellte er fest.

Schade, dachten Grahne und Rose, wäre ja mal echt interessant gewesen.

»Dann können Sie uns auch gar nicht sagen, mit wem Marie Fuchs sonst noch Kontakt hatte?«, fragte Grahne, doch sein Gegenüber schüttelte verneinend den Kopf, und einen Moment lang waren alle in sich gekehrt und ruhig.

»Verstand sich Marie denn gut mit den Verwandten ihres Manns?« Grahne dachte daran, dass sich da vielleicht mit jemandem eine Art Freundschaft entwickelt hatte.

»Keine Ahnung, auf der Hochzeit konnte man so was nicht erkennen, und danach hatte ich ja keine Möglichkeit bekommen, in so was Einblick zu kriegen«, stellte Kalder fest und blickte die Kommissare abwechselnd an.

»Sie haben nicht zufällig noch die Namen, Adressen oder Telefonnummern von den früheren Freunden von Marie oder wenigstens einem von ihnen?«

Die Hoffnung starb zuletzt, dachte Rose, als sie den Mann vor sich danach fragte. Er überlegte kurz, verneinte dann aber ihre Frage.

Grahne fragte ihn dann, wo er am 28. März gegen fünfzehn bis sechzehn Uhr gewesen sei. Kalder zog die Augenbrauen hoch und sah die Kommissarin an.

»Nun, das müssen wir jeden fragen, reine Routine«, erklärte sie ihm.

»Moment«, erwiderte er und ging an einen Schreibtisch in der anderen Ecke des großzügigen Wohnzimmers. Mit zwei kleinen Zetteln kam er wieder und reichte sie Grahne.

»Ich war in England vom 25. März bis 8. April«, erklärte er der fragend schauenden Rose und setzte sich wieder.

»Allein?«, fragte sie, und er nickte bestätigend.

Nachdem Grahne die Tickets von P&O Ferris näher

angesehen hatte, nickte er Rose zu.
»Ach, eines wäre da noch. Wussten sie, dass Marie einen Halbbruder hatte?«
Kalder sah sie verwundert an. »Nein, wieso … ich verstehe nicht?!«
»Nun, der Vater von Marie hatte mit einer anderen Frau Jahre später ein … keine Ahnung, auf jeden Fall hat sie einen Sohn von ihm«, stellte Rose fest.
»Nein, also das wusste ich nicht, meine Schwester hat auch nie von einem Halbbruder Maries geredet. Ich denke, Marie wusste es auch nicht«, meinte er, und Rose nickte ihm zu.
»Das war es auch schon, haben Sie vielen Dank!« Rose stand auf, und Grahne machte es ihr nach.
»Wenn Ihnen noch was einfallen sollte, sei es auch noch so belanglos, hier ist unsere Telefonnummer.« Grahne reichte Kalder eine Karte, und die zwei Ermittler gingen wieder.

***

Werner Kalder konnte es kaum fassen, seine kleine Marie war tot, ermordet. Er ging zum Wohnzimmertisch, holte sein Glas und ging damit zur Bar. Er nahm sich noch einen Whiskey, setzte sich aufs Sofa und dachte nach.
Gut, er hatte ja die letzten Jahre nicht mehr wirklich Kontakt zu Marie gehabt, was er schon schlimm genug fand, aber dass sie nun tot war. Er nahm einen Schluck aus seinem Glas, mit Tränen in den Augen. Wie oft hatte er mit Marie gespielt, als sie klein war, seine Schwester, Marie und er waren im Sommer in den Zoo gegangen oder zum Schwimmen an einen Badesee. Eigentlich war sie wie eine Tochter für ihn, dachte er und wischte sich die Tränen aus seinem Gesicht.
Sie war doch noch so jung, einfach ermordet, wer zum Teufel machte so was und warum? Kalder wusste keine

Antwort darauf und starrte vor sich hin. Nun war er ganz allein, bis auf ihn waren alle tot, schoss es ihm durch den Kopf, und er nahm noch einen Schluck von seinem Whiskey.

***

»Na, wie war Ihr Eindruck?«, fragte Rose, sobald sie im Auto saßen.
»Ein ehrlicher Mann, der es schade fand, dass seine Nichte den Kontakt abgebrochen hatte. Ihr Tod hat ihn ganz schön erschüttert«, antwortete Grahne gleich.
»Geheimnisse?« Rose sah Grahne prüfend an.
Grahne lachte, nachdem er es bemerkt hatte. »Ich denke, keine, die Marie Fuchs betreffen.«
Heide Rose seufzte und startete den Wagen, um nach Oldenburg ins Büro zu fahren. Ein paar Straßen weiter, sie wollten gerade auf die Hohe Straße, fiel es Grahne wieder ein.
»Sie wollten noch in den kleinen Blumenladen an der Kreuzung«, erinnerte er die Kommissarin.
»Ach ja, danke, Grahne, ich hatte es schon vergessen.« Rose war sich im Klaren darüber, dass sie einfach zu sehr mit dem Fall beschäftigt war, als dass sie sich solche Dinge merken konnte.
Sie parkte auf dem gegenüberliegenden Parkstreifen und lief über die Hauptstraße, die gerade frei war.
Mit einem freundlichen *Guten Morgen* wurde sie begrüßt, was Heide Rose natürlich gerne erwiderte. Und dann staunte sie, was sie in dem kleinen, von außen etwas unscheinbaren Laden alles entdeckte.
Wunderschöne Grün- und Blühpflanzen, sehr schön präsentiert zwischen einigen Dekoartikeln auf Tischen, Kisten in der Mitte und auch an den Seiten und Wänden des Raumes. Heide ging einfach mal um den Tisch in der Mitte

rum und sah sich alles an. Dann erblickte sie die andere Seite des Verkaufsraumes; als sie näher kam, sah sie eine Menge Schnittblumen und schon fertige Sträuße davor. Rechts vom Fenster, was ebenfalls schön dekoriert war, und davor entdeckte sie eine beachtliche Menge an Seifen. Auch Badeperlen, Lufterfrischer und Parfum waren in einem kleinen Regal. Heide hätte gerne noch etwas gestöbert, aber ihr Kollege wartete im Auto, und so musste sie sich entscheiden, was sie ihrer Mutter zur Feier ihres Vaters mitbringen wolle.
»Kann ich Ihnen helfen?«, fragte auch schon eine Frau freundlich, die ein Schild als Frau Weihe auswies. Sie sah Heide Rose wohl an, dass sie etwas orientierungslos war.
»Ja, also ich brauche Blumen für meine Mutter, als Mitbringsel, ich dachte an eine Topfblume, da ich sie auch erst am Sonntag verschenke«, erklärte die kleine Kommissarin, und Frau Weihe nickte.
»Haben Sie die Pflanzkörbe im Eingangsbereich gesehen? Die kann man eigentlich immer ganz gut nehmen.«
Heide sah Frau Weihe an. »Nein, die habe ich nicht gesehen.« Sie ging in den Eingangsbereich, um es nachzuholen.
Es waren kleine Körbe mit Frühjahrsblühern und Efeu oder anderen kleinen grünen Pflanzen, liebevoll dekoriert. Heide stach ein Korb besonders ins Auge, der zur Dekoration noch einen kleinen hölzernen, bunt bemalten Schmetterling hatte.
»Der hier ist ja klasse, den nehme ich«, stellte Rose fest und brachte ihn zur Kasse. Während die Floristin den Korb wunderschön in Papier einpackte, ging Rose zu den Seifen. Sie suchte sich schnell zwei in Herzform aus, legte sie dazu. Die Frau gab sie in ein Papiertütchen und fragte Heide Rose, ob sie noch einen Wunsch hätte, doch diese verneinte.
Nachdem sie alles bezahlt und das Körbchen hübsch

verpackt entgegengenommen hatte, verabschiedete sie sich und ging zum Auto.

Eins war sicher, dachte Heide, wenn der Laden bei ihr in Oldenburg in der Nähe wäre, hätte sie jetzt eine neue Lieblingsfloristin, während sie das Körbchen mit den Pflanzen vorsichtig im Kofferraum verstaute.

Dann ging sie zur Fahrerseite, stieg ein und traute ihren Augen nicht.

Fibi hatte es sich auf Grahnes Schoß bequem gemacht und ließ sich von ihm kraulen. Heide musste bei dem Anblick lachen und startete den Wagen.

»Wieso lachen sie?«, fragte Grahne und sah sich die kleine Hündin genau an, doch er konnte nichts Lustiges an ihr erkennen.

»Nichts, war nur gerade so ein lustiges Bild, so ein großer Mann und so ein kleiner Hund ...«, erklärte sie und bog bei der nächsten Kreuzung rechts ab.

Sie wollte durch Wüsting zurückfahren, das war kürzer, und außerdem wohnte Petra Balker dort in der Ecke. Sie wollte wissen, was sie über Kalder wusste oder über Freunde, die ab und an vielleicht in den Laden kamen.

Gerade als sie den Ort Hude verließen, wurde Fibi sehr unruhig auf Grahnes Schoß.

»Ich glaube, sie muss mal«, stellte er fest und sah Rose an.

»Oh, ja klar, ist auch schon eine Zeit her. Da vorne ist ein Parkplatz, da halte ich mal, und wir können mal ein paar Schritte mit ihr gehen. Dabei können wir uns mal durch den Kopf gehen lassen, was wir bisher haben und was wir die Frau Balker alles fragen wollen.« Rose hatte sofort einen Plan, damit die Gassizeit nicht ungenutzt für sie blieb. Grahne stimmte zu, ein paar Schritte im Wald an der frischen Luft taten sicherlich gut.

Petra Balker war kurz zuvor vom Einkaufen

zurückgekommen, die Kommissare hatten also Glück. Die junge Frau räumte schnell die kalten Sachen in den Kühlschrank und ging dann mit den zwei Ermittlern ins Wohnzimmer.

Heide Rose hatte diesmal Fibi mit reingenommen, hielt sie aber auf dem Arm. Allerdings wollte Fibi die ihr bekannte Frau gerne begrüßen und zappelte auf Heides Arm rum.

»Lassen Sie sie ruhig los«, meinte Frau Balker, als es ihr auffiel, doch Rose sah in die Ecke, wo die kleine Tochter der Frau spielte.

Frau Balker verstand, was Rose meinte.

»Oh, das ist schon in Ordnung. Das Schlimmste, was man machen kann, ist, kleine Kinder steril aufwachsen zu lassen«, lachte die junge Frau.

Das beruhige die Kommissarin, und sie ließ den kleinen Hund vom Arm. Fibi rannte gleich rüber zu Petra Balker und begrüßte sie ausgiebig. Ja, es hatte den Anschein, dass sich beide freuten, sich wiederzusehen.

»Was passiert jetzt eigentlich mit Fibi?«, fragte Frau Balker dann, Heide Rose antwortete entschieden: »Fibi wird bei mir bleiben, außerdem hat sie mit höchster Wahrscheinlichkeit den Mörder ihres Frauchens gesehen«, stellte Rose fest.

»Ach du meine Güte, stimmt, sie war ja mit Marie im Moor!« Die junge Mutter hielt sich die Hand vor den Mund.

»Wie kann ich Ihnen heute helfen?«, lenkte sie dann selber das Thema auf das Wesentliche.

»Wussten Sie, dass Marie Fuchs einen Onkel in Hude hatte?«, fragte Rose.

Die junge Frau überlegte einen Moment.

»Ja, da war ein paarmal ein Mann, als ich Marie ablösen wollte. Marie sagte dann, dass sie ihn selber bedienen würde. Später erklärte sie mir, dass es ihr Onkel war«, erinnerte sie sich und lächelte.

»Wie war denn die Situation so, war Frau Fuchs erfreut, ihn zu sehen, oder eher nicht?« Grahne beobachtete die junge Frau genau.
»Aber ja, sie strahlte sehr, sie hatten sich schon länger nicht gesehen. Ich weiß ja nicht, aber irgendetwas war da vorgefallen. Herr Fuchs wollte nicht, dass Marie mit ihm Kontakt hatte, aber Marie freute sich immer sehr, wenn sie ihren Onkel sah«, erzählte Petra Balker und streichelte Fibi weiter.
»Waren denn sonst noch irgendwelche Bekannte oder Freunde von Marie Fuchs mal im Laden?« Grahne konnte sich nicht vorstellen, dass sie nie jemand besucht hatte. Wenn man Freunde hatte, wirkliche Freunde, dann ließen sie sich doch nicht so schnell abschrecken oder vergraulen, dachte er.
Petra Balker überlegte wieder, diesmal angestrengter. »Ja, da war mal eine junge Frau im Laden, sie wollte mit Marie reden, ich war im Nebenraum, einen Kranz für eine Beerdigung binden. Ich glaube, es war ihre Freundin, gesagt hat mir Marie nichts dazu. Die Frau redete leise, ich glaube, sie bat sie um etwas, ja es war fast flehend«, stellte Frau Balker fest.
»Wissen Sie, wie sie hieß?«, fragte nun Rose, doch sie verneinte.
»Vielleicht wie sie aussah?«, kam nun von Grahne.
»Nein, wie gesagt, ich war ja im Nebenraum. Kann sein, dass ich sie ganz kurz gesehen habe, aber ich erinnere mich wirklich nicht mehr daran. Es ist schon etwas her.« Petra Balker tat es leid, aber sie wusste es wirklich nicht mehr.
»Gut, war sonst noch jemand im Laden von ihren Bekannten oder Freunden?«, fragte Rose, doch Frau Balker schüttelte den Kopf.
»Nein, ansonsten war da niemand, jedenfalls nicht, wenn ich da war«, stellte sie fest und nahm Fibi auf ihren Schoß.

»Haben Sie in Ihrer Schicht jemals einen jungen Mann mit Kapuze gesehen?«, fragte Grahne die junge Frau und suchte nach dem Fahndungsfoto, welches er noch in seinem Smartphone hatte.

»Nein, den habe ich nicht gesehen, ganz sicher. Denn der wäre mir bestimmt aufgefallen«, meinte sie, und Grahne steckte sein Handy wieder ein.

Grahne und Rose hatten für heute keine Fragen mehr und standen auf, um zu gehen.

Sofort sprang Fibi von Frau Balkers Schoß und folgte Rose zur Tür.

»Prima, sie hat Sie offensichtlich als neues Frauchen ausgesucht«, meinte Petra Balker und lachte bei dem Anblick, wie sie hinter den Kommissaren herlief.

Rose freute sich darüber und nickte ebenfalls lachend.

***

Jens Bulrich konnte nicht anders. Wie immer sah er heute nach der Arbeit bei dem Laden von Marie Fuchs vorbei, was er ebenso morgens vor der Arbeit machte. Natürlich wusste er, dass sie tot war, doch er konnte einfach nicht anders. Es war wie eine unsichtbare Macht, eine kleine Hoffnung, dass sie doch dort gerade draußen ihre vielen Blumen durchsah oder neu sortierte.

Doch der Zettel hing noch an der Tür, die Hälfte von den Blumen fehlte im Laden. Es war also grausame Wirklichkeit, Marie war tot.

Bulrich wollte sich schon abwenden und wieder gehen, da sah er eine Person auf den Laden zugehen. Er wischte sich die Tränen aus den Augen, um besser sehen zu können.

Was war das denn?!, dachte der Stalker. Das konnte ja wohl nicht angehen, da war doch glatt der Typ mit der Kapuze und sah in den Laden.

Ja, das war er, ganz eindeutig. *Na den schnappe ich mir*, dachte er.
Er versuchte so schnell wie möglich über die Straße zu kommen, doch es waren viele Autos unterwegs. Keine Sekunde ließ er dabei den Kapuzenmann aus den Augen, sicher hatte er sie getötet, wer sonst sollte es gewesen sein?
Dann endlich konnte er zwischen zwei weiter auseinanderfahrenden Autos über die Straße kommen und rannte auf den Laden zu.

***

Zu Fuß war er nun durch Oldenburg gelaufen. Es waren teilweise schöne Sachen in den Antiquitätenläden, teilweise auch, wie er es nannte, einfacher Ramsch. Es war leichter, alles im Innenstadtbereich zu Fuß abzulaufen, dann musste man sich nicht um einen Parkplatz kümmern. Überhaupt war sein Hotel ja auch in der Nähe der Innenstadt und deshalb war es keine große Sache, zu Fuß alle abzuklappern. Eine Adresse hatte er noch auf seiner Liste, da wollte er noch hin, doch er führte ihn an Maries Laden vorbei.
Es war einfach grausam, so eine junge Frau, seine Halbschwester, einfach tot, dachte er.
Gerne hätte er sie kennengelernt und sich mit ihr ausgetauscht. Auch hätte ihn interessiert, warum sie keinen Kontakt mit ihrem Vater wollte. Das konnte er einfach nicht verstehen, aber wer versteht schon die Menschen, dachte er und sah ins Schaufenster.
Als er näherkam, sah er, dass der Zettel immer noch da hing, er las ihn sich trotzdem nochmal durch.
Wegen Todesfall geschlossen stand da immer noch drauf, wer sollte es auch ändern, es war ja wahr. Komische Gedanken gingen Robin Dahlken bei dem Anblick durch den

Kopf, als er durchs Fenster den halb leeren Laden sah, sein Blick schweifte ab.

Plötzlich erkannte er durch das sich spiegelnde Schaufenster, wie jemand auf ihn zulief, er drehte sich um.

»Du Schwein!«, hörte er die Person rufen und spürte Sekunden später einen höllischen Schmerz an seinem Kinn. Die Wucht des Schlags ließ ihn zurückfallen, er knallte an die Schaufensterscheibe.

»Ey, was soll das?«, fragte Robin mit schmerzverzerrtem Gesicht und bekam anstatt einer Antwort gleich noch eine verpasst.

Plötzlich wurde Robin bewusst, dass er diesen Mann schon mal gesehen hatte, dass er schon mal von ihm angegriffen wurde.

Dann sah er auf einmal rot. Der Typ hatte ihm die Nase blutig geschlagen. Nun reichte es ihm, und Robin schlug zurück, der Kerl wollte es ja nicht anders, dachte er und verteilte nun auch Schläge.

***

Lars Fuchs war noch mal in Maries Laden, um die Rechnungen zu holen, als jemand von außen gegen das Schaufenster knallte.

Er brauchte ein paar Sekunden, um zu sehen, was da passierte, denn er kannte beide Männer vom Sehen. Der eine war der Stalker, der seiner Frau auf widerlichste Weise nachgestellt hatte, und der andere war dieser Typ mit der Kapuze.

Zufrieden sah er sich an, wie der Letztere verdroschen wurde, doch dann wehrte dieser sich, und eine heftige Prügelei war in Gange.

Eigentlich war es ihm ja egal, beide hatten ein paar ordentliche Schläge verdient, aber der Rechtsanwalt in ihm

griff in seine Tasche und rief die 110 an.
Er hätte sonst auch die Kommissarin Rose und ihren Assistenten angerufen, aber er hatte deren Karte mit der Nummer oben in seiner Wohnung liegen und wollte sich den Weg sparen. Es dauerte nur einige Minuten, dann war eine Streife da. Lars Fuchs, der bis dahin im Laden seiner Frau geblieben war, ging nun nach draußen.
»Hatten Sie angerufen?«, wurde er gleich von einem Polizisten in Uniform gefragt, dessen Kollege versuchte derweil, die Streithähne auseinanderzubringen.
»Ja, ich war in dem Laden und habe es durch Zufall beobachtet«, erzählte er dem Beamten, und dieser notierte sich dann den Namen und die Adresse.
Seinen Kollegen behielt er allerdings immer im Auge, ob er Hilfe brauchte, doch zumindest Robin Dahlken hörte sofort auf, als der Beamte zu ihnen kam.
Bulrich war da eher nicht so nachgiebig, er wollte unbedingt noch austeilen, schließlich sollte der vermeintlich Schuldige so viel wie möglich abbekommen. Doch ehe er sichs versah, hatte der Polizist ihm die erste Handschelle angelegt, ihn umgedreht und mit dem zweiten Arm auf dem Rücken verschlossen. Das fand er nun gar nicht gut, und er pöbelte den Uniformierten an, der ihn ernst anblickte.
»Vorsichtig, wir wollen doch nicht noch eine Beleidigungsklage dazubekommen?!«, warnte der Beamte Bulrich und sah dann Robin an.
Dieser war damit beschäftig, das Blut, welches unaufhörlich aus seiner Nase lief, wegzuwischen. Doch ihm gingen langsam die Taschentücher aus.
So brachte der Beamte Bulrich erst mal in den Streifenwagen, der einfach direkt vor dem Ladengeschäft auf dem Bürgersteig gehalten hatte, und holte aus seinem Verbandskasten etwas für den jungen Mann. *Was für ein Tag, dachte der Polizist.* Als er es der blutenden Nase

bringen wollte, fiel ihm auf, dass der Teilnehmer mit den Handschellen ganz weiß im Gesicht wurde, und er konnte gerade noch zur Seite springen, als dieser sich aus dem Wagen beugte und auf den Gehweg genau vor seine Füße kotzte.

Als er zu Robin Dahlken ging, kam ihm dieser schon entgegen, und auch sein Kollege eilte nun hinzu.

»Na, das ist ja was?«, meinte er.

»Der eine hört nicht auf, aus der Nase zu bluten«, verwies dieser auf Robin Dahlken. »Und der andere hat sich gerade alles noch mal durch den Kopf gehen lassen«, zeigte er nun auf Bulrich, der sich gerade mit einem Taschentuch den Mund abwischte. Während er weiterhin die Verletzten versorgte, rief der Kollege erst mal die Sanitäter an. Für alle Fälle, denn wenn dahinter ernste Verletzungen steckten, wollte er nicht dafür geradestehen.

Lars Fuchs hatte sich mittlerweile etwas abseits vor den Laden seiner toten Frau gestellt und beobachtete das Ganze.

Wenig später waren die Sanitäter vor Ort und untersuchten die zwei Verletzten.

Bulrich wollte gerade noch mal bei Dahlken eine nachlegen, doch der Polizist ging dazwischen und verhinderte es.

»Wieso habe ich Handschellen an und der nicht?«, schrie Bulrich den Beamten an.

»Wer benimmt sich denn hier daneben?«, konterte der und schüttelte den Kopf.

»Weil das ihr Mörder ist, da brauchen Sie nur Ihre Kollegen fragen«, erklärte er im lauten Ton seine Aggression.

»Welche Kollegen denn?« Langsam ging ihm der Typ echt auf den Zeiger.

»Keine Ahnung, ich kann mir keine Namen merken.«

»Ach so«, meinte der Polizist und lachte Bulrich aus.

Lars Fuchs fragte sich, was die Beamten nun machen

würden. Würden sie die Ermittler dazu holen? Er war gespannt was sie zu Bulrichs Äußerung sagen würden.

»Also, die Frau ist ziemlich klein und ihr Assistent sehr groß, fast zwei Meter, und er hat rote Haar«, versuchte er den Polizisten auf die Sprünge zu helfen und kam bereitwillig mit dem Sanitäter zum Rettungswagen mit.

Die Polizisten sahen sich an und verdrehten die Augen.

»Rose und Grahne«, sagten sie im Chor, und einer der Beamten nahm sein Handy und wählte Roses Nummer.

***

Die zwei Kommissare waren fast im Büro, als Roses Handy klingelte. Sie gab es Grahne, da sie fuhr.

»Grahne hier. Ja? Okay, sind gleich da«, hörte Rose ihren Kollegen ins Handy sprechen. »Schlägerei vor dem Blumenladen, es sind Bulrich und Dahlken, beide verletzt«, erklärte er Rose, und sie reagierte augenblicklich und bog links in die nächste Straße ein. Um möglichst schnell vor Ort zu sein, zeigte sie Grahne das Blaulicht im Handschuhfach, und er platzierte es oben auf dem Dach.

Schon schaltete sie die Sirene ein, und sie fuhren mit schnellerem Tempo durch die Straßen.

Kurze Zeit später stellte sie ihren Wagen ebenfalls auf dem Bürgersteig ab, neben dem ihrer Streifenkollegen.

»Was zum Henker ist hier los?«, fragte Rose eher Bulrich und Dahlken, doch der Kollege antwortete.

»So, wie es aussieht, hat jeder von ihnen gut ausgeteilt und ebenso gut eingesteckt«, berichtete er.

»Danke, dass du uns angerufen hast«, meinte sie zu ihrem Kollegen.

»Nun, der hier meint, dass er die Handschellen zu Unrecht trägt.« Er zeigte auf Bulrich. »Er ist der festen Überzeugung, dass der andere dort ein Mörder ist«, erklärte er und deutete dann auf Robin Dahlken.

»Ja das ist der Typ mit der Kapuze, habe ihn doch sofort wiedererkannt. Dann hat er auch noch die Frechheit, hier vor ihrem Laden rumzulungern«, schrie er von der Kante des Rettungswagens aus zu Rose und Grahne.

Grahne war zu Dahlken gegangen und hatte ihn zu der ganzen Sache befragt, natürlich hatte er wieder alles sorgfältig in seinem Notizblock notiert.

»Nach seinen Worten hat er sich nur gewehrt, da er von Bulrich angegriffen worden ist. Und wenn Sie mich fragen, sagt er die Wahrheit«, berichtete er Rose, die sich mit einem anerkennenden Nicken bei ihm bedankte.

Die Ermittler warteten, bis die zwei Schläger von der Rettungsmannschaft genau untersucht worden waren. Schließlich kam einer der Sanitäter zu Rose und berichtete.

»Also den Herrn mit den Handschellen nehmen wir mit, der muss auf innere Verletzungen untersucht werden. Er hat, wie er erzählt, einige Faustschläge und Fußtritte in den Bauch bekommen. Der andere ist so weit in Ordnung, das Nasenbluten ist jetzt vorbei, und er weiß Bescheid, wenn es wieder so verstärkt auftritt, muss er zum Arzt.«

»Okay, haben Sie vielen Dank!« Sobald Rose das gesagt hatte, drehte er sich um und stieg in den Rettungswagen.

»Kollege, können Sie da noch begleitend mitfahren, wenn er sich im Krankenhaus benimmt, können Sie ihm die Handschellen abnehmen. Denke, wenn wir gleich mit dem anderen Kontrahenten wegfahren, wird er eh ruhig sein«, meinte Rose, und ihr Kollege nickte zustimmend, gab seinen Kollegen ein Zeichen und stieg noch in den Rettungswagen ein, der dann startete.

Der andere Beamte nahm den Streifenwagen und folgte ihnen.

»So, nun zu Ihnen«, begann Rose, doch sie wurde unterbrochen.

»Wieso hat der junge Mann hier noch keine Handschellen um?«, kam Lars Fuchs wie aus dem Nichts wutentbrannt angerannt. Grahne stellte sich schnell vor Robin Dahlken, was den Witwer augenblicklich anhalten ließ. Er schluckte kurz, dann wandte er sich an Rose. »Also ehrlich, ich verstehe Sie nicht, einer dieser zwei Männer hat meine Frau getötet, und Sie lassen einen tatsächlich noch ohne Handschellen laufen. Was ist mit der heutigen Polizei bloß los?!« Seiner Wut ließ er freien Lauf, wenn auch etwas gezügelt, da Grahne vor ihm stand.
»Nun machen Sie mal halblang!« Rose konnte so was nicht leiden.
Plötzlich war Fibi wie aus dem Nichts da, stellte sich vor Rose und bellte wie verrückt Lars Fuchs an. Rose sah sich um, sie hatte tatsächlich ihre Tür nicht richtig geschlossen, nicht auszudenken, was hätte passieren können, denn die Hauptstraße war ja gleich da.
»Fibi!«, rief sie die kleine Hündin, doch sie war nicht zu beruhigen. Wie ein Mini-Dobermann stand sie vor Rose, der ganze kleine Körper war angespannt, und sie bellte ohne Unterbrechung Lars Fuchs an.
Da trat Rose einfach zwei Schritte vor, nahm die Hündin hoch und ging wieder die zwei Schritte zurück.
»Haben Sie überhaupt schon mal seine Personalien aufgenommen?«, Lars Fuchs ließ einfach nicht locker.
»Nicht, dass es Sie was angeht, aber ja, das haben wir, und wissen Sie was? Dieser junge Mann ist der Halbbruder ihrer Frau, er wollte lediglich seine Schwester gerne kennenlernen, deshalb ist er aus Hamburg hierhergekommen.« Nun sah Rose in ein erstauntes Gesicht. »Sie können also beruhigt in Ihre Wohnung gehen, wir haben alles im Griff«, sagte sie zu Herrn Fuchs.
Rose gab Dahlken und Grahne ein Zeichen, drehte sich um und ging zum Auto. Die zwei folgten ihr, und nachdem sie

sich alle ins Auto gesetzt hatten, sah sie, dass der Witwer sich auch umdrehte, um zurück in seine Wohnung zu gehen.
»Wir fahren jetzt ins Büro, und Sie, junger Mann, geben dann zu Protokoll, was da vorhin abgegangen ist«, sagte sie und startete den Wagen.
Die kleine Hündin hatte sich beruhigt, sobald sie mit Rose zum Wagen kam und auf den Rücksitz gesetzt wurde. Nun hatte sie es sich auf Robins Schoß bequem gemacht und genoss seine kraulenden Hände.

***

Als der Rettungswagen mit ihm und dem Polizisten gestartet war, entspannte sich Bulrich wieder. Der Beamte redete noch mit ihm, wollte sich ein Bild von der Situation machen, und als sie bei den Städtischen Kliniken anhielten, hatte er ihm die Handschellen abgenommen und verabschiedete sich von ihm.
»Denken Sie daran, Sie sollen zur Kommissarin kommen für einen Bericht, sobald es Ihnen besser geht«, sagte er ihm noch und lief zu seinem Kollegen, der gerade mit dem Streifenwagen nachkam.
Bulrichs Wut war aber nur oberflächlich verflogen, in ihm drin loderte noch immer ein Sturm, und er konnte sich nicht vorstellen, dass dieser so schnell verfliegen würde.
In der Notaufnahme war nichts los, er kam direkt zu einem Arzt, der ihn erst mal ausgiebig untersuchte. Er ließ notgedrungen alles über sich ergehen und hoffte, dass sie ihn nicht dabehalten würden.
Doch er hatte kein Glück und wurde stationär aufgenommen, was er erst ablehnen wollte, doch der Arzt hatte sehr überzeugende Argumente, und so ließ er sich wenig später auf ein Zimmer schieben.

***

»Nun erzählen Sie mal genau, was da passiert ist.« Rose war sehr gespannt auf Robin Dahlkens Geschichte.

»Heute habe ich einige Antiquitätenhändler besucht, mir ihre Ware angesehen, man lernt ja immer dazu, man muss Kontakte knüpfen. Dann wollte ich noch zu einem im Osten der Stadt, kam an Maries Laden vorbei und habe mal reingesehen. Weiß selbst nicht warum, vielleicht wollte ich einfach etwas von ihr sehen, etwas, das mir etwas über sie erzählt … verstehen sie?« Grahne nickte sofort, Rose tat es ihm nach.

»Plötzlich kam dieser Idiot von hinten, und ehe ich mich versah, hatte er mir schon den ersten Schlag mit der Faust ins Gesicht gegeben. So schnell konnte ich gar nicht reagieren«, erzählte er und blickte zu Grahne, der wieder alles am PC mitschrieb.

»Wie kommt der nur darauf, dass ich der Mörder von Marie bin?«, fragte er verwundert.

»Weil ich sie beobachtet hatte an dem Tag, oder?«, gab er sich schließlich selbst die Antwort, und Rose nickte.

»Das ist anzunehmen«, bestätigte sie seinen Verdacht.

»Oder er will nur von sich ablenken.« Dahlken sah abwechselnd von einem zum anderen und hoffte eine Antwort auf seine indirekte Frage in ihren Gesichtern zu finden, doch nichts.

Danach erzählte er noch weiter, wie die Schlägerei vonstattenging. Während Grahne alles notierte, hörte Rose ihm aufmerksam zu. Nur Fibi ruhte sich aus, auf dem Schoß von Robin, und ließ sich wieder kraulen.

»Sagen Sie mal, erben Sie nicht auch von Ihrem Vater?«, meinte Rose plötzlich. Sie hatte da so ein Gefühl, konnte es nicht ignorieren.

»Keine Ahnung, ich habe gestern erst erfahren, dass ich zur

Testamentseröffnung kommen soll, meine Mutter erzählte es mir«, berichtete er der Kommissarin. »Marie war wohl die Alleinerbin, und der Notar meinte zu meiner Mutter, dass ich als Sohn da hinkommen muss.«
»Sagen Sie, haben Sie die Adresse des Notars?«, fragte Rose ihn. Er schüttelte erst verneinend den Kopf, doch dann stockte er.
»Ja doch, warten Sie, meine Mutter hatte auch ein offizielles Schreiben von dem Notar bekommen, sie hatte es fotografiert und mir geschickt, damit ich weiß, wohin ich kommen muss.« Robin suchte in seinem Handy.
»Können Sie mir das eben rüberschicken?«, bat sie ihn und sagte ihm ihre Handynummer. Wenig später hatte sie das Schreiben vorliegen. Ja, es sah aus wie das, welches sie bei Marie Fuchs im Schreibtisch ihres Ladens gefunden hatte.
»Keine Ahnung, wieso ich unbedingt dahin soll, aber ist bestimmt interessant, etwas über meinen Vater zu erfahren«, sagte er hoffnungsvoll.
Robin würde sich sehr freuen, etwas von seinem Vater zu haben. Dann wäre er ihm etwas näher, auch wenn er tot war.

Nach dem Gespräch mit Robin Dahlken gingen sie in die Kantine. Rose hatte ihre Tasche mitgenommen, darin befand sich auch das Fressen von Fibi. Sie holten sich jeder einen Teller voll von dem vegetarischen Eintopf und gingen an einen Tisch. Als sie sich gesetzt hatten, kramte Rose in ihrer Tasche und gab dann Fibi ein Stück Trockenfleisch.
Natürlich redeten sie über die Informationen, die sie gerade von Robin bekommen hatten. Nach dem Essen wollte Rose als Erstes bei dem Notar anrufen und einiges über den Verstorbenen und sein Erbe wissen.
Wenn sie die Informationen überhaupt so per Telefon bekam, das war so eine Sache, selbst für sie als

Kripobeamtin.

»Also, ich finde es schon merkwürdig, dass Frau Fuchs den Brief vom Notar bei sich unten im Laden hatte, zwischen den ganzen Rechnungen«, überlegte Grahne und riss Rose aus ihren Gedanken.

»Stimmt«, meinte sie nach kurzer Überlegung. »Vielleicht war er ihr nicht so wichtig, oder sie hatte einfach vergessen, ihn mit nach oben in ihre Wohnung zu nehmen«, mutmaßte sie, und Grahne pflichtete ihr bei.

»Wie ist das eigentlich, wenn die Haupterbin jetzt tot ist, erbt dann ihr Mann automatisch, oder muss das im Testament genau festgehalten sein?«, fuhr Grahne die Überlegung fort.

»Das wüsste ich auch gerne, das werde ich auf jeden Fall fragen. Vielleicht haben wir das Motiv für den Mord gefunden«, sagte sie traurig und löffelte sich noch was von dem Eintopf lustlos in den Mund.

Hinzu kam, dass die Kommissarin total davon genervt war, dass sie nicht weiterkamen, keine vernünftige Spur hatten.

Ja, das könnte sein, dachte Peter Grahne und merkte, dass die tote Marie Fuchs Heide Rose naheging.

Hatte sie deshalb den Hund bei sich aufgenommen? Fühlte sie sich verantwortlich? Sie hatte aber recht, die kleine Maus gehörte in kein Tierheim. Er sah zu dem Chihuahua, der gerade sein Fleisch aufgefressen hatte und hoffnungsvoll seinen Blick erwiderte.

Auf einmal kam ein Kollege zu ihnen, ging so schnell auf die Hündin zu, dass sie zur Seite springen musste. Er stützte sich mit beiden Händen auf den Tisch, an dem sie immer noch aßen.

Rose kannte den Kollegen nicht, wusste nur, dass er vor Kurzem nach Oldenburg versetzt worden war.

»Hallo? Hier ist eine Kantine, und Ratten haben hier nichts zu suchen«, meinte er zu Rose und sah sie herausfordernd an. Hinter ihm an dem Tisch, wo er zuvor noch saß, waren alle am Lachen.

Grahne machte Anstalten aufzustehen, ihm gefiel es nicht, dass er sich so über seine Kollegin beugte. »Lassen Sie nur, Grahne. Der Kollege geht gleich wieder«, meinte sie freundlich, doch in ihr kochte es, so ein Idiot fehlte ihr gerade noch. Rose blieb nach außen jedoch ganz ruhig und sah den neuen Kollegen verständnisvoll an.

»Die einzige Ratte, die ich hier sehe, ist gerade ungefragt an unseren Tisch gekommen«, konterte sie.

Damit hatte er nicht gerechnet, er nahm die Hände vom Tisch und sah zu Grahne. Der blieb aber jetzt ganz entspannt sitzen und sah den Kollegen mit Mitleid an.

Der hielt sich ganz offensichtlich für einen Platzhirsch.

Der Neue forderte sie auf.

»Würdest du das noch mal sagen?«, als hätte er es nicht verstanden. Er wollte wissen, ob die kleine Kommissarin sich das noch mal traute. Grahne verdrehte die Augen bei so viel Dummheit.

»Du hast mich schon verstanden, und wenn du noch einmal dem Hund zu nahekommst, breche ich dir sicher was. Haben wir uns verstanden, Kollege?«

Rose saß immer noch entspannt an dem Tisch und nahm sich mit dem Löffel wieder etwas von dem Eintopf.

Sie wartete auf seine Antwort. Der braucht aber lange, dachte sie schon. Er sah rüber zu dem Tisch mit den Kollegen, von dem er zuvorkam, und musste feststellen, dass sich alle weiter ihrem Mittagessen widmeten.

»Klar, wir haben uns verstanden. Aber so geht man doch nicht mit seinem Kollegen um, droht einfach ihm was zu brechen«, meinte er.

»Komisch, genau das wollte ich gerade auch sagen. So geht man doch nicht mit Kollegen um«, meinte sie.

Augenblicklich funkelte er sie wütend an. Rose sah ihn herausfordernd an, doch Grahne schüttelte leicht den Kopf, als er zu ihm blickte. Plötzlich lachte der Neue.
»Haha, war doch nur ein kleiner Scherz, wollte dich ja nur mal kennenlernen«, sagte er und lachte sie und Grahne falsch an.
»Für *Sie* bin ich Frau Rose, so wie für alle anderen auch, es sei denn, dass ich *Ihnen* das Du anbiete. Lassen Sie sich nicht von meiner Größe täuschen oder gar dazu hinreißen, mich nicht ernst zu nehmen. Jetzt würde ich gerne zu Ende essen«, sagte sie und wandte sich wieder ihrem Eintopf zu.
Rose hoffte, dass der Kollege zu seinem Tisch zurückging, denn sie wusste nicht, wie lange sie sich noch beherrschen konnte. Sie hasste solche Typen.
Endlich, der Neue verneigte sich kurz mit einem ironischen Lächeln und ging wieder zurück.
Fibi hatte sich schnell auf die andere Seite von Rose hingesetzt, stellte sie fest.
Der kleine Hund zitterte leicht, deshalb sah Rose wieder weg, denn sie durfte ihn jetzt nicht streicheln, sondern musste völlig ruhig bleiben, damit sein Angstgefühl in keiner Weise bestätigt wurde. Die Hundetrainerin hatte ihr gesagt, dass in solchen Situationen sonst immer wieder Furchtgefühle bei ihm hochkommen würden.
»Ich wusste gar nicht, dass man bei der Polizei auch solche Leute nimmt.« Grahne war erstaunt.
»Man kann keinem hinter die Stirn schauen«, stellte sie fest, und er nickte zustimmend.
»Ohne Grund wird er auch nicht hierher versetzt worden sein«, überlegte Rose und leerte ihren Teller.

»Lassen Sie uns gleich mal unsere Tafel mit den Hinweisen durchsehen, ob wir da irgendetwas übersehen haben«, meinte Rose, als sie und Grahne gefolgt von Fibi wieder ins

Büro gingen.

Bestimmt zehn Minuten standen sie vor der Tafel und diskutierten, wer am ehesten als Mörder infrage kam, allerdings hatten alle Verdächtigen ein Alibi für Dienstag den 28. März zwischen fünfzehn und sechzehn Uhr. Dahlken war bei dem Antiquitätenhändler, Bulrich auf der Arbeit, Fuchs in der Kanzlei, und Kalder befand sich in England. Sie waren in also keinen Schritt weitergekommen.

»Gut, ich rufe jetzt den Notar in Hamburg an«, meinte Rose schließlich und setzte sich an ihren Schreibtisch.

Sie hatte einige Fragen an den Testamentsvollstrecker von Richard Reindersen, von den meisten in Hamburg nur Richard Löwenherz genannt.

»Moin, Kommissarin Heide Rose hier! Herr Friedrichssen, ich ermittle hier in einem Mordfall, und zwar von Marie Fuchs. Weswegen ich ein paar Fragen hätte zu Richard Reindersen, dessen Testament bei Ihnen …« Rose wurde unterbrochen. »Ja … ja natürlich verstehe ich das. Sind Sie morgen in Ihrer Kanzlei? Gut, dann komme ich morgen zu Ihnen. Vielen Dank!«, sagte sie und legte auf.

»Er will am Telefon keine Auskunft geben, oder?«, fragte Grahne, und Rose nickte.

»Es war zu erwarten, darf er ja auch nicht, könnte ja jeder anrufen, aber ich hatte auch schon einen Fall, da war der Notar nicht so nach Vorschrift.« Rose starrte wieder zur Tafel und überlegte.

»Ich habe das Gefühl, dass wir irgendetwas übersehen«, meinte Rose zu Grahne.

»Ja, nur was? Ich mache uns mal einen Tee«, meinte er und ging zum Wasserkocher. »Das ist eine sehr gute Idee, aber ich würde sagen, wir gehen in die Stadt, ich muss raus hier«, bestimmte Rose, und die zwei verschwanden aus ihrem Büro, gefolgt von einem kleinen Schatten.

***

Nachdem Robin Dahlken zu Mittag gegessen hatte, ging er zielstrebig zu dem nächsten Antiquitätenhändler auf seiner Liste. Er ließ extra sein Auto in der Tiefgarage des Hotels, denn die letzten zwei Läden waren zu Fuß gut zu erreichen. Auch das Wetter spielte mit, der Nachmittag war sonnig, und man verspürte eine angenehme Wärme. Dagegen war es gestern kalt gewesen, stellte er fest. Robin machte seine Jacke auf und ging durch die Innenstadt von Oldenburg.
Er herrschte reges Treiben in den Straßen, sicher weil die Ostertage nahten, man brauchte noch ein Geschenk oder auch den neuesten modischen Trend, dachte Robin lächelnd.
Als er endlich am Ziel war, stand er vor verschlossener Tür und ärgerte sich. Hätte er doch sein Smartphone nach den Öffnungszeiten gefragt, doch er war immer noch etwas mitgenommen von dem Vorfall am Morgen.
Wie kam der Typ nur dazu, ihn anzugreifen und zu schlagen? So etwas hatte er ja wirklich noch nicht erlebt.
Allerdings war der Witwer ja auch nicht viel besser, der sich darüber mokiert hatte, dass man ihm keine Handschellen verpasst hatte. Tatsächlich hielt er ihn wohl für den Mörder seiner Frau.
Robin schüttelte in Gedanken daran den Kopf, während er sich die Auslagen des Antiquitätenladens genauer ansah.
Ein paar sehr schöne Dinge hatte man dort, nur zu ärgerlich, dass der Laden heute Nachmittag geschlossen war. Aber gut, er könnte ja morgen wieder herkommen, dachte Robin und versuchte weiter hinten im Laden was zu erkennen.
Plötzlich hatte er das Gefühl, dass jemand auf ihn zukam, und er drehte sich blitzschnell um, doch nichts war zu sehen, nur ein paar Leute, die zügig die Straße

entlanggingen.
Du meine Güte, dachte Robin, jetzt denkst du schon dauernd, dass da wieder einer hinter dir auftaucht und auf dich eindrischt.
Doch zum Glück war niemandem sein nervöses Verhalten aufgefallen. Einen Moment lang überlegte er, ob er vielleicht noch die Nadorster Straße entlanggehen sollte, dort waren auch noch einige Antiquitätenläden, wie er auf seinem Smartphone sehen konnte. Doch er wollte sich lieber etwas ausruhen von dem Morgen und kehrte in die Innenstadt zurück, um sich beim Italiener am Marktplatz einen Kaffee zu bestellen und die Sonne zu genießen.

***

Rose parkte am Schlossplatz, und sie gingen von dort über den Kasinoplatz zu einem der vielen Cafés, dicht gefolgt von Fibi, die erst mal ein wenig schnuppern und Pipi musste, um dann schnell hinter ihren Kommissaren herzulaufen.
Sie setzten sich draußen unter einem Sonnenschirm. Es war wohl der erste Tag in diesem Jahr, an dem man draußen sitzen konnte, dachte Rose.
Die kleine Hündin legte sich neben die beiden auf den Boden, nachdem sie kurz geschnuppert hatte.
»Wie war das jetzt genau mit Hamburg? Fahren wir da morgen hin?«, fragte Grahne.
»Ach ja, gut, dass Sie mich darauf ansprechen, wollte mit Ihnen eh noch darüber reden.« Rose unterbrach sich, als eine Kellnerin kam und die Bestellung der beiden aufnahm.
»Ich würde vorschlagen, dass wir so gegen sieben Uhr hier starten. Zum Glück wohnt der Notar nicht mitten in Hamburg, sondern von uns aus gesehen davor, in einem kleineren Ort«, erklärte Rose und beobachtete ihr Gegenüber.

Grahne hörte ihr aufmerksam zu und nickte. »Muss ich irgendetwas beachten? Es ist ja unser erster Einsatz außerhalb unseres Reviers«, überlegte er.

»Ja, da haben Sie schon recht, so haben Sie es gelernt bei der Polizeischule, aber wir müssen ja im Rahmen unserer Ermittlungen da hin. Außerdem muss ich als Ihre Vorgesetzte dem Chef Rede und Antwort stehen«, lachte Rose, und Grahne ließ sich davon anstecken.

Sie bekamen beide ihren Tee, und Rose gab der braven Fibi ein Leckerli aus ihrer Jackentasche. Mittlerweile hatte sie immer kleine Stückchen Trockenfleisch oder andere Leckerli in einem kleinen Beutel in ihrer Jacke, damit sie Fibi ab und zu mal was zustecken konnte.

»Wie schätzen Sie Robin Dahlken ein, trotz Alibi?«, fragte die Kommissarin Grahne, als er gerade den Teebeutel aus dem Glas nahm.

»Nun, ich denke, er ist unschuldig«, sagte er nach kurzer Überlegung.

»Sind Sie sicher? Ich meine, offensichtlich sind da Bulrich und der Witwer anderer Meinung.« Rose wollte mehr von ihrem Kollegen dazu hören.

»Stimmt, aber trotzdem halte ich ihn für unschuldig. Bulrich und Fuchs sind für mich mehr verdächtig wie er. Sie haben irgendetwas zu verbergen, ich weiß nur noch nicht was.« Grahne schien sich sehr sicher zu sein, und Rose versuchte seinen Gedankengang nachzuvollziehen.

»Stimmt, aber der Onkel ist ebenso verdächtig. Doch alle drei haben ein Alibi, von Zeugen bestätigt«, stöhnte Rose und nippte an ihrem Tee, er war doch noch zu heiß, sie stellte die Tasse wieder hin.

»Moment, das von Fuchs wurde noch nicht bestätigt, oder hatten Sie seine Sekretärin dazu befragt?«, fragte Grahne plötzlich.

»Ja, habe ich. Er war kurz in der Kanzlei und hatte dann eine

außergerichtliche Anhörung, das hat sie bestätigt.«
Sie diskutierten noch weiter, wer verdächtig war und wer nicht, und sie hofften, am morgigen Tag in Hamburg etwas mehr Licht ins Dunkel bringen zu können.
Sie musste unbedingt den Täter von Marie Fuchs finden, das konnte doch nicht so schwer sein, dachte Rose.
Nachdem sie gezahlt hatten, wollten die zwei Ermittler noch mal zu Herrn Fuchs in die Kanzlei. Es war ja erst fünfzehn Uhr, und er müsste noch da sein.
»Moin«, wurde Rose auf einmal gegrüßt, es war die Sekretärin von Fuchs. Frau Julfs, erinnerte Rose sich.
»Oh, Moin und schönen Urlaub Ihnen noch«, wünschte die Kommissarin der jungen Frau. Doch diese sah sie fragend an und schüttelte verneinend den Kopf.
»Ich habe keinen Urlaub, wie kommen Sie darauf? Ich habe gekündigt«, erzählte sie den Ermittlern, die sich erstaunt ansahen. »Wann haben Sie gekündigt und wieso?«, fragte Grahne und suchte seinen Notizblock.
Die junge Frau überlegte kurz, bevor sie antwortete. »Als Sie mich bei Herrn Fuchs gesehen haben, war ich das letzte Mal da, ich habe an dem Abend meinen Sachen genommen und bin gegangen. Herr Fuchs hat mir zuletzt auch kein Gehalt mehr gezahlt«, berichtete sie den Kommissaren etwas wütend. »Hat er Ihnen etwa erzählt, dass ich im Urlaub bin?« Sie sah von einem zum anderen und schüttelte dann den Kopf.
»Ich glaube, wir müssen uns mal genauer miteinander unterhalten«, stellte Rose fest.
»Okay, aber ich habe gleich einen Termin, ein Vorstellungsgespräch. Wie wäre es mit morgen?«
»Übermorgen«, sagte Rose, und die junge Frau nickte.
»Wollen Sie zu uns ins Büro im Friedhofsweg kommen, so gegen acht Uhr morgens?«
Die junge Frau nickte wieder, sie verabschiedeten sich und

gingen jeder seiner Wege. Rose musste erst mal schauen, wo Fibi war. Sie bekam schon einen Schreck, da sie sie nicht sah.
Grahne hatte sie jedoch im Auge, er zeigte Rose die Hündin, die offensichtlich in einer kleinen grünen Oase genüsslich rumschnupperte.
Rose atmete erleichtert auf. Das wäre das Letzte, dass Fibi in ihrer Obhut noch zu Schaden kam, dachte sie.
»Fibi, Einsatz«, rief sie erleichtert. Grahne lachte, die Hündin reagierte sofort und kam angerannt.
»Oh, allerdings würde ich da gerne schnell was rausholen«, meinte Grahne und zeigte auf die Apotheke.
»Klar, wir warten hier«, sagte Rose, und Grahne ging hinein.
»Haste mal 'n Euro?«, wurde die kleine Kommissarin plötzlich von hinten angesprochen. Fibi bellte den Mann an.
»Ey, haste mal 'n Euro, ey«, bettelte er sie immer wieder an, und Rose suchte schon nach ihrem Portemonnaie. Da kam Grahne aus der Apotheke, der Mann sah ihn und verschwand sofort.
»Der schon wieder«, meinte Grahne und sah dem Mann hinterher. »Sagen Sie bloß, Sie wollten ihm den Euro geben?«, fragte er, und Rose schaute immer noch erstaunt.
»Sie kennen den? Und überhaupt, wieso ist der sofort geflüchtet, als er Sie gesehen hat? Was haben Sie denn mit dem gemacht?« Rose war gespannt, was dahintersteckte.
»Nichts weiter, ich habe ihm nur einen Vortrag gehalten, wie er seine Zeit besser verbringen kann und dass er dann auch einen Euro hat, sogar ein paar mehr«, erklärte Grahne schmunzelnd. »Nee im Ernst, dieser Mann ist weder obdachlos noch in Geldnot. Der macht das aus Langeweile und umso einigen Kontakt mit Menschen zu haben.«
Rose wurde klar, dass er die Verhältnisse des Mannes kannte.
»Sie wollten dem echt einen Euro geben oder?«, ließ

Grahne nicht locker, als sie sich wieder auf den Weg zur Kanzlei machten. Rose schüttelte verneinend den Kopf.
»Ach, kommen Sie, geben Sie es zu«, lachte der rothaarige Hüne neben ihr und begann Rose damit leicht zu nerven.
»Ja gut, ich gebe es zu. Der war auf einmal da und ließ einfach nicht locker, dann war Fibi auch noch am Bellen, da habe ich nach einem Euro gesucht«, meinte sie dann kleinlaut, und Grahne lachte.
»Wieso lachen Sie jetzt?« Rose war etwas sauer.
»Haben Sie das nicht gemerkt? Ich habe gerade genau das Gleiche mit Ihnen gemacht, ich habe Sie bedrängt«, grinste er sie breit an, und Rose fiel es wie Schuppen von den Augen. Er hatte recht, dieses ständige, aufdringliche Betteln … Du liebe Zeit! Wieso war es ihr nicht aufgefallen?
Grahne sah sie mal wieder an, als könnte er ihre Gedanken lesen, fiel ihr auf. »Deshalb habe ich es eben nachgemacht, damit Ihnen das auffällt und Sie das nächste Mal anders reagieren können«, erklärte er, und Rose verstand.
Unterdessen waren sie an ihrem Ziel angekommen, sie wollte den Witwer fragen, wo die außergerichtliche Anhörung genau war. Doch es kam anders.

Die Kommissare standen vor einer verschlossenen Kanzlei, und Rose fragte sich, was die Sekretärin wohl noch von dem Herrn zu erzählen wusste. Zu gerne hätte sie es jetzt schon erfahren, doch gut, sie konnte oder besser musste noch warten.
Wenig später waren sie bei Lars Fuchs' Privatwohnung, doch auch dort öffnete ihnen niemand. Vielleicht war er einkaufen oder dergleichen, so gingen sie zurück zum Wagen und fuhren noch mal ins Büro. Auf dem Weg dorthin besprach sie mit Grahne, was sie den Witwer noch für Fragen stellen wollten.
Sie machten sich im Büro einen Plan, denn sie wollten nicht

nur dem Notar, nein auch der Mutter von Robin Dahlken einen Besuch abstatten. Und mal sehen, was sich sonst noch als sinnvoll erwies. Danach gingen sie in den Feierabend, denn es war schon wieder Zeit, und sie wollten morgen ganz früh raus.

Rose ging eine Stunde später noch zu ihrem Taekwondo-Training. Meistens half es ihr, einen klaren Kopf zu bekommen und die Dinge aus einer anderen Perspektive zu sehen. Doch schon am Anfang, bei der Meditation, konnte sie ihre Gedanken nicht unter Kontrolle halten. So ging sie aufgewühlt ins Training und hatte Mühe, keine Fehler zu machen. Sie hasste es, wenn sie so unkonzentriert war, und versuchte ihre Mitte wiederzufinden. Einige Zeit später gelang es ihr, und das Training lief wieder gut.
Zu Hause, als sie freudig von Fibi begrüßt wurde, fiel ihr wieder ein, dass die Geburtstagsfeier ihres Vaters am Wochenende bevorstand.
Sie setzte sich mit einem Glas Wasser auf das Sofa und überlegte, was sie am besten sagen konnte in Bezug auf die kleine Hündin. Sie wollte endlich ihren Eltern mitteilen, dass sie im Außendienst war, überhaupt war es doch eigentlich völlig verrückt, dass sie es ihnen noch nicht gesagt hatte.
Rose streichelte Fibi den Bauch, während sie darüber sinnierte, warum sie es nicht schon längst getan hatte.

7

Am nächsten Morgen holte Rose ihren Kollegen Grahne pünktlich ab, und sie starteten nach Hamburg. Zum Glück mussten sie nicht in die Innenstadt, denn der Notar hatte seine Kanzlei in Neugraben-Fischbek, einen Vorort von Hamburg.
Heide war froh, denn so waren sie eher da und mussten sich nicht in Parkplatzsuche üben, was in Hamburg so gut wie aussichtslos war.
Während Fibi in einem Körbchen auf der Rückbank schlief, besprachen Rose und Grahne ihren Fall und waren sich einig, dass sie unbedingt mehr über Marie Fuchs erfahren mussten.
Hatte sie Hobbys gehabt? Was hatte sie nach ihren Stunden im Laden gemacht? Aber erst mal waren sie gespannt, was der Notar ihnen zu berichten hatte.
Rose und Grahne kamen in einen kleinen Stau auf der A 1, doch dann ging es endlich weiter. Sie waren froh, als sie die Autobahn verlassen und auf der Bundesstraße 3 weiterfahren konnten. Doch nur kurz, dann bogen sie bereits auf die B 73 ein und waren somit schon auf der Straße, die sie nach Neugraben-Fischbek brachte. Obwohl die Straße zweispurig war, gab es an den Seiten viel Grün, stellte Rose überrascht fest. Das Bild am Rande veränderte sich immer wieder, es waren Mehrfamilienhäuser ebenso wie Einfamilienhäuser und große Supermärkte zu sehen.
Als sie die Cuxhavener Straße erreichten, suchten sie die Hausnummer des Notars und parkten auf einem der hauseigenen Parkplätze.

Umrandet waren sie mit kleinen grünen Büschen, und eine kleine Rasenfläche war seitlich angelegt, sodass Rose Fibi aus dem Auto ließ. Sie schnupperte erst mal, wo sie denn nun war und was es da so gab, und dann hockte sie sich hin und verrichtete ihr Geschäft. Rose lobte sie, so wie ihre Freundin Elke es ihr gesagt hatte, und dann gingen alle drei ins Haus.

Die Sekretärin bat die Ermittler nach kurzer Wartezeit in das Büro des Notars Friedrichssen und schaute entzückt der kleinen Fibi hinterher.

Der große, kräftige Herr mit vollem grauem Haar bat sie, doch auf dem Ledersofa in der Ecke seines Büros Platz zu nehmen, was sie auch taten.

Herr Friedrichssen ging zu seinem Schreibtisch, holte eine Mappe und setzte sich auf das gegenüberliegende, dunkelbraune Ledersofa, während seine Sekretärin die zwei Kommissare fragte, ob sie einen Tee oder Kaffee möchten.

Über eine Tasse Tee freuten sich die zwei, und die Dame ging, um sie ihnen zu holen. Fibi legte sich vors Sofa neben Roses Füße und sah den großen Mann vor sich aufmerksam an.

»Könnt ihr euch in Niedersachsen keine größeren Polizeihunde leisten?«, lachte er sie bei ihrem Anblick an.

»Oh, seien Sie bitte vorsichtig, sie ist darauf dressiert, an die Kehle zu springen«, konterte Rose, und dann lachte er erst recht.

»Nun, wie genau kann ich Ihnen helfen?«, fragte der Notar Rose und Grahne.

»In erster Linie würde uns interessieren, wer der Haupterbe von Richard Reindersen ist, besonders jetzt nach Marie Fuchs' Tod. Außerdem aber auch alles andere, was Sie uns so über den Verstorbenen erzählen können oder die Personen, die mit ihm zu tun haben oder hatten«, antwortete Rose, während Grahne seinen Block rausholte und sich startklar machte.

»Gut, also Marie Fuchs war die Alleinerbin, doch mit der Klausel, dass, wenn sich noch ein Kind oder mehrere von Herrn Reindersen melden sollten, es zu gleichen Teilen an alle gehen soll.«

Der Notar ging darauf noch näher ein und erzählte dann noch einiges über den Verstorbenen sowie sein Vermögen.

Die Sekretärin kam mit einer Schüssel Wasser für Fibi rein und stellte sie neben den kleinen Hund, der daraufhin sofort aufstand und etwas trank. Rose nickte ihr dankend zu, und die Sekretärin verließ wieder das Büro.

»Der Herr hatte in Hamburg einige Immobilien, er hatte sie sich Stück für Stück erworben, seine Leidenschaft gehörte aber eigentlich den Antiquitäten. Das Handeln damit hat ihn zum reichen Mann gemacht, denn er hatte ein Händchen dafür.« Als Friedrichssen das sagte, schauten sich Rose und Grahne an und mussten lächeln. Denn sofort stand ihnen sein Sohn vor Augen.

»Die jungen Mädchen aus dem Milieu haben gegen eine geringe Miete in seinen Wohnungen leben können, so hatten sie die Möglichkeit, sich ein kleines Kapital anzusparen und irgendwann da rauszukommen. Einige eröffneten eine Boutique, andere gingen ins Ausland«, berichtete er unbeirrt weiter.

»Er bekam immer wieder Post von ‚seinen Mädchen', wie er sie immer nannte. Sie schrieben darin, wie gut es ihnen ging und dass sie ihn nie vergessen würden oder Ähnliches. Was glauben Sie, wie viele von ihnen auf seiner Beerdigung waren, das war sehr beeindruckend«, sagte der Notar ehrlich berührt.

»Kennen Sie Robin Dahlken?« Rose war nun sehr gespannt.

»Noch nicht, aber seine Mutter war vor einigen Tagen hier, erzählte mir, dass er ein Sohn von Richard ist und zeigte mir ein Bild. Sie kennen Robin Dahlken ebenfalls?«, fragte er nun die Kommissarin, während er aufstand und zu seinem Schreibtisch ging.

»Ja, er ist zurzeit in Oldenburg und macht Urlaub.« Rose verriet extra nicht mehr.

Mit einem Portraitbild in breitem Rahmen kam Friedrichssen wieder und zeigte es den Ermittlern. Beiden gingen die Augenbrauen bei dem Anblick hoch.

Dann sahen sie den Notar an, der lachend vor ihnen stand.

»Ja, ich habe mich gefragt, ob Richard nie die Ähnlichkeit zwischen ihm und dem Jungen aufgefallen ist, aber seine Mutter sagte mir, dass sie ihn vor ihm verborgen hatte. Sie wollte ihren Sohn ganz für sich, denn sie wusste genau, dass Richard nur das Beste für ihn haben wollte, und fürchtete, dass er ihn auf teure Schulen weitab von ihr schicken oder ihn ihr sonst wie entfremden könnte. Und ich muss sagen, ich kann sie verstehen, dass hätte er bestimmt gemacht. Er hätte nur das Beste für ihn gewollt, na ja, dass was er für das Beste gehalten hätte.« Er wirkte wie ein väterlicher Freund, als er es erzählte, und Rose war schon längst klar, dass er den Verstorbenen nicht nur als Notar gekannt hatte.

»Wissen Sie, dass Robin Dahlken die Leidenschaft seines Vaters geerbt hat?«, wollte Rose wissen.

Der Notar sah sie mit großen Augen an. »Zu Antiquitäten? Oh, das hätte Richard sehr gefreut, zu schade, dass er das nicht mehr erleben darf. Nun, natürlich wird es genau getestet, ob Robin sein Sohn ist, aber wenn, dann erbt er das Hauptvermögen von Richard«, verriet Friedrichssen.

»Was bedeutet das genau. Hat Richard noch mehr Leute bedacht?« Grahne machte sich die ganze Zeit Notizen, doch nun meldete er sich zum ersten Mal zu Wort.

»Nun, er hatte noch einen Chauffeur, der den Wagen behalten darf und noch einige andere Dinge aus seinem Vermögen. Und seiner Haushälterin wird ihre Wohnung, die ihm gehörte, überschrieben. Ja, so war Richard, immer hat er für seine Leute gesorgt«, sinnierte er und dankte seiner Sekretärin, die gerade Tee für die Kommissare und Kaffee für ihn reinbrachte.

Rose und Grahne bedankten sich ebenfalls und gaben gleich etwas Zucker in die Tasse.

»Nehmen wir an, Herr Reindersen hätte keine Kinder, die erben könnten. Was würde dann mit dem Vermögen passieren?«

»Nun, falls diese Kinder auch keine Erben hätten, in diesem Fall bekäme der Chauffeur die Hälfte und die andere Hälfte eine Organisation, die sich um bedürftige junge Frauen kümmert. Ich verstehe Ihren Gedankengang, aber die Vorstellung, dass der Chauffeur die anderen Erben aus dem Weg räumt, ist in diesem Fall sehr unwahrscheinlich, glauben Sie mir, ich kenne den Mann«, war sich der Notar ganz sicher und nahm einen Schluck Kaffee.

»Das mag sein, aber wir müssen allen Eventualitäten nachgehen«, erklärte Rose, und der Notar nickte, denn er wusste das natürlich. »Bitte geben Sie uns dennoch die Adressen der beiden«, fügte sie hinzu.

Danach hatte Grahne noch ein paar Fragen zu dem Vermögen und der Organisation, die in besagtem Fall auch begünstigt wäre. Der Notar gab bereitwillig Auskunft, sodass die beiden sich ein Bild von dem ganzen Drumherum machen konnte.

Wenig später verabschiedeten sich die Kommissare und machten sich auf den Weg zu Frau Dahlken.

Ein paar Straßen weiter, in einem Vorort von Hamburg, hatte Frau Dahlken ein kleines Haus. Rose parkte auf einem Kundenparkplatz davor und las das Schild über dem Geschäft. *Schneiderei Dahlken* stand mit großen Buchstaben über einem großen Schaufenster, das Schaufensterpuppen mit wunderschönen Kleidern und Anzügen zeigte. Rose

schaute sie sich genauer an und musste feststellen, dass das keine Stangenware war, sondern sehr schöne, individuelle Abendmode.
»Na, Grahne, die Adresse sollten sie sich merken, falls sie mal einen Anzug brauchen. Aus den Läden passt Ihnen doch sicher keiner«, flachste sie ihren Kollegen an.
»Schon notiert, sie auch? Denn als vertikal Benachteiligte ist es doch sicher ebenso schwer ...«, lachte Grahne, und sie tat, als würde sie nach ihm schlagen.
Er wich schnell aus und ging ins Ladengeschäft, gefolgt von Rose.
»Moin!«, wurden sie von einer Mittefünfzigerin mit roten Haaren begrüßt.
»Was kann ich für Sie tun? Abendkleid für die Dame?«, fragte sie Rose und suchte schon ihr Maßband.
»Sie könnten uns ein paar Fragen beantworten«, erwiderte Rose. »Wir sind von der Kripo Oldenburg und untersuchen den Mordfall Marie Fuchs«, erklärte sie weiter, während sie sich nach Fibi bückte und die Hündin auf den Arm nahm.
Die Schneiderin legte das Maßband wieder weg und sah die Ermittler abwechselnd an. »Schade, ich hatte schon einige Ideen für Sie«, meinte sie und bat die beiden in einen hinteren Raum. Er sah aus wie eine Nähstube, an der rechten Seite waren zwei Nähmaschinen vor einem Fenster, und auf der anderen stand ein Sofa, ein Tisch und ein kleiner Schrank mit Gläsern und Getränken.
»Wie kann ich Ihnen denn da helfen?«, fragte sie verwundert, nachdem sie alle Platz genommen hatten.
»Nun, Sie könnten uns sagen, ob Sie Marie Fuchs kannten, als sie hier in Hamburg lebte, beziehungsweise ihre Mutter. Sie scheint ja kurz nach der Geburt nach Oldenburg gezogen zu sein.« Rose führte wieder das Gespräch, während Grahne seinen Block rausholte und sich Notizen machte.
»Maries Mutter Anna wäre schon eher aus Hamburg

weggezogen, wenn sie gekonnt hätte. Sie kam aus Oldenburg, ist dort auch geboren, wollte aber ihre Eltern nicht fragen, ob sie wieder bei ihnen wieder wohnen könnte. Denn sie hatten es gar nicht gut gefunden, dass ihre Tochter in die große Stadt gezogen war. Doch als Marie dann da war, sagte sie ihnen, dass sie Großeltern geworden waren, und da war die Freude natürlich groß. Als sie ihnen dann gestand, dass sie gerne wieder ins ruhigere Oldenburg wollte, haben sie gleich für ihre Tochter und Enkelin eine Wohnung in ihrer Nähe gesucht, und die zwei zogen ein halbes Jahr später dorthin.«
Rose zeigte sich überrascht, woher Frau Dahlken das alles wusste.
»Wir kannten uns. Anna hat mich manchmal unterstützt, wenn ich viele Aufträge hatte, denn sie konnte sehr gut nähen«, erklärte sie, während Rose die kleine Hündin auf ihrem Schoß streichelte.
»Waren Sie gut befreundet?«
»Ja, bis sie weggezogen ist, schon, aber dann haben wir uns aus den Augen verloren, und als ich dann noch Robin bekam, hatte ich noch mehr um die Ohren.« Das schien der Schneiderin leidzutun, hatte Rose den Eindruck.
»Als Robin dann erwachsen war und seine eigenen Wege ging, habe ich versucht, wieder Kontakt zu ihr aufzunehmen, und erfuhr von Marie, dass ihre Mutter verstorben war. Ja, man sollte nie zu lange warten«, stellte sie fest und schaute traurig.
»Wenn ich es richtig verstanden habe, ist der Vater von Robin auch der Vater von Marie.« Rose wollte endlich alles verstehen.
»Ja, das ist richtig. Er ließ sich immer seine Anzüge bei mir nähen, in letzter Zeit weniger, er ging kaum noch aus, weil er sehr krank war. Als Anna weggezogen war und keinen Kontakt mehr mit ihm wollte, war er am Boden zerstört.

Auch noch nach Jahren.« Sie schaute beschämt zu Boden.
»Und da haben Sie versucht, ihn ein wenig zu trösten«, fuhr Rose für Frau Dahlken fort, und sie nickte nur.
»Ihr Sohn ist ja jetzt Alleinerbe, seit wann wissen Sie das?« Grahne war gespannt, ob das Frau Dahlken bereits bekannt war.
»Gestern, nein, vorgestern habe ich Robin am Telefon gesagt, dass ich den Notar über Richards Vaterschaft informiert habe. Der Notar hatte daraufhin gemeint, Robin müsse zur Testamentseröffnung kommen. Dass er Alleinerbe ist, weiß ich aber erst seit gestern Morgen, als ich Herrn Friedrichsen die Geburtsurkunde und ein Foto gezeigt hatte. Robin weiß das noch gar nicht, ich hielt es für besser, ihm noch nichts davon zu sagen.«
Grahne nickte ihr zu. »Kennen Sie den Chauffeur von Reindersen? Oder seine Haushälterin?« Während Grahne die Fragen stellte, stand Rose auf und schaute sich mit Fibi auf dem Arm die unzähligen gerahmten Fotos in dem Raum an.
»Also der Chauffeur war fast jedes Mal mit, hat mal draußen und mal hier drinnen gewartet. Er redete nie viel, antwortete eigentlich nur, wenn er was gefragt wurde. Ein komischer Kerl, wie ich finde. Ja und seine Haushälterin, die kenne ich nicht, ich war ja nie bei Richard in der Wohnung.« Frau Dahlken schaute verschämt zur Seite, Grahne notierte sich alles.
»Hier sind aber ja auch echt einige Prominente bei«, stellte Rose laut fest und nahm dem Moment die Peinlichkeit.
»Ja«, Frau Dahlken stand auf und kam zu Rose.
»So einige Hamburger Größen kamen in ihren Anfängen zu mir; nachdem sie berühmt geworden waren, gingen sie meist zu anderen Schneidern. Wo eben jeder hinging, der was auf sich hielt.« Man konnte ihre Enttäuschung hören.
»Aber Sie waren die Erste, die für sie die Abendmode

geschneidert hatte, mit der sie zur Berühmtheit wurden«, warf Grahne ein, und Rose nickte ihm zu.
»Wohl wahr«, sagte sie, und die Schneiderin vor ihr lächelte glücklich.
»Sehr schöne Erinnerungen, der ganze Raum ist davon voll.« Rose sah einmal in die ganze Runde. Es würde eine beachtliche Zeit dauern, sich alle anzusehen, die hatten sie aber leider nicht.
»Kannten Sie den Notar Friedrichssen schon vorher?« Rose sah der Frau vor sich ins Gesicht, als sie das fragte.
Diese lächelte weiter. »Aber ja, er ist auch Kunde bei mir. Ein sehr netter und korrekter Mann, ich glaube, er und Richard waren auch befreundet«, überlegte sie, und Rose nickte.
»Sagen Sie, wenn er auch bei Ihnen Kunde war, hat er doch sicher auch Ihren Sohn mal gesehen. Hat er Sie nie auf die verblüffende Ähnlichkeit mit Reindersen angesprochen?« Rose war etwas verwundert darüber.
»Ja, das hat er, einmal. Ich habe ihm damals gesagt, dass die Ähnlichkeit rein zufällig sei, ich eine Affäre mit einem Seemann gehabt habe. Das hat er mir damals auch geglaubt, er erinnerte sich daran sogar noch, als ich jetzt bei ihm war. Er meinte, dann hätte ich ihn damals doch angelogen, und ich erklärte ihm, dass ich meinen Sohn für mich haben wollte, ihn aufziehen, wie ich das wollte, und er verstand es«, berichtete Frau Dahlken.

Etwa eine halbe Stunde später saßen Grahne und Rose in der *Jungen Bäckerei*, die sie an einer Kreuzung gesehen hatten, als sie zur Cuxhavener unterwegs waren. Es war Mittagszeit, und sie aßen eine Kleinigkeit, während Fibi auf dem Boden brav zu Roses Füßen lag.
»Und, Grahne, was halten Sie von der ganzen Sache?«, fragte ihn Rose, bevor sie einen Schluck von ihrem Tee

nahm.

»Ja, ist echt eine Überlegung wert«, meinte er und biss noch mal von seinem dick belegten Brötchen ab.

»Hm?« Rose verstand ihn nicht, konnte aber nicht genauer darauf eingehen, da sie gerade selbst den Mund voll hatte. Grahne kaute und schluckte in Ruhe.

»Na, sie hat echt schon für viele Größen genäht und macht ihre Sache sicher gut«, grinste er. »Sie sollten sich das auch überlegen«, lachte er, und Rose erwog kurz, ihm vor das Schienbein zu treten. Doch Fibi schien zu schlafen, und sie wollte sie nicht wecken, außerdem konnte sie sich ja beherrschen.

»Meine Kleider habe ich alle von der Stange, wie man so sagt«, triumphierte sie.

Grahne biss lieber wieder von seinem Brötchen ab, bevor er sie noch weiter ärgerte. Es war aber schon sehr verlockend, da er nicht der Einzige mit einem Größenproblem war und es zwischen ihnen beiden eher komisch war.

Rose fiel auf, dass die Damen hinter der Theke der Bäckerei sie ansahen, tuschelten und dann lachten. Sicher dachten sie, sie zwei wären ein Paar. Sie ignorierte es und aß ihr Brötchen weiter, doch Grahne entging ihr Blick nicht.

»Alles sehr informativ, vor allem beim Notar, aber doch nichts, was besonders auf einen Mörder hinweist«, beantwortete er nun ernsthaft ihre Frage. Rose sah ihn an, nickte zustimmend und futterte weiter.

»Oder sehen Sie das anders?« Grahne verstand ihr Schweigen falsch.

»Nein, nichts Auffälliges, da gebe ich Ihnen recht, es ist fast wie in einer großen Familie«, erklärte sie. »Wollen Sie noch mal hin?«, fragte Rose, und Grahne sah sie fragend an. »Na, zur Schneiderin zum Maß nehmen«, lachte sie nun Grahne an, doch er schüttelte den Kopf und lachte ebenfalls.

»Dann würde ich vorschlagen, dass wir wieder nach

Oldenburg fahren, bevor der Berufsverkehr anfängt«, sagte sie und trank den Rest ihres Tees aus.

***

Werner Kalder, der Onkel von Marie, überlegte angestrengt, wie die Adresse oder Telefonnummer von Maries bester Freundin lauten könnte. Die Kommissarin hatte ihn danach gefragt, und er hatte verneint, doch irgendwie hatte er mal etwas von der Freundin mitbekommen, fiel ihm wieder ein. Aber er kam nicht mehr drauf.
Werner Kalder ging unruhig in seinem großen Wohnzimmer umher.
Er war sich mehr und mehr sicher, dass er von einer Freundin seiner Nichte die Adresse – oder war es die Telefonnummer? – besessen hatte. Er sah sein Handy nach den Nummern durch, aber er fand keine Telefonnummer, die passte. Allerdings hatte er das Handy auch noch gar nicht so lange …
Mensch, denk nach Werner!, sagte er immer wieder zu sich und versuchte sich den Moment ins Gedächtnis zu rufen, als er die Info über Marias Freundin bekam.
Wieso waren sie überhaupt darauf zu sprechen gekommen? Er fasste sich mit der Hand ans Kinn und schaute in den Garten. Er sah aber nicht die Kohlmeisen, wie sie als Schwarm das kleine Vogelhäuschen nach Essbarem inspizierten. Nein, er schaute ins Leere und überlegte krampfhaft, wie, wann und wo er diese Information bekommen hatte. Er war sich fast sicher, wenn er das wüsste, würde ihm auch wieder einfallen, wo er die Nummer oder Anschrift finden könnte.
Er seufzte auf, sah die kleinen Meisen und ging an seine Bar, wo er sich einen Whiskey machte. Plötzlich sah er auf die

Uhr an der Wand. Oha, erst halb drei am Nachmittag, dachte er, überlegte erst, ob er das Glas lieber stehen ließ, trank es dann aber aus.

Auf jeden Fall musste er die Adresse finden, denn er wollte die Kommissare so gut wie möglich unterstützen, damit der Mörder seiner Nichte schnell gefunden würde. Er nahm einen Schluck und sah dann das Foto seiner Schwester an der Wand.

Nun seid ihr wieder vereint, dachte er bitter, und die Tränen stiegen ihm in die Augen.

Marie war das Einzige, was er noch von seiner großen Schwester gehabt hatte, und nun war sie auch tot. Vielleicht hätte er sich mehr um sie kümmern müssen, vielleicht hätte er ihren Tod verhindern können.

Er schüttelte den Gedanken ab und setzte sich mit seinem Glas auf das Sofa, wischte sich mit dem Handrücken die Tränen von den Wangen.

Was war das schön, als wir noch die Geburtstage zusammen gefeiert hatten, dachte er. An ihrem achtzehnten Geburtstag hatte sie mit ihren Freundinnen hier in seinem Haus eine Party veranstaltet, da die Wohnung von Anne viel zu klein war und Marie ihre Mutter dazu überreden konnte, nachdem er es ihr angeboten hatte. Er musste in Gedanken dran lachen.

Das war vielleicht ein Remmidemmi gewesen, und was hatten die Mädels für einen Spaß gehabt. Das ganze Wohnzimmer war geschmückt gewesen, sie hatten Pizza gegessen und irgendwann angefangen zu tanzen. Er war dann mit seiner Schwester spazieren gegangen, sie hatten die Mädchen ein wenig allein lassen wollen. Als sie wiedergekommen waren und alles leise gewesen war, waren sie erst erschrocken, hatten dann jedoch gesehen, dass die Mädels alle auf unzähligen Matratzen auf dem Boden saßen und Karten spielten. Werwolf hieß das Spiel, erinnerte Kalder sich, sie hatten einen Heidenspaß dabeigehabt. Dann war er mit Anne in die Küche gegangen, und sie hatten sich eine Flasche Wein aufgemacht.

Er nippte an seinem Whiskey, während er in seinen Erinnerungen schwelgte. Gefühlt war es erst vorgestern, dachte er und atmete tief ein. Die Adresse fiel ihm einfach nicht ein, und er ging wieder ans Fenster und sah raus in den Garten, während er weiter in Erinnerungen schwelgte.
Wie das Auto von seiner Schwester Anne kaputt war und sie ihn gefragt hatte, ob er Marie zu ihrer besten Freundin fahren könnte. Sie hatte Geburtstag, war es nicht auch der achtzehnte gewesen, überlegte er und hatte den Zettel mit der Adresse vor Augen, den Anne ihm mitgegeben hatte.
DER ZETTEL! Das war es, der Zettel mit der Adresse der Freundin, er hatte ihn weggelegt, falls was sein sollte. Er sie noch mal abholen müsste oder so. Es war ein Haus in einer Seitenstraße von Oldenburg, das wusste er nun wieder ganz genau, allerdings nicht mehr welche Straße.
Sein kleines Adressbuch, ja da hatte er den Zettel reingetan, da war er sich fast sicher. Er war froh, dass es ihm endlich wieder eingefallen war.
Werner Kalder stand auf und ging zu seinem Schreibtisch. Aus einer Schublade holte er ein kleines, altes Adressbuch und klappte den Buchdeckel auf. Da lag er auch schon obendrauf, er schüttelte den Kopf.
Es war ein Zettel, und er hatte die ganze Zeit an eine Handy-Nachricht gedacht mit der Adresse oder Telefonnummer.
Mit der Hand schlug er sich leicht gegen die Stirn und überlegte, wohin er eigentlich die Telefonnummer der Kommissare gelegt hatte.

***

Die A 1 war verhältnismäßig ruhig, als die Ermittler nach Oldenburg zurückfuhren. Grahne saß am Steuer, während Rose neben ihm hockte mit Fibi auf dem Schoß. Die kleine Hündin hatte sich nach vorne zu Rose gemogelt.
»Haben Sie sich schon überlegt, wie Sie es Ihren Eltern sagen?«, durchbrach Grahne plötzlich die Stille im Wagen, und die Kommissarin sah ertappt hoch.
Sollte sie ihm sagen, dass sie sich schon unzählige Male die Situation durch den Kopf hatte gehen lassen, dachte sie und zog die Augenbrauen hoch.
»Also wissen Sie es noch nicht«, deutete er es richtig und lachte.
»Wie würden Sie es denn machen?«, fragte sie ihren Psychologenkollegen und sah ihn dabei herausfordernd an.
»Na, beim Essen«, wusste er sofort und blickte kurz zu ihr rüber. Wohl um zu sehen, wie sie darauf reagierte. »Dann sind sie schon mal etwas abgelenkt oder beschäftigt«, erklärte er. »Und am Essenstisch verhält man sich ruhiger.« Grahne beobachtete sie aus den Augenwinkeln.
»Haben Sie eine Ahnung! Aber nicht meine Mutter, die explodiert, egal womit sie gerade beschäftigt ist«, war sich Rose sicher und seufzte.
Grahne lachte, und Rose sah ihn nachdenklich an.

»Wenn man bedenkt, wie alt Sie sind und wie tough Sie sonst so sind, ist es wirklich zum Lachen«, sagte Grahne und sah kurz zu Rose. Sie wusste ja, dass er recht hatte.
Es war bereits nach fünfzehn Uhr, und die Straßen wurden voller. Er war froh, wenn sie gleich auf die A 28 abbiegen konnten, da war es sicher wieder etwas entspannter zu fahren.
»Solange Sie sich in Ihrer Familie nicht neu positionieren, wird sich nichts ändern«, versuchte er ihr zu helfen.
Sie zog nachdenklich ihre Stirn in Falten und hörte auf, Fibi

auf ihrem Schoß zu streicheln.
»Wie meinen Sie das denn?«, fragte sie endlich.
»Es ist so, dass wir nun mal die Kinder unserer Eltern sind, und wenn wir auch ausgezogen sind, verfallen einige immer wieder in das gleiche Verhaltensmuster, was man damals zu Hause hatte. Seien es Reaktionen bei Fragen, bei Antworten, bei alltäglichen Situationen, die wir sonst ja auch nicht mehr mit den Eltern haben. Man stellt sich wieder auf den gleichen Platz, den man in der Familie hatte. Das ist meist unbewusst, und man wundert sich, wieso die Eltern sich einem gegenüber immer noch so verhalten, als wäre man das kleine Kind«, schloss er und sah sie prüfend an.
Heide Rose glaubte zu verstehen und musste mit Entsetzen feststellen, dass er damit recht hatte. Ihr Ex hatte ihr so was Ähnliches auch mal vorgehalten: dass sie sich bei ihren Eltern immer ganz anders verhielt und … oh Mann, da muss man erst mal rauskommen. Aber auf jeden Fall wollte sie es, so konnte es nicht weitergehen. Vielleicht verstand sie sich dann auch mal mit ihrer Mutter besser. Ach nein, soweit würde ich jetzt nicht gehen, dachte sie und grinste.
Auf jeden Fall wollte sie es versuchen, es musste sich was ändern, da war sie sich sicher.

Plötzlich klingelte Heide Roses Handy.
Werner Kalder meldete sich, er hatte die Adresse von der früheren besten Freundin Maries gefunden. Endlich mal was Erfreuliches, dachte Rose.
»Haben Sie ein Smartphone?«, fragte sie ihn, und als er es bejahte, bat sie ihn, ein Foto von dem Zettel zu machen und es ihr zu schicken.
Rose bedankte sich bei ihm, sie würden sie schon finden, denn nun hatten sie auch einen Namen. Wenig später hatte sie die Adresse schon an Grahne weitergegeben und ihn

gebeten, dort als Nächstes hinzufahren. Grahne nickte.
»Die Straße kenne ich«, sagte er und bog auf die A 28 in Richtung Oldenburg ein.
»Ach und, vielen Dank! Ich werde es beherzigen«, meinte Rose zu ihrem Kollegen, der ihr daraufhin zunickte.

Es stand noch immer der Familienname Lanser an der Tür des Hauses, was schon mal hoffen ließ, dass sie die Freundin von Marie hier finden würden. Rose drückte den Klingelknopf.
Hinter der Tür tat sich was, aber sie wurde nicht geöffnet, jemand ging offensichtlich wieder weg, nachdem er oder sie durch den Spion in der Tür geschaut hatte.
Rose klingelte noch mal und holte ihren Ausweis raus, hielt ihn in Höhe des Spions. Grahne tat es ihr nach.
»Machen Sie bitte auf, es geht um Marie Fuchs, geborene Schmit«, rief sie laut, und schon wurde die Haustür geöffnet. Rose hasste es, wenn man sie mit Vertretern verwechselte.
»Guten Tag, was ist mit Marie Schmit?«, fragte eine etwa fünfzigjährige Frau und sah die zwei Ermittler vor ihrer Haustür abwechselnd an.
»Nun, Ihre Tochter war mit ihr befreundet, ist das richtig?« Die Dame nickte. »Aber ja, Laura und Marie waren beste Freundinnen. Aber warum fragen Sie?«, wollte Frau Lanser wissen, und anstatt zu antworten, fragte Rose, ob sie kurz reinkommen dürften.
Frau Lanser bat sie in die Küche und bot ihnen Kaffee an.
Die zwei Teetrinker lehnten beide dankend ab und begannen ihre Fragen zu stellen.
»Können Sie uns bitte die neue Adresse Ihrer Tochter geben, wir hätten da nur ein paar Fragen an sie. Marie Fuchs – oder auch Schmit – wurde ermordet aufgefunden.«
Rose hoffte sehr, dass die Tochter noch in Oldenburg oder

zumindest in der Nähe wohnte. Sie wollte noch heute Antworten auf ihre Fragen.
»Oh mein Gott, das arme Mädchen!« Frau Lanser hielt sich die Hand vor den Mund und versuchte das Unfassbare zu begreifen. Tränen schossen ihr in die Augen, als sie aufstand. »Ich schreibe Ihnen die Adresse meiner Tochter auf«, sagte sie und ging in den Flur zum Telefon, wo sie einen Block hatte. Sie gab Rose dann einen Zettel.
Frau Lanser holte sich ein Taschentuch und trocknete sich die Augen.
»Sie war so ein fröhliches Mädchen, so voller Energie, und ihre Leidenschaft gehörte den Blumen. Immer wenn sie bei uns war, ging sie mit Laura auf eine Wiese hier um die Ecke, und sie brachten mir beide einen Strauß wilder Blumen mit«, lachte sie und trocknete sich wieder die Augen.
»Haben Sie denn eine Ahnung, wer der Täter gewesen sein könnte?«, fragte sie plötzlich, als wollte sie sich aus ihren Erinnerungen reißen.
»Wir ermitteln noch, ich kann dazu nichts sagen«, erklärte Rose.
Frau Lanser nickte verständnisvoll und holte tief Luft, um das Ganze zu verarbeiten.
»Kannten sie Lars Fuchs, den Mann, den Marie geheiratet hatte?«, fragte Grahne nun.
»Nein, ich habe ihn nie kennengelernt, und meine Tochter hatte seit der Hochzeit vor ein paar Jahren ja auch keinen Kontakt mehr zu ihr«, stellte Frau Lanser fest.
»Wissen Sie wieso?«
»Nein, meine Tochter wollte nie darüber reden.«

***

Robin Dahlken machte einen zweiten Anlauf bei dem Antiquitätenhändler, der gestern geschlossen hatte. Da er noch nach einer Jeans in der Innenstadt schauen wollte, ging er wieder zu Fuß los.

Er hatte Glück, und der Chef selbst war in seinem Laden. Robin schaute sich genau um, es waren viele interessante Exponate da, vor allem eine alte Münze. Robin hatte einen Kunden, der so was schon lange suchte, und er überlegte sich, ob er sie kaufen solle.

»Was möchten Sie für die Fünfzigpfennig von 1949?«, fragte er den Händler.

Der kam zu ihm und schaute sich erst mal die Münze an, nannte einen Preis, und Robin versuchte zu handeln. Schließlich musste er auch etwas Gewinn haben, er wollte ja davon leben.

Die zwei Händler wurden sich einig und kamen dabei ins Gespräch.

»Ja, ich habe einen Interessenten dafür in Hamburg«, erklärte Robin seine Hartnäckigkeit. »In einem Vorort habe ich meinen Antiquitätenladen.«

»Ach, da sind wir ja Kollegen«, lachte der Ladenbesitzer und nahm das Geld für die Münze entgegen. Robin ließ sie in einem kleinen Beutel und dann in der Hosentasche verschwinden.

»Ja, sagen Sie, wären Sie an so etwas wie einem Austausch interessiert? Also, ich stelle mir das so vor, dass man Exponate, die man in seinem Laden nicht verkauft, dem anderen anbietet beziehungsweise fragt, ob er Käufer dafür hat«, erklärte Robin, und sein Gegenüber sah ihn erstaunt an.

»Das ist eine sehr gute Idee, junger Mann«, sagte er nach kurzer Überlegung und nickte ihm einverstanden zu.

»Ich wäre auch bereit, die Sachen zu bringen und andere wieder mitzunehmen. Man müsste sich dann zuvor eben genau austauschen, wir könnten ja übers Internet Fotos austauschen und dann über die Preise verhandeln«,

erklärte Robin weiter.
»Ich habe mir gerade einen Kaffee aufgesetzt. Was halten Sie davon, wenn wir eine Tasse zusammen trinken und uns über die Einzelheiten unterhalten«, schlug der Ladenbesitzer vor, und Robin freute sich über die Einladung. Sie verschwanden in einem kleinen angrenzenden Raum, der ein altes Sofa hatte, und der Händler bat Robin, dort Platz zu nehmen.
Von dort aus konnte man auch sehr gut in den Laden schauen, stellte er fest und fand das Sofa sehr bequem.
Der ältere Herr war in der angrenzenden Küche verschwunden, um wenig später mit einem Tablett wiederzukommen.
Im Nu waren die Tassen verteilt und mit frischem, köstlichem Kaffee gefüllt. Die zwei Händler verfielen in ein anregendes Gespräch bei Kaffee und Keksen und konnten dabei den Laden im Auge behalten.
Der ältere Ladenbesitzer war ganz begeistert von den Ideen seines jüngeren Kollegen und freute sich auf einen Handel mit ihm. Sie konnten ja beide nur gewinnen, wenn sie die schwer verkäuflichen Sachen dem anderen anboten, in der Hoffnung, dass er Käufer dafür hatte. Denn schließlich war überall andere Kundschaft, und somit kursierten auch andere Wünsche.
Als Robin sich gegen Viertel nach fünf verabschiedete, war schon so was wie eine Freundschaft zwischen den beiden entstanden. Robin hatte ihm eine seiner Visitenkarten gegeben, und sie hatten ihre E-Mail-Adressen ausgetauscht.
Nun wollten sie bereits nächste Woche das erste Mal einige Exponate dem jeweils anderen zeigen. Robin freute sich schon darauf und ging, in Gedanken verloren, in die Bremer Straße in Richtung Innenstadt.
Im Geiste ging er schon seine Waren durch, die infrage kamen, sodass er nicht merkte, dass ein Wagen hinter ihm

wendete und dann mit Vollgas auf ihn zuraste. Ein Fußgänger vor ihm schrie laut, wodurch Robin aus seinen Gedanken gerissen wurde. Doch als er den lauten Motor hinter sich wahrnahm und zur Seite springen wollte, war es schon zu spät. Das Auto hatte ihn bereits erwischt. Er flog auf die Motorhaube, rollte über die Windschutzscheibe und das Dach, um anschließend das Heck wieder runterzurutschen und auf den kalten Asphalt zu fallen.
Sein linkes Bein tat höllisch weh, genauso wie sein Kopf und ja, eigentlich tat alles weh, dachte Robin noch, bevor er das Bewusstsein verlor.
Er merkte nicht mehr, dass das Auto mit Vollgas weiterfuhr und verschwand. Hörte nicht mehr, wie der Fußgänger ihn nun wieder entsetzt anschrie und dann sein Handy aus der Tasche holte, um den Rettungsdienst anzurufen.

***

Eine junge Frau machte lachend die Wohnungstür auf und sah dann ganz verdutzt die zwei Ermittler an.
Sie war gerade erst nach Hause gekommen und somit nicht da gewesen, als ihre Mutter angerufen hatte, um sie auf den Besuch der Kommissare vorzubereiten.
Laura Lanser schaute also erstaunt, als die zwei ihr ihre Ausweise zeigten.
»Sie sind Laura Lanser?«, fragte Rose, und als die Angesprochene nickte, fuhr Rose fort: »Marie Fuchs oder auch Schmit, wie sie früher hieß, war Ihre beste Freundin, ist das korrekt? Wir hätten ein paar Fragen, dürfen wir kurz reinkommen?«
Laura schaute überrascht und trat zur Seite, um die zwei Ermittler reinzulassen. Frau Lanser führte beide in ihr

Wohnzimmer und bat sie, Platz zu nehmen.
»Wieso haben Sie Fragen zu Marie, ist etwas passiert?«, fragte sie dann die Kommissare und sah sie aufmerksam an.
»Marie Fuchs wurde leider vor ein paar Tagen ermordet aufgefunden.«
Die junge Frau machte ganz große Augen und hielt ihre Hände vor den Mund.
»Oh mein Gott, sie ist tot?!«, sagte sie ganz leise und schüttelte den Kopf.
Dann atmete sie tief ein und aus, versuchte sich zu beruhigen.
»Ich habe im Moment so viel um die Ohren, da bekomme ich ehrlich gesagt nicht viel vom Weltgeschehen mit«, erklärte sie wenig später. Außerdem hatte ich schon seit einiger Zeit keinen Kontakt mehr zu Marie, leider«, meinte sie traurig und sah Rose bedauernd an.
Die Kommissarin wusste nicht, was sie mit dem Blick meinte und schaute fragend zurück.
»Wie ist das passiert, ein Überfall oder …?« Laura Lanser konnte sich nicht vorstellen, wie Marie zu Tode gekommen sollte, wenn nicht so.
»Nein, sie wurde erwürgt, man fand sie im Wittemoor.«
Rose sah zu Grahne, doch der schrieb sich alles auf und beobachtete das Geschehen. Was Rose einerseits gut fand, andererseits war sie jedoch der Ansicht, er könnte sich mal mehr an der Befragung beteiligen.
»Aber wer würde denn Marie erwürgen und ins Moor …«
Frau Lanser war fassungslos, sie fand es unerklärlich.
»Das wollen wir eben herausbekommen. Wieso ist der Kontakt zu Ihrer besten Freundin abgebrochen?«, kam Grahne ihr nun zuvor, und Rose fragte sich ernsthaft, ob er Gedanken lesen konnte. Oder konnte man so was auch von der Körperhaltung ablesen?
»Ja, eigentlich wollten wir immer und ewig beste

Freundinnen bleiben, uns treffen und auch immer telefonieren. Dann kam die Hochzeit, und Lars war so komisch. Er wollte nicht das Spiel mitmachen, das wir als Freundeskreis extra für die zwei als Brautpaar vorbereitet hatten. Auch anderen Schabernack durften wir nicht mit ihnen veranstalten. Ständig schaute er zu seiner Familie, ob da alles in Ordnung war und wie die wohl auf uns reagierte. Marie hatte mir vorher erzählt, dass Lars uns erst gar nicht bei der Hochzeit dabeihaben wollte, aber sie hatte darauf bestanden.« Laura seufzte und zog kurz die Schultern hoch. »Seine Familie hielt sich wohl für was Besseres, es redete auch keiner mit uns, sie schauten nur ständig pikiert rüber, wenn wir lachten.«

»Aber das war doch sicher nicht der Grund dafür, weshalb Sie dann den Kontakt abgebrochen haben, oder?« Grahne wollte von ihr hören, was bei der Hochzeit geschehen war. Ihre Version vom Bruch der Freundschaft, denn die Version von dem Onkel kannten sie ja schon.

»Stimmt, dann ist dem Onkel von Marie der Kragen geplatzt. Der hat sich das Ganze ja erst in Ruhe angesehen, und wir haben gar nicht gemerkt, dass er auch schon sauer war wegen Lars' Verhalten. Er hatte mit uns auch etwas Nonsens gemacht, wir haben Lars ein wenig hochgenommen, weil er so steif war und … na ja. Dann meinte Herr Kalder doch glatt zu Lars, ob er einen Stock im Arsch habe, weil er so verkrampft sei. Boah, dann ging was ab!« Laura klatschte sich mit der einen Hand vor die Stirn. »Lars sagte zu Kalder, er solle augenblicklich die Hochzeit verlassen, und auf weiteren Kontakt mit ihm könnten sie verzichten. Ich meinte dann zu Marie, dass sie das nicht machen könnte, er war schließlich das einzige bisschen Familie, was sie noch hatte. Doch sie stand da, bekam ein hochrotes Gesicht, und kein einziges Wort kam von ihr.« Laura schüttelte den Kopf im Gedanken daran und holte tief

Luft. »Ihr Onkel verabschiedete sich dann von ihr und wünschte ihr alles Gute, und er sagte noch zu ihr, dass sie jederzeit zu ihm kommen könne, egal was ist. Dann ging er, ohne noch jemanden anzusehen. Wir sagten dann noch mal, dass sie das doch nicht zulassen könne, doch sie schwieg. Das habe ich einfach nicht verstanden, bis heute nicht.« Sie schüttelte wieder den Kopf und wischte sich die Tränen aus dem Gesicht.

»Was haben Sie dann gemacht?« Rose wollte, dass sie weitererzählte und sich nicht in ihren Gedanken verlor.

»Wir sind erst noch dageblieben, haben leise darüber geredet und beobachtet, wie es dort weitergeht. Eine seiner Cousinen hatte eine Collage gemacht, so mit einem Projektor an die Wand, erst von seinen Kindertagen und dann mit Marie, als sie sich trafen und zusammen waren. Es ging also sehr gesittet zu, auch die Musik, die dann später gespielt wurde, war eher spießig. Deutsche Schlager und auch andere Musik, wo man nach Foxtrott tanzen konnte. Sogar Walzer spielten sie. Als wir dann darüber lachten und versuchten, dass mal andere Musik gespielt wird, kam Lars an unseren Tisch und sagte, wir sollten uns mal benehmen, endlich erwachsen werden.« Laura erzählte nun lauter.

Die ganze Wut von damals kam in ihr wieder hoch, das spürte man.

»Da war Schluss mit lustig, Freundschaft hin oder her. Nachdem Marie nur so was gemeint hatte wie *Lars mag das halt nicht so*, sind wir auch gegangen. Es tat mir echt leid für Marie, aber sie hat ja auch keinerlei Anstalten gemacht, zu uns zu halten«, erklärte die junge Frau.

Rose sah Grahne an, er zog die Augenbrauen hoch und notierte sich was. Offenbar fand er das Bild, das hier von Lars gezeichnet wurde, ebenfalls sehr interessant für ihre weiteren Ermittlungen.

»Haben Sie danach nie versucht, mit ihrer Freundin noch

mal Kontakt aufzunehmen?«, fragte Grahne Frau Lanser, doch sie schüttelte verneinend den Kopf.
»Ich dachte mir immer, sie sei dran, wenn ihr unsere Freundschaft etwas bedeutete«, sagte sie ganz leise und wischte sich Tränen von der Wange.
Plötzlich klingelte Roses Telefon, sie entschuldigte sich und sah auf das Display. Sie kannte die Nummer nicht, ging aber dran.
»Ja, Rose hier«, sagte sie knapp. »Wie bitte?! Wann … Wo … Welches Krankenhaus … Wir kommen«, Rose ließ das Handy wieder in der Tasche verschwinden und stand auf. Grahne sah sie fragend an, stand aber auch auf.
»Das war es erst mal, falls wir noch Fragen haben, melden wir uns bei Ihnen. Wir müssen jetzt los«, sagte sie und ging zur Tür.
Grahne bedankte sich noch bei der jungen Frau für ihre Zeit. Dann verabschiedeten sich die Kommissare und gingen zum Auto, wo Fibi schon wartete. Erst als sie beide im Wagen von Rose saßen, informierte sie Grahne.
»Robin Dahlken wurde von einem Pkw überfahren, er schwebt in Lebensgefahr, es sieht nicht gut aus. Wir fahren jetzt erst zum Tatort, dann zur Klinik, in die sie ihn gebracht haben.« Rose startete den Wagen und fuhr auch schon los.

In der Bremer Straße waren noch einige Polizisten und nahmen die Zeugenaussagen auf. Die Straße war gesperrt, und überall waren die Leute von der Spurensicherung in ihren weißen Overalls.
Rose stellte den Wagen an der Seite auf dem Bürgersteig ab, ließ die Tür ihres Wagens einfach offen und rannte zum Geschehen. »Versuchen wir was rauszukriegen«, rief sie und steuerte den nächsten Kollegen an.
Grahne ging auf die andere Straßenseite zu einem anderen

Kollegen, der dort noch beschäftigt war.
Grahne zeigte ihm seinen Ausweis, während er ihn schon fragte, was passiert war.
»Ein junger Mann ist auf dem Gehweg von einem Pkw überfahren worden. Ein Zeuge meinte, dass es volle Absicht war, der Wagen hatte zuvor hinter dem Opfer gewendet«, kam eine kurze, aber informative Antwort.
»Aha, ich danke Ihnen«, sagte Grahne und sah sich um. »Welcher Zeuge war es denn?«, fragte er den Kollegen, der sich daraufhin ebenfalls umsah und dann auf einen Mann unweit von ihnen zeigte.
Anscheinend wurde dessen Aussage gerade noch aufgenommen, Grahne bedankte sich nochmals beim Kollegen und ging eilig zu dem Zeugen. Da war er aber nicht der Einzige, denn Rose lief auch gerade auf ihn zu, gefolgt von Fibi. Grahne lachte und fragte sich, ob sie das eigentlich schon bemerkt hatte.
Rose sah ihn fragend an, als er lachend auf sie zukam. Er zeigte hinter sie, sie drehte sich um und verstand, warum er lachte, wo doch die Situation nun wirklich nicht sonderlich lustig war.
»Fibi, was machst du denn hier?«, sagte sie mehr zu sich selbst, konzentrierte sich dann aber auf den Zeugen vor sich.
»Sie waren dabei, als es passiert ist?«, fragte sie ohne Umschweife und sah in ein leicht gequältes Gesicht. »Ich habe die Aussage des Zeugen bereits aufgenommen, genauso wie die Personalien natürlich. Wir sind gerade fertig«, erklärte der Beamte, der bei dem Mann stand.
»Haben Sie den Wagen gesehen? Wissen Sie, was es für einer war, welche Farbe und was für ein Typ?«, fragte Rose den Zeugen trotzdem.
»Nein, das ging alles viel zu schnell, ich habe weder Nummernschild noch Farbe oder Typ erkannt. Tut mir leid«,

sagte der Zeuge und sah echt mitgenommen aus.
»Okay, dann möchte ich Ihnen aber noch meine Karte geben, falls Ihnen etwas auffällt, was wir vielleicht noch nicht aufgenommen haben«, erklärte sie ihm und er nahm die Karte entgegen. »Sind Sie ansonsten okay?«, fragte sie ihn noch.
»Ja danke! Ein Sanitäter war schon da. Es war ein Schock, das mit anzusehen, aber ich habe nichts abbekommen. Ich möchte jetzt einfach nur nach Hause und wieder runterkommen«, gestand er, und Rose nickte verständnisvoll.
»Vielen Dank«, sagte sie und ließ den Mann gehen.
»Gibt es sonst noch Zeugen?«, fragte sie ihren Kollegen, der noch bei ihnen stand.
»Ja, aber die sind nicht mehr da, waren weiter weg, als es passiert war. Wir haben alle Aussagen aufgenommen und werden sie Ihnen schnellstmöglich zukommen lassen«, erklärte er und sah irritiert Grahne an, der Fibi auf den Arm genommen hatte.
»Das ist sehr gut, ich danke Ihnen«, sagte Rose.
»Oh, Frau Kommissarin kommt sogar mit der ganzen Familie zum Tatort«, grinste der Beamte sie dann an und wollte sich schon abwenden.
»Unsinn«, antwortete Rose. »Das ist Kollege Grahne, und er hält den Polizeihund auf dem Arm fest, damit er keinen anfällt. Nur er schafft es, ihn zu beruhigen«, sagte sie ganz ernst, und der Kollege sah sie verdutzt an.
Rose ging jedoch an ihm vorbei zu ihrem Wagen. Grahne hingegen zog die Augenbrauen hoch und nickte dem Kollegen bestätigend zu, dann folgte er Rose zum Auto und lachte vor sich hin.
»Und, steht er noch immer da und überlegt, ob es stimmt, was Sie gesagt haben?«, fragte er dann Rose, die beim Wagen stand und ihm entgegensah.

»Ja, er geht zu seinem Kollegen. Wahrscheinlich fragt er ihn jetzt, ob das wirklich so ist«, lachte sie nun auch, und die zwei stiegen ins Auto.

Rasant fuhr Rose zum Klinikum und parkte den Wagen an der Seite zur Notaufnahme. Fibi musste natürlich im Auto bleiben, während die Kommissare eilig hineinliefen.
»Wir suchen Robin Dahlken, ein Unfallopfer, er muss hier vor Kurzem eingeliefert worden sein.« Rose fragte die junge Frau am Empfang und hielt ihr ihren Ausweis vor die Nase.
Diese schaute im PC nach und fand ihn auch gleich.
»Herr Dahlken wird gerade genauestens untersucht, es wird noch etwas dauern …«, sagte sie, bevor sie von Rose unterbrochen wurde.
»Können Sie mir sagen, wie sein Zustand ist?« Rose war sehr aufgeregt, ihr war klar, dass das ein Mordanschlag auf den jungen Mann gewesen war. Aber wer wollte ihn töten?
Die Schwester sah auf dem Bildschirm vor sich. »Da haben wir eine schwere Beinfraktur, zwei gebrochene Rippen und eine Kopfverletzung mit Verdacht auf Schädel-Hirn-Trauma. Mehr kann ich Ihnen im Moment auch nicht sagen, tut mir leid.« Die Schwester sah die zwei Ermittler schulterzuckend an.
»Auch nicht, ob er es überlebt? Wie stehen seine Chancen?«, Rose sah sie fast flehend an, sodass die junge Frau noch mal auf den Bildschirm sah.
»Tut mir leid, ich kann hier keine weiteren Eintragungen finden, dazu sollten sie besser auf die Station gehen. Vielleicht haben sie Glück und erwischen den behandelnden Arzt«, schlug sie vor, und Rose ließ sich sagen, wo sie hinmussten.
Eilig liefen die zwei Ermittler die Flure entlang. Es schien Rose eine Ewigkeit zu dauern, bis sie endlich da waren. Sie sahen gerade noch, wie Robin Dahlken in einen anderen

Raum geschoben wurde. Ein Arzt kam an ihnen vorbei und wollte ebenfalls in den Raum. »Ach bitte, können Sie uns sagen, wie die Chancen von Robin Dahlken sind? Wir sind von der Kripo.« Sie zeigte ihm ihren Ausweis.
»Nun, sein Kopf hat ganz schön was abgekriegt. Wenn er Blutungen bekommt, sieht es nicht gut aus. Morgen kann man sicher mehr sagen«, versuchte der Arzt sie zu beruhigen, und Rose bedankte sich.
Insgeheim machte sie sich Vorwürfe, dass sie ihn nicht geschützt hatten. Andererseits war nach Maries Tod nicht eindeutig zu erkennen gewesen, ob jemand nach den Leben der Erben von Reindersen trachtete.

Sie und Grahne verließen das Krankenhaus wieder, keiner sagte ein Wort bis kurz vor dem Wagen.
»Das sieht ja fast so aus, als wollte da jemand erben, oder?«, brach Grahne das Schweigen, und Rose nickte.
»Ja, irgendwie schon.« Rose klang bekümmert.
»Das kann aber auch nur so aussehen«, versuchte er sie zu trösten.
»Fahren wir ins Büro und sehen mal, was wir heute so zusammengetragen haben an Infos«, sagte sie und startete den Wagen, als sie beide angeschnallt waren. »Außerdem müssen wir Frau Dahlken über den Unfall ihres Sohnes informieren«, stellte sie fest und hoffte, dass diese nicht einen allzu großen Schock erleiden würde.

»Moin!«, sagte Rose laut, als sie das Präsidium betrat, Grahne grüßte ebenfalls und bückte sich leicht, als er durch die Tür ging, da er sonst Gefahr lief, seinen Kopf anzustoßen. Fibi folgte den beiden wie immer mit ihrem leichten, federnden Gang.
Der Portier sah nur kurz hoch, erwiderte den Gruß und konzentrierte sich dann weiter auf seinen Kaffee.

Fibi verschwand im Büro gleich in ihrem Körbchen und kuschelte sich ein, während Rose und Grahne an die Tafel gingen und alles durchsahen.

»Oh, ich muss ja noch Frau Dahlken anrufen«, sagte sie und ging an ihren Schreibtisch. Grahne konnte ganz deutlich ihre Anspannung spüren und hielt es für keine so gute Idee.

»Soll ich das mal machen?«, fragte er sie. »Irgendwann muss ich ja mal.«.

Rose überlegte kurz, ja er hatte recht, er musste solche Telefonate auch lernen, und außerdem war er ja sogar Psychiater. Also wenn es einer konnte, dann doch er. Rose war froh, es abgeben zu können und lauschte dem Gespräch wenig später. Grahne hatte alleine schon durch seine beruhigende Stimme einen Pluspunkt, dachte Rose, die nicht leugnen konnte, dass ihr Kollege es sehr gut machte.

»Ich muss sagen, das hörte sich ausgezeichnet an«, sagte sie hinterher anerkennend zu Grahne.

»Nun, ich konnte sie aber nicht davon abbringen, sofort mit dem Auto herzukommen«, erklärte er.

»Grahne, in so einem Fall können Sie keine Mutter davon abbringen, zu ihrem Kind zu fahren«, wusste Rose und nickte ihm zu. Ja, da musste er ihr recht geben, welche Mutter konnte da schon zu Hause bleiben!

»Aber jetzt lassen Sie uns die heute gewonnenen Beweise einfügen«, meinte sie. Abwechselnd schrieben sie auf, was sie heute für neue Erkenntnisse bekommen hatten und fügten sie zwischen den früheren an der Tafel ein. Es war schon eine Menge, jedoch noch nichts Konkretes. Irgendetwas übersahen sie, und sie mussten unbedingt herauskriegen, was es war, das wusste Rose.

»Ob Robin Dahlken etwas wusste und dafür sterben sollte?«, dachte Grahne laut.

»Was sollte er denn wo mitbekommen haben?« Rose fragte

das zwar, war aber selbst am Überlegen. Hatte der Stalker etwas zu ihm gesagt, vielleicht bei der Prügelei?
Oder der Witwer? Aber das verwarf sie sofort wieder, sie hatten ja nicht wirklich miteinander gesprochen.
Grahne und Rose diskutierten darüber.
»Aber irgendjemand wollte Robin Dahlken tot sehen«, stellte er wieder fest.
»Ja, entweder geht es ums Erbe, oder Dahlken wusste etwas, oder jemand konnte ihn nicht leiden«, stellte Rose fest. »Nur, wer sollte ihn nicht mögen? Er ist clever und einfach sympathisch. Ich hoffe, dass er wieder gesund wird.«
Grahne verstand sie, er musste sogar zugeben, dass sie recht hatte, er empfand auch so und nickte zustimmend.
Rose sah es. »Was?«, fragte sie ihn verwundert, sie konnte seinen Gesichtsausdruck einfach nicht deuten.
»Mir geht es genauso, weil ich ihn auch sympathisch finde. Wir sollten aber mehr Abstand dazu bewahren«, riet er, und Rose pflichtete ihm bei.
Die Kommissarin seufzte und versuchte sich wieder auf die Tafel vor sich zu konzentrieren.
»Denken Sie auch, dass der Mörder von Marie Fuchs auch der Autofahrer war, der Robin Dahlken töten wollte?«, fragte sie Grahne, und der nickte nachdenklich.
»Dann sollten wir ganz schnell diese Person finden«, sagte sie, und ihr Kollege pflichtete ihr bei.
Sie sprachen noch einige Möglichkeiten durch, dann fiel Rose die Uhrzeit auf.
»Oh, wir haben noch einen Termin, Fibi und ich. Außerdem ist es schon Feierabend. Ich würde sagen, wir machen für heute Schluss und sehen, was es morgen Neues gibt«, sagte sie und sammelte ihre Sachen zusammen.
»Ja, gut«, meinte Grahne und tat es ihr nach.
»Machen Sie jetzt ernst?«, fragte er sie noch.

»Wie meinen Sie das?«
»Na, wird die kleine Hündin zum Polizeihund ausgebildet?«, erkundigte er sich und blieb ganz ernst dabei.
»Nun, nicht direkt, aber ja, sie wird ausgebildet. Sie bekommt heute eine Vorbereitung auf den Kurs, in den wir ab nächster Woche gehen. Aber mehr verrate ich noch nicht«, lachte Rose.

Heute Abend waren auch die Hunde der Trainerin auf dem Platz, sie hatte drei große und einen kleinen Terrier. Alle hörten aufs Wort, das mussten sie auch, ansonsten dürften sie nicht mehr auf dem Platz dabei sein. Also waren alle sehr bemüht, zu gehorchen, damit sie bei dem Spiel, denn nichts anderes waren die Übungen für sie, mitmachen durften.
Fibi wurde mit den anderen Hunden getestet, ob sie sich ablenken ließ oder weiter ihrem Frauchen folgte. Dann kamen noch Übungen mit Gegenständen wie einem Tuch oder etwas anderem aus dem Besitz der Person, die gesucht werden sollte, sowie das Einüben diverser wichtiger Abläufe, bei denen der Gehorsam auf den Prüfstand kam.
Rose musste zugeben, dass das ganz schön anstrengend war, aber das Ergebnis war sehr gut, die Trainerin war zufrieden.
»Ja, du kannst mit ihr so in die Gruppe. Sie ist echt fit, die Kleine«, lachte sie, und Rose war froh. Auch deshalb, weil das Handy bisher nicht geklingelt hatte, was bedeutete, dass Robin Dahlken noch am Leben war. Denn man hatte im Krankenhaus versprochen, sie bei Komplikationen sofort anzurufen.
Wenig später saß sie mit Fibi im Auto und war auf dem Nachhauseweg, in den wohlverdienten Feierabend. In der Hoffnung, dass das Handy weiterhin still blieb.

***

Frau Dahlken hatte eilig ein paar wichtige Sachen von Robin zusammengesucht, die er sicher im Krankenhaus brauchen könnte. Dann war sie in ihr Auto gestiegen, nachdem sie an ihre Schneiderei einen Zettel von innen ans Schaufenster geklebt hatte, dass vorübergehend geschlossen war.
Sie versuchte ruhig zu bleiben, aber es gelang ihr nicht sehr gut. Immer wieder überlegte sie, *was wäre, wenn* oder *komme ich noch rechtszeitig*. Die Strecke dauerte für sie gefühlt viel länger als sonst. Ja, sie war schon öfter in Oldenburg, aber diesmal zog sich die Fahrt hin, und dass, obwohl die Straßen nicht mehr so voll waren. Dann diese Geschwindigkeitsbegrenzungen ständig. Immer wieder musste sie ihren Wagen auf hundert Stundenkilometer drosseln, und das auf der Autobahn, was ihr sehr missfiel. Doch sie hing an ihrem Führerschein und kam dem Tempolimit nach; auch wenn einige sie munter mit mindestens hundertdreißig überholten, achtete sie darauf, dass sie hundertzehn nicht überschritt.
Endlich war sie da, sie fuhr auf den großen Parkplatz der Klinik und suchte sich eine freie Stelle in der Nähe des Krankenhauseingangs. Was nicht schwer war, um diese Zeit war keine Besuchszeit im eigentlichen Sinne mehr, und somit waren nicht mehr so viele Autos da.
Wenig später lief sie eiligen Schrittes zu der Info, fragte nach ihrem Sohn, und die Dame dort schaute in den Computer, dann telefonierte sie, und Frau Dahlken war versucht zu schreien*: Was ist mit meinem Sohn? Lassen Sie mich zu ihm!*
Doch sie schwieg und wartete, aber warum telefonierte die Dame denn noch erst? War er etwa ... ist er etwa ...?
Plötzlich wurde ihr ganz schwindelig, langsam wurde alles dunkel, und sie konnte sich nicht mehr halten.

»Frau Dahlken?«, hörte sie die Dame an der Info noch rufen, dann sackte sie in sich zusammen.

8

Nach einer ruhigen Nacht hoffte Rose, dass es im Krankenhaus gute Neuigkeiten gab. Nach der Morgenrunde mit Fibi frühstückte Rose erst mal und machte sich dann fertig für die Arbeit.
Kollege Grahne war schon da, als Rose mit ihrem kleinen Schatten ins Büro kam. Die kleine Hündin freute sich offensichtlich, den Mann wiederzusehen, und begrüßte ihn ausgiebig.
»Ich habe schon im Krankenhaus angerufen«, sagte Grahne danach und wartete auf Roses Reaktion. »Oh, das ist ja klasse. Gibt es gute Neuigkeiten?«, fragte sie ihren Kollegen und dachte: *Bitte, sag ja!*
»Frau Dahlken ist gestern Abend noch da angekommen, hat nach ihrem Sohn gefragt und ist direkt vor der Info umgekippt, Kreislaufkollaps. Sie haben sie erst mal versorgt und dann zu ihrem Sohn gelassen. Der hat übrigens die

Nacht gut überstanden und ist auf dem Wege der Besserung.«
Rose ließ sich erleichtert auf den Schreibtischstuhl fallen.
»Ja, seine Kopfwunde stellte sich als nicht so schlimm heraus, wie anfangs angenommen. Sein Bein ist aber wohl mehrfach gebrochen, und sie müssen ihn auch heute Morgen daran operieren«, berichtete Grahne weiter und schaute Rose erwartungsvoll an.
»Das heißt, er ist außer Lebensgefahr?«, fragte sie ihren Kollegen, um ganz sicherzugehen.
»Genau das habe ich die Schwester am Telefon auch gefragt, sie meinte, wenn er die OP heute Morgen gut übersteht, ja. Also wenn dort keine Komplikationen auftreten«, erklärte Grahne.
»Das wollen wir doch nicht hoffen«, erwiderte Rose und setzte sich im Stuhl auf, sie überlegte kurz, erhob sich, ging zur Tafel und sah sich alle Verdächtigen noch mal an.
»Denken Sie, dass wir hier schon alle Verdächtigen haben, die als Mörder infrage kommen könnten?« Grahne hatte sich neben sie gestellt und blickte ebenfalls auf die Tafel.
»Was ist, wenn es zwei verschiedene Personen sind?«, fragte er nach kurzem Nachdenken.
»Nun, ich denke, wir erkennen die Person nur noch nicht, wir brauchen über jeden von denen mehr Informationen, und das schnell. Aber ich glaube, es war ein und derselbe.«
Rose setzte sich wieder an den Schreibtisch und nahm sich einen großen Block.
»Zunächst einmal möchte ich von jedem wissen, was er für ein Auto hat und wo er zum Zeitpunkt des Unfalls war, außerdem möchte ich von dem Notar erfahren, ob sich irgendjemand von diesen Personen mit ihm in Verbindung gesetzt hatte …«, begann Rose, und Grahne notierte sich wieder alles auf einem großen Block.

Kurz vor acht Uhr klingelte auf einmal das Telefon auf Grahnes Schreibtisch.
»Ja ... ja das ist richtig, ich komme sofort«, sagte er und legte auch gleich wieder auf. »Die Sekretärin von Lars Fuchs ist da«, und als Rose ihn fragend ansah, fügte er hinzu: »Na wir hatten doch einen Termin mit ihr heute Morgen um acht. Ich hole sie mal eben ins Büro«.
Er verschwand durch die Tür, während Rose weiter an ihrer Liste arbeitete, die sie gerade angefangen hatte.
»Moin!«, begrüßte wenig später die junge Sekretärin die Kommissarin, und diese bat sie, Platz zu nehmen.
»Schön, dass Sie da sind, Frau Julfs, wir haben einige Fragen zu Lars Fuchs«, begann die kleine Beamtin, und die junge Frau nickte. »Also der Urlaub war kein Urlaub«, nahm Rose die Unterhaltung von vorgestern wieder auf.
»Nein, der liebe Herr Anwalt hat mich seit drei Monaten nicht bezahlt«, sagte Frau Julfs nun etwas wütend. »Heute hat er mich dann angerufen und meinte, ich solle doch wiederkommen, er würde mich bald bezahlen, aber ich habe das alles einem Anwalt für Arbeitsrecht übergeben. Da lasse ich nicht mit mir spaßen«, stellte sie klar, während Rose dachte, sie höre nicht richtig.
»Seit drei Monaten?!«, wiederholte sie erstaunt und sah Frau Julfs entsetzt an. »Haben Sie eine Ahnung, weshalb er Ihnen das Geld nicht mehr gezahlt hat?«
»Er meinte zu mir, dass er sich verspekuliert habe, aber er hätte noch genügend andere Geldanlagen. Er brauche nur etwas Zeit«, berichtete sie.
»Hm, sagen kann man viel«, fand Rose, zog die Augenbrauen hoch und sah zu Grahne. Dieser deutete es richtig und schrieb auf seinen Block: *Konto Lars Fuchs überprüfen.*
»Ja genau, das habe ich auch gedacht, und deshalb bin ich zu einem Anwalt, mit dem Herr Fuchs nicht befreundet ist.

Schließlich muss ich meine Miete und so auch weiter bezahlen«, klagte sie, und Rose nickte Frau Julfs verständnisvoll zu.

»Haben Sie sonst noch etwas für uns?«, fragte Rose die junge Frau erwartungsvoll. »Vielleicht noch etwas, das Ihnen in Bezug auf die Eheleute Fuchs eingefallen ist, vielleicht mal den ein oder anderen Ehestreit mitbekommen?«

Die Sekretärin überlegte kurz und verneinte dann.

»Hatte ihr Chef denn schon öfter spekuliert oder sonst wie in Geldanlagen investiert und Probleme bekommen?«, fragte Grahne sie nun, doch sie schüttelte den Kopf.

»Da kann ich Ihnen nichts zu sagen, weil ich nichts dergleichen mitbekommen habe«, erklärte sie.

»Prüfen wir am besten die Kontos aller Verdächtigen«, sagte Rose fünf Minuten später zu ihrem Kollegen, als er Insa Julfs bereits aus dem Präsidium begleitet hatte.

»Schon notiert«, meinte er und setzte sich an den Schreibtisch, um es in seine vorhin begonnene Liste einzutragen.

Grahne überlegte immer noch, ob es nicht auch zwei Täter geben könnte. Die Vorgehensweise bei beiden Fällen war ja auch unterschiedlich, oder war der Täter so in Bedrängnis, dass er bei Robin überstürzt gehandelt hatte? Vielleicht war es aber auch jemand, der Robin Dahlken immer noch für den Mörder an Marie hielt? Jemand, der Rache für ihren Tod wollte? Da wären zwei verdächtig, Jens Bulrich und der Ehemann, überlegte er weiter und merkte gar nicht, dass Rose ihn ansprach.

»Peter Grahne!«, rief sie nun lauter und riss ihn aus seinen Gedanken.

»Ja«, schreckte er aus seinen Überlegungen und sah sie augenblicklich an.

»Lassen Sie mich an Ihren Gedanken teilhaben? Natürlich nur, wenn sie zum Fall gehören«, grinste sie ihn an.
Grahne wurde etwas rot und begann Rose von seiner Theorie zu erzählen. Aufmerksam hörte sie zu, nickte hier und da, versuchte sich die Möglichkeiten vorzustellen.
»Was sagen Sie denn dazu?« Er war ganz gespannt und beobachtete die nachdenkliche Rose.
»Nun, wenn es tatsächlich um das Erbe geht, kommt auch Frau Dahlken für den Mord an Marie Fuchs infrage. Um ihrem Sohn einen Vorteil zu verschaffen«, stellte Rose fest.
»Dazu könnte auch ihr Zusammenbruch im Krankenhaus passen«, fuhr Rose fort, und Grahne nickte bejahend.
»Ja, und es würde für einen zweiten Täter sprechen«, fügte Grahne hinzu.
Rose überlegte noch mal alle Eventualitäten. Ihr Gefühl trog sie selten, aber sie wusste nicht so recht, wie sie es Grahne sagen könnte.
Er stand vor ihr und zog die Augenbrauen fragend hoch, wartete auf ihre Antwort.
»Also, Sie können mich ja für verrückt halten, aber das ist für mich alles zu simpel. Mein Bauch sagt mir, dass es etwas ganz anderes ist und ein Täter für die beiden Fälle verantwortlich ist.« Sie sah ihn aufmerksam an und versuchte in seinem Gesicht zu lesen, was er von dieser Aussage hielt.
Doch sie konnte Grahnes Pokerface nichts entnehmen, sosehr sie sich auch bemühte. Plötzlich stand er auf und ging zur Tafel.
»Wissen Sie, wen wir hier noch nicht auf der Tafel haben, wer aber genauso in Betracht kommt meines Erachtens?« Er drehte sich zu ihr um und sah sie ernst an. Rose überlegte, doch er antwortete schon.
»Ernst Kloppa, der Chauffeur … er erbt ebenfalls, und wir haben noch kein Wort mit ihm gesprochen«, stellte Grahne

fest, und Rose lächelte.
Warum lächelte sie denn nun? Nun konnte Grahne es nicht deuten, sosehr er sich auch anstrengte.
»Was? Jetzt sagen Sie schon, was Sie denken!« Grahne war etwas ungehalten.
»Stimmt, Sie haben recht«, erwiderte sie endlich, und er war sichtlich erleichtert darüber. »Doch zunächst sollten wir noch mal mit dem Witwer reden, zum einen wegen seiner Sekretärin und zum anderen wegen seines Status beim Erben. Denn schließlich geht in Maries Todesfall ihr Anteil an den Ehemann. Checken Sie doch bitte mal sein Konto und überhaupt seine Finanzen«, bat Rose Grahne. »Ich werde mal eben mit Fibi nach draußen zum Pipimachen gehen.« Denn die kleine Hündin war aus ihrem Körbchen gekommen und sah Rose erwartungsvoll an.

Tatsächlich wies das Konto von Lars Fuchs hohe Abbuchungen auf, deutlich mehr als Einnahmen, sodass die Ermittler sich auf den Weg zu dem Rechtsanwalt machten. Rose wollte, dass Grahne das Gespräch führte. Doch die Tür der Kanzlei war verschlossen, obwohl laut dem Schild draußen nun Bürozeit war.
Rose nahm ihr Handy und rief einen Bekannten im Gericht an, vielleicht konnte er ihr sagen, ob Fuchs gerade einen Fall dort vertrat und somit nicht hier anzutreffen war.
Doch er verneinte, erst nächste Woche hatte Lars Fuchs wieder einen Termin vor Gericht mit einem Mandanten.
»Na gut, bleibt noch die Möglichkeit, dass der Herr krank zu Hause liegt«, stellte Rose fest, und sie machte sich mit Grahne auf den Weg zum Heim des Witwers. Als sie klingelten, machte jedoch niemand auf; auch als sie noch mal und noch mal klingelten, blieb die Türe unten geschlossen. Grahne und Rose schauten nach oben, zu den Fenstern der Wohnung, doch es war nichts zu erkennen,

keine Bewegung zu sehen.

»Was machen wir nun?«, fragte Grahne seine Vorgesetzte, und sie überlegte.

»Nun, eigentlich Fahndung, denn das ist sehr verdächtig«, meinte Rose und griff nach ihrem Handy in der Jackentasche.

»Suchen Sie Herrn Fuchs?«, rief plötzlich eine Nachbarin aus einem Fenster.

»Ja, wir wollten zu ihm. Können Sie uns sagen, wo er ist?« Grahne kam Rose damit zuvor.

»Er sagte, dass er einen Termin bei der Bank hat, als ich ihn bat, mir wieder bei den Gardinen zu helfen. Heute Abend wollte er dann aber zu mir kommen«, strahlte die Nachbarin, und Grahne bedankte sich bei ihr.

»Und nun?«, fragte Grahne die Kommissarin erneut.

»Wir machen im Büro weiter, und heute Nachmittag versuchen wir es noch mal«, sagte sie, und die zwei gingen wieder zum Auto und fuhren zurück.

Rose und Grahne waren gerade dabei, ihre Listen mit den Verdächten zu vervollständigen, als das Telefon auf Roses Schreibtisch klingelte.

Ihr Chef, Herr Hund, war am Apparat und zitierte Rose zu sich, und zwar sofort. Rose überlegte kurz, dann nahm sie noch mal den Hörer und rief die Sekretärin von Hund an.

»Sag mal, Bärbel, du weißt nicht zufällig, warum ich zum Chef soll?«

»Doch«, flüsterte diese, »es ist wegen des Vorfalls in der Kantine, wegen des kleinen Hunds, der dir ständig folgt.« Dann legte sie schnell auf, offenbar kam der Chef in den Vorraum.

»Dachte ich es mir doch«, meinte Rose und stand auf.

»Wir beide müssen mal eben zum Chef, bin gleich wieder da«, sagte sie dem erstaunt schauenden Kollegen. »Erkläre ich Ihnen, wenn ich wieder zurück bin. Er hasst es, wenn man nicht zügig da ist.« Und schon fiel die Tür hinter ihr und Fibi ins Schloss.

Herr Hund schaute sehr ernst drein, als sie mit Fibi sein Büro betrat. Er begrüßte Rose und bat sie, auf einem der Stühle vor seinem Schreibtisch Platz zu nehmen.
Sosehr er sich auch anstrengte, hatte er doch eine überaus sympathische Stimme, und die kleine Hündin lief freudig auf den Polizeioberkommissar zu. Sie wedelte wie verrückt mit ihrer Rute und wollte an seinen Beinen hochspringen.
Herr Hund sah Fibi und dann Rose verwundert an.
Die Kommissarin packte die günstige Gelegenheit gleich beim Schopf. »Das ist ja herrlich, sie mag Sie«, lachte Rose und hoffte, dass sie sein Herz erweichen könnte.
»Wie bitte!?«, meinte er und versuchte sich dann zu sammeln.
»Nun gut, äh … gut, dass sie dieses Tier mitgebracht haben, denn darum geht es hier ja auch«, fing er dann ernst an und ignorierte weiterhin die Hündin an seinem Hosenbein.
Rose begriff, sie rief Fibi zu sich. Die Hündin hörte sofort, und Heide setzte die kleine Hündin neben sich auf den anderen Stuhl.
Das behagte Hund offenbar gar nicht, doch er sagte nichts weiter dazu.
»Also, Frau Rose, ich habe schon gehört, dass Sie seit ein paar Tagen nur noch in Begleitung dieses Tieres anzutreffen sind. Ich kann mich jedoch nicht erinnern, Sie zur Hundestaffel versetzt zu haben, zumal dieses kleine Tier nicht annähernd den Anforderungen eines Polizeihundes entspricht«, begann er und wartete auf einen Kommentar von Rose.
»Nun, diese kleine Hündin ist Zeugin in einem Mordfall, ich habe sie zu ihrem Schutz bei mir aufgenommen. Außerdem

hoffe ich, dass sie mich zu dem Mörder führen oder ihn zumindest verraten kann. Vielleicht sollte ich noch dazu sagen, dass sie soeben in der Mantrailing-Gruppe aufgenommen wurde und dort demnächst ausgebildet wird«, verkündete Rose und wartete nun auf die Reaktion ihres Gegenübers.

Herr Hund hasste es, sie wusste immer etwas dazu zu sagen, hatte immer die besten Ausreden und machte ihn letztendlich sprachlos, wenn er nicht aufpasste.

Aber wie hätte er sich denn bitte schön darauf vorbereiten können?

»Ich bitte Sie, Frau Rose! Aber das Tier hat doch nichts in der Kantine zu suchen«, versuchte er sich wieder auf Kurs zu bringen.

»Ach, darum geht es also«, stellte Rose fest. »Um den neuen Kollegen, der sich profilieren wollte und den ich dann wegen seines schlechten Benehmens gedroht habe was zu brechen!« Rose schaute sauer, und ihr Chef zog die Augenbrauen hoch.

War es denn zu fassen?! Das hatte man ihm aber anders berichtet, stellte er fest und überlegte, was er jetzt tun konnte. Plötzlich griff er zum Telefon, sagte zu jemandem, er solle bitte sofort zu ihm kommen, und legte wieder auf.

Keine fünf Minuten später stand Grahne im Büro des Chefs, und er bat auch ihn, sich zu setzen. Rose nahm Fibi zu sich auf den Schoß, damit Grahne einen freien Stuhl hatte, und war gespannt, was der Chef jetzt von ihrem Kollegen wollte.

»Herr Grahne, schildern Sie mir doch bitte mal den Vorfall gestern in der Kantine mit dem neuen Kollegen«, sagte Hund und lehnte sich in seinem bequem aussehenden Schreibtischsessel zurück.

Grahne sah irritiert zu Rose, die zuckte kurz mit den Schultern, und so sah Grahne den Chef an, als er zu erzählen begann.

»Nun, wir waren gestern ganz friedlich zum Essen dort, auch Fibi, die auf dem Boden saß, als der neue Kollege auf einmal rüberkam und uns ansprach. Was die Ratte denn hier solle und so weiter. Daraufhin hat Rose ihm erklärt, dass wir in Ruhe essen wollen«, schilderte Grahne die Situation, doch an der Stelle schaute der Oberkommissar so ungläubig, dass Grahne einlenkte. »Na gut, sie sagte, dass die einzige Ratte dort, er selbst sei.« Nun nickte Hund grinsend. »Daraufhin forderte er Frau Rose auf, das zu wiederholen.« Das Gesicht des Oberkommissars verzog sich und Grahne wusste augenblicklich, dass er seine Kommissarin kannte. »Ja, sie wiederholte noch mal, dass wir in Ruhe essen wollten und wenn er den Hund nicht in Ruhe ließe, würde sie ihm was brechen. Ich fragte Rose noch, ob so ein Verhalten üblich sei, da ich ja neu hier bin«, endete Grahne und war gespannt, was nun passieren würde.

Oberkommissar Hund drehte sich in seinem bequemen Sessel hin und her, bevor er antwortete. »Nun, so hat der Kollege das nicht erzählt, aber gut, das dachte ich mir schon«, berichtete er langsam und überlegte.

Auf einmal lehnte er sich auf den Schreibtisch zu ihnen rüber. »Er ist zu uns strafversetzt worden«, sagte er ruhig und leise.

»Sicher wegen seines schlechten Benimms«, stellte Rose fest, und Hund nickte ihr gedankenverloren zu. »Nun gut, Rose, erst mal können Sie den Hund behalten, aber übertreiben Sie es nicht«, sagte er und mit einer Handbewegung gab er den beiden zu verstehen, dass sie gehen konnten.

»War das Ihr Ernst, das mit dem Mantrailing«, fragte er, als sie in der Tür standen.

»Ja, nächste Woche fängt das Training an«, informierte sie ihren Chef. »Sie können gerne auch mal mitkommen und

sich das ansehen«, bot sie an, doch Hund winkte ab.
»Nein danke! Aber ich will selbstverständlich Erfolge sehen«, meinte er, bevor die zwei die Tür hinter sich schlossen.
»Und, wie war es?« Bärbel empfing sie neugierig im Vorraum des Chefbüros.
»Alles gut«, berichtete Rose, während die Sekretärin um den Schreibtisch rumgekommen war und den kleinen Hund liebevoll streichelte.
»Na, Gott sei Dank! Der kleine Schatz hier ist doch eine echte Bereicherung für uns«, lachte sie und ging wieder an ihre Arbeit, während Rose und Grahne das Gleiche taten.

Nachdem sie ja bei dem Konto von Fuchs rote Zahlen und vor allem große Barabbuchungen entdeckt hatten, prüften sie auch die Konten von Kalder und Bulrich.
Der Onkel von Marie hatte zwar noch was auf dem Konto, aber es war sehr mager, was aber noch nichts heißen musste. Doch vorsichtshalber wollten sie mit ihm auch reden. Vorher jedoch recherchierten sie noch über die Autos jedes der vier. Denn es wäre natürlich ideal, wenn sich dort noch ein Hinweis ergeben würde. Immerhin suchten sie ein Tatfahrzeug, welches von dem Unfall Spuren haben musste.
Doch sie mussten abbrechen, ihr Magen knurrte mittlerweile lauter, als der Lüfter des PC rauschen konnte, und so gingen sie zum Mittagessen in die Kantine. Rose war schon sehr gespannt, ob es da wieder irgendwen störte, dass Fibi mitkam.
Als sie sich mit ihrem Essen an einen Tisch setzten, gab Rose der kleinen Hündin wieder ein Stück von dem getrockneten Fleisch, welches sie immer bei sich hatte. Der Kollege vom letzten Mal war nicht da, was Rose sehr begrüßte. Dieses Mal konnten sie in Ruhe essen, und die Kommissarin war

sehr dankbar dafür.

Der Fall war ganz schön zäh, es kamen keine eindeutigen Hinweise, und dass der junge Robin Dahlken brutal umgefahren worden war, nahm die Kommissarin etwas mit. Allerdings war sie auch ein wenig aufgeregt wegen des nahenden Sonntags, an welchem sie »in Begleitung« erscheinen wollte. Ihre Mutter war sicher außer sich vor Freude und malte sich schon die besten Schwiegersöhne der Welt in Farbe aus. Doch Heide würde mit Fibi dort erscheinen. Was das wohl dann gab? Ein kleiner Hund anstatt des stattlichen Traum-Schwiegersohns, das würde ihre Mutter sicher erst mal sprachlos machen. Rose hoffte, für lange.

Nach der Mittagspause wurde der Chauffeur von Richard Löwenherz überprüft. Auch Ernst Kloppa hatte einige Unstimmigkeiten auf seinem Konto, was auf Geldprobleme schließen ließ. Rose und Grahne überlegten, ob sie am morgigen Tag noch mal nach Hamburg fahren sollten.
Doch zunächst wollten sie ihr Glück abermals bei Lars Fuchs probieren. Wenig später fuhren sie mit dem Wagen vor der Kanzlei vor, doch der Rechtsanwalt war nicht dort. Auch bei seiner privaten Adresse war er nicht zu finden, allerdings mussten sie feststellen, dass der Laden von Marie fast ausgeräumt war.
»Damit beschäftigt er sich also«, meinte Rose zu Grahne, der bestätigend nickte.
»Nun gut, es ist schon später Nachmittag, wir sollten zu Kalder fahren«, stellte Rose fest.
»Ja, mal sehen, was er uns zu seinen finanziellen Aktivitäten sagt«, meinte Grahne, als Rose den Wagen wieder startete.

Bei Kalder in Hude hatten sie mehr Glück, er war zu Hause.

»Oh, wie komme ich zu der Ehre?«, begrüßte er die Kommissare und bat sie sogleich herein. Er staunte nicht minder, als den beiden die kleine Hündin folgte.
»Haben Sie heute Ihren Drogenspürhund dabei?«, fragte er und lachte. »Meine Drogen stehen allerdings hier ganz offen im Wohnzimmer rum«, fügte er noch hinzu und bat die zwei, auf dem Sofa Platz zu nehmen.
Fibi schien es sehr interessant bei Kalder zu finden, sie lief überall im Wohnzimmer herum und schnupperte wie verrückt. Rose war das sehr unangenehm, zumal Kalder vorher besagte Bemerkung gemacht hatte.
»Fibi! Komm her«, versuchte sie die kleine Hündin zu sich zu rufen, doch es war alles viel interessanter dort, und sie ließ sich so kein bisschen stören.
»Fibi, hier!«, rief Rose abermals, doch wieder vergebens.
»Ach lassen Sie sie doch, ist bestimmt alles ganz interessant für sie. Mich stört es nicht«, sagte Kalder gelassen und schaute zu Grahne.
»Ja, weswegen wir eigentlich gekommen sind, sind Ihre Kontobewegungen«, begann Grahne.
Kalder schaute erstaunt. »Wie bitte?! Was geht Sie denn mein Konto an?«, fragte er die Ermittler und blickte von einem zum anderen.
»Nun, da der Verdacht besteht, dass jemand das Erbe von Maries leiblichem Vater will, prüfen wir alle Konten«, erklärte Grahne ihm mit seiner ruhigen Stimme, und Kalder nickte begreifend.
»Deshalb möchten wir wissen, was es mit Ihrem Minus auf sich hat.« Grahne blieb am Ball, und während er fragte, beobachtete er sein Gegenüber ganz genau.
Kalder war die Frage schon sichtlich unangenehm, doch die Antwort schien ihm noch viel unangenehmer zu sein. Er wand sich wie ein Aal, bevor er schließlich sprach.
»Ich hatte einiges angespart, dachte, ich könnte mit einer

Investition das Geld verdreifachen, doch leider habe ich alles verloren, das und sogar noch etwas mehr. Deshalb bin ich im Moment im Minus, doch da kommt bald was von einem Fond, den ich noch habe. Die Formalitäten dauern nur leider etwas, die Bank weiß Bescheid, dass ich es dann ausgleiche«, erklärte er, und Rose schrieb alles auf.

»Wieso Maries Erbe, also von ihrem Vater?«, fragte nun Kalder und sah sie verwundert an. »Sie hatte doch gar keinen Kontakt zu ihm.«

»Sie wussten nicht, dass Marie Fuchs als Haupterbin in dem Testament ihres Vaters bedacht worden ist?«, fragte Rose nun direkt.

»Äh, nein! Woher denn bitte schön? Ich habe Marie schon seit Wochen nicht gesehen oder gesprochen«, erklärte er und war auch ein wenig verärgert. Das hatte er den Ermittlern doch schon erzählt, und überhaupt, wieso sollte er nach dem Erbe ihres Vater trachten, er fand diese Unterstellung war ein starkes Stück.

»Zumal«, er überlegte kurz, »Marie hätte es sicher nicht angenommen, unter gar keinen Umständen.« Da war sich Kalder sicher.

»Na ja, bei so viel Geld, wer wird da nicht schwach?« Grahne sah ihn herausfordernd an.

»Na, Marie ganz sicher nicht, sie hätte wirklich unter keinen Umständen mit dem Geld was zu tun haben wollen, da es ja von ihm ist«, stellte Kalder fest.

Rose und Grahne sahen sich kurz an, Grahne nickte ihr fast unmerklich zu.

»Gut, dann wollen wir Sie auch nicht länger aufhalten.« Rose und Grahne standen auf und verabschiedeten sich, was Fibi sofort merkte und angerannt kam.

»Hab ich das richtig gedeutet, eben bei Kalder. Er hat die Wahrheit gesagt, oder?«, fragte Rose ihren Kollegen und sah ihn dabei aufmerksam an.

»Ja, er war total entspannt, als er es sagte. Der wusste definitiv nichts von ihrem Erbe«, bestätigte Grahne, und Rose seufzte.

»Na dann ... fahren wir wieder ins Büro«, sagte die Kommissarin und startete den Wagen.

Als sie wenig später den Rav4 die Hohe Straße entlanglenkte, fiel ihr ein, dass sie noch dringend ein paar Sachen einkaufen musste. In ihrem Kühlschrank herrschte nämlich gähnende Leere.

»Ach, da vorne kommt doch ein Supermarkt. Grahne, ich müsste dringend dort mal ein paar Sachen besorgen, ist ja sonst nicht meine Art, aber ...«, begann Rose und wurde von Grahne unterbrochen.

»Ja, dann machen Sie das doch, ich kann ja mit Fibi hier im Auto warten«, schlug er vor.

»Brauchen Sie noch etwas?«, fragte sie ihren Kollegen, als sie den Wagen geparkt hatte, doch er schüttelte verneinend den Kopf.

Sie stieg aus und ging in Richtung Eingang. Plötzlich kamen drei Männer in rasendem Tempo auf sie zu gerannt. Genauer war es ein Mann mit einem Rucksack, den er nun fallen ließ, gefolgt von zwei weiteren in schwarzen T-Shirts mit einem blau-gelben E für Edeka darauf.

Der Rucksack-Typ rannte genau auf sie zu, und schon streckte er seinen Arm nach ihr aus, um sie wegzuschubsen. Heide erkannte sofort, dass der Mann vor den beiden T-Shirt-Trägern auf der Flucht war, und ging blitzschnell zur Seite, griff währenddessen nach ihren Handschellen und ließ sie um sein Handgelenk zu schnellen.

Dann schlüpfte sie rasch hinter ihm auf die andere Seite und riss ihn mit, sodass er stürzte. Sie ließ die Handschellen kurz los, sprang eilig zu dem überwältigten Mann auf dem Boden, drehte ihn auf den Bauch und ließ hinter seinem

Rücken die Handschellen um das andere Handgelenk zuschnappen.
Seine Verfolger waren nun auch da und sahen sie fragend an.
Grahne hatte das Ganze aus dem Wagen beobachtet und konnte es nicht fassen. Diese Frau konnte nicht mal einkaufen gehen, ohne Leute umzuwerfen, dachte er.
»Oh, ich bin Kommissarin Rose«, stellte sie sich vor, stand auf und streckte den beiden Verfolgern die Hand entgegen.
»Birger Müller« und »Patrick Wendler« stellten sich die zwei Edeka-Leute ebenfalls vor.
»Ich wollte eigentlich nur ein paar Sachen in eurem Markt einkaufen«, begann die Kommissarin zu erklären. Plötzlich wurde der Gefangene auf dem Boden ganz agil, doch die zwei Herren griffen ihn sich schnell, er hatte keine Chance.
»Ladendiebstahl?«, fragte die kleine Kommissarin und folgte dem Gespann in den Markt. »Ja, zum wiederholten Male. Wir beobachten den Mann schon eine Weile, bisher konnten wir ihn nicht kriegen, weil er so schnell ist«, erklärte Wendler und griff im Vorbeigehen nach dem Rucksack mit der Beute.
Wenig später war sie mit der ganzen Truppe oben im Büro, wo man mit dem Täter auf die zuständigen Polizeibeamten warten würde.
»Äh, kann ich vielleicht meine Handschellen wiederhaben? Ich würde ganz gerne verschwinden, bevor die Kollegen kommen«, sagte Rose und merkte, wie sie rot im Gesicht wurde.
Birger Müller fiel es auf, und er lachte, sagte aber kein Wort.
»Sagen Sie einfach, dass Sie ihn auf dem Parkplatz geschnappt haben, lassen Sie mich einfach da raus«, schlug sie den beiden vor.
»Dann sag ich den Polizisten, dass da noch jemand war,

dass es drei Leute waren«, mischte sich der immer noch gefesselte Kerl ein.

»Ach, und denen wollen Sie wohl sagen, dass Sie von einer kleinen Frau überwältigt wurden?« Rose schaute ihn scharf an, und er starrte entsetzt zurück. Wendler und Müller grinsten breit, und als Rose sie fragend ansah, nickten sie ihr bejahend zu.

»Okay, ich mache Ihnen jetzt die Handschellen ab, machen Sie keine Zicken!« Rose ging hinter ihn und schloss die Handschellen auf.

Müller und Wendler waren zur Tür gegangen und versperrten den Fluchtweg. Der Typ war ganz schön unter Druck, das merkte selbst Rose. Er musste ganz schön was auf dem Kerbholz haben, dachte sie und ging ebenfalls zur Tür.

»Okay, ich danke euch, bin dann mal weg«, sagte sie leise, und die zwei bedankten sich ebenfalls. Schließlich war sie ihnen eine große Hilfe gewesen, sonst hätten sie den Kerl wahrscheinlich wieder nicht geschnappt.

Rose war noch im Markt, als die Kollegen kamen. Zum Glück sahen sie sie nicht. Ihr war es einfach peinlich, dass immer ihr so etwas passierte. Schnell suchte sie sich ihre paar Teile zusammen, zahlte an der Kasse und ging schleunigst wieder zu ihrem Wagen, wo Grahne sie schon grinsend erwartete.

»Was?«, fragte sie ihn, nachdem sie ihren Einkauf im Kofferraum verstaut hatte und sich auf dem Fahrersitz niederließ.

»Nichts, ich fand es nur witzig. Nicht mal einkaufen gehen können Sie, ohne Leute umzuhauen. Sie sind echt umwerfend!«, lachte er, und Rose wurde wieder rot im Gesicht.

»Schön, dass ich zu Ihrer Unterhaltung beitragen konnte«, grinste nun auch Rose.

»Wie kommt es, dass Sie schon hier sind, mit dem ganzen

Einkauf sogar. Haben die Kollegen Sie so schnell gehen lassen, müssen Sie nicht bei der Aufnahme der Personalien dabei sein?«, fragte er sie verwundert.
»Grahne, ich habe gar nichts gemacht, klar. Oben habe ich die Handschellen wieder abgenommen und bin in den Markt verschwunden, noch bevor unsere Truppe da war.« Rose zwinkerte Grahne zu. »Ich hatte keine Lust und keine Zeit für Erklärungen«, meinte sie zu ihrem Kollegen.
»Oh, ich verstehe, na dann«, lachte er wieder.
»Wir werden noch mal bei Fuchs vorbeischauen. Ich hoffe, er ist da, ansonsten sollten wir echt überlegen, ob wir nicht doch eine Fahndung rausgeben«, schlug Rose vor, während sie den Wagen vom E-Center-Parkplatz auf die Burgstraße lenkte. Sie schwiegen beide während der Fahrt, bis Fibi sich vom Rücksitz meldete und Rose aus ihren Gedanken riss.
»Hm, was hast du denn?«, fragte sie die kleine Hündin, obwohl sie natürlich wusste, dass sie keine Antwort bekäme. Dann schaute sie auf die Uhr, und es war klar, der kleine Chihuahua musste mal Gassi.
Sie näherten sich gerade dem Wittemoor, und sie hielt es für eine gute Idee, den Tatort erneut zu inspizieren.
»Grahne, lassen Sie uns noch mal ins Moor gehen, dorthin, wo es passiert ist«, schlug sie ihm vor, und er nickte.
Er schien selbst im Gedanken gewesen zu sein und kam erst allmählich wieder in die Gegenwart zurück.
Als sie den Toyota geparkt hatte, nahm sie Fibi vom Rücksitz und leinte sie an. Wenig später lief sie mit Grahne und der Hündin den Weg in Richtung Tatort. Weit und breit war niemand zu sehen, und eine herrliche Stille war an diesem Ort. Lediglich die Bienen, einige Grillen und andere Insekten waren zu hören. Nein halt, da war irgendwo in der Ferne ein schwer arbeitender Traktor, dessen Motor laut seine Mühen kundtat.
Rose fragte sich, ob Marie keine Angst gehabt hatte, an

solch einen Ort ganz allein zu gehen, um sich auszuruhen, zu entspannen. Gut, sie hatte Fibi dabei, war also nicht ganz allein, aber zur Abschreckung half die kleine Chihuahua Hündin sicher nicht.
Rose nahm von einer anderen Seite einen sich nähernden Mann wahr. Offensichtlich genoss er ebenso die Ruhe im Moor, er grüßte durch ein kurzes Nicken, sagte aber nichts.
Rose musste immer wieder stehen bleiben, da Fibi offenbar etwas ganz Interessantes gerochen hatte und ihre Nase dort nicht wegbekam.
Rose fragte sich manchmal, ob sie sich an dem Boden festgesaugt hatte mit ihrer Nase, und musste auch jetzt wieder lachen.
War schon interessant mit einem Hund. Auch wenn sie so klein war, war Fibi wie die Großen. Es dauerte eine Viertelstunde, bis sie beim Tatort waren, und Rose schaute sich wieder genauestens um. Sie konnte einfach nicht anders.
»Können Sie sich vorstellen, dass jemand Marie Fuchs hier durch Zufall ermordet hat?«, fragte sie ihren Kollegen, und nachdem er kurz überlegt hatte, schüttelte er verneinend den Kopf. »Ich auch nicht«, stellte sie fest und ging den schmalen Pfad zum Tatort. Jedenfalls ein paar Schritte, dann blieb Fibi stehen und winselte. Rose drehte sich zu ihr um und sah dann nach Grahne, der noch auf dem Weg stand. »Sie sollte wohl besser bei mir bleiben«, schlug er vor.
Rose sah ihn verdutzt an. »Lassen Sie einfach die Leine los, sie wird schon zu mir kommen.«
Rose tat es.
»Fibi, komm!«, sagte er zu der Hündin, und sie lief erleichtert zu Grahne. Sie hatte sicher den Ort noch in schlechter Erinnerung und wollte dort nicht noch mal hin. Verständlich, fand Grahne und nahm die kleine Hündin

tröstend auf den Arm.
»Sie nehmen Fibi aber doch nicht auf den Arm, oder? Dann würden Sie sie in ihrer Angst nämlich bestätigen«, wusste Rose, ohne zurückzublicken, und Grahne fühlte sich ertappt. Er drückte die kleine Hündin noch mal kurz an sich und setzte sie dann schnell wieder runter, bevor seine Chefin sich doch noch umdrehte.
»Nein, mach ich nicht«, rief er ihr hinterher und bückte sich dann, um Fibi zu tätscheln. Dann richtete sich der große Mann wieder auf und fing an, mit ihr den Hauptweg weiterzugehen, nur ein Stück, dann drehte er wieder um und ging zurück.
Heide Rose ging zu dem Baumstamm, auf dem Marie Fuchs offensichtlich zum Todeszeitpunkt gesessen hatte, und bückte sich. Aufmerksam sah sie noch mal drum herum, ob etwas übersehen worden war. Dann setzte sie sich darauf und schloss ihre Augen. Sie atmete tief durch und versuchte sich zu entspannen. Sie war sich fast sicher, dass das Opfer, das auch gemacht hatte. Sie hörte Enten in der Nähe schnattern, eine Krähe ebenfalls. Ob Marie Fuchs ihren Mörder hatte kommen hören? Der Boden war aber sehr weich hier, und wenn man in Gedanken versunken ist, kann man es bestimmt auch überhören, dachte Heide, öffnete wieder ihre Augen, sah sich kurz noch mal um und ging dann zurück zum Hauptweg, wo Grahne wartete.
»Also, der Witwer und Frau Balker, die Aushilfe aus dem Laden, wussten von diesem Platz. Mich würde interessieren, ob der Stalker ebenfalls davon wusste. Wir müssen ihm da noch genauer auf den Zahn fühlen«, stellte Rose fest. Grahne nickte und machte sich eine kurze Notiz in seinen Block.
Sie machten sich auf den Weg zurück zum Auto, während sie noch ein paar Einzelheiten besprachen.
Doch beide waren sich einig, als Nächstes sollten sie zu dem

Witwer fahren, um nach seinem Kontostand zu fragen.

»Ich will ja nichts sagen, aber er wäre nicht der erste Ehemann, der seine Frau wegen Geld ermordet«, stellte Rose fest.

»Sie meinen, wegen des Erbes?«

»Ja, aber vielleicht hatte Sie ja auch noch eine Lebensversicherung?«, meinte die kleine Kommissarin, und Grahne holte seinen Block aus der Tasche und notierte sich das gleich. »Grahne! Das können Sie sich doch merken, oder etwa nicht?« Rose war erstaunt über den Schreibeifer ihres Kollegen.

»Doch schon, aber im Stress kann es auch schnell untergehen, da finde ich es sicherer, alles sofort aufzuschreiben«, konterte er, und Rose musste zugeben, dass er da recht hatte.

Plötzlich klingelte das Handy von Rose, und sie war etwas verwundert, warum die Zentrale sie anrief.

»Rose«, meldete sie sich kurz und bündig und lauschte dann dem Handy.

»Wie bitte?«, schrie sie auf einmal und sah hoch zu Grahne. Er hatte jedoch keine Ahnung, worum es ging, und sah wiederum sie erschrocken an.

»Wo genau ist das passiert?«

Rose war sehr angespannt. Was war da bloß los? fragte sich Grahne, hakte aber nicht nach.

»Wo ist er jetzt? Okay, vielen Dank«, sagte Rose und legte auf. Sie holte tief Luft, bevor sie Grahne alles erzählte.

»Sie erraten nie, wer im Krankenhaus gelandet ist«, begann sie, und Grahne hatte schon so eine Ahnung. »Sagen Sie nicht, unser trauernder Witwer«, fragte er skeptisch, doch Rose nickte.

»Was ist passiert?«, wollte er wissen, und Rose erzählte, dass man ihn zusammengeschlagen unter einer Autobahnbrücke beim Niedersachsendamm gefunden

hatte. Er lag schon auf dem Boden, als die Täter mit dem Wagen wohl noch über ihn drüberfahren wollten, doch ein Passant griff beherzt ein und zog ihn rechtzeitig beiseite.
Dann rief er die Polizei mit seinem Handy, und die Täter fuhren mit dem Wagen unerkannt davon«, erzählte Rose, während sie schneller in Richtung ihres Rav4 ging.
»Hm, sehr komisch, ich hätte schwören können …«, begann Grahne.
»Ich auch«, unterbrach ihn die Kommissarin und war irgendwie sauer.
»Nun müssen wir wieder von vorne anfangen«, sagte sie, und Grahne überlegte weiter.
»Vielleicht sollten wir morgen wirklich noch mal nach Hamburg fahren und uns mal den Chauffeur vornehmen«, warf er ein, und Rose nickte ihm zu.
»Ja, das werden wir, aber jetzt fahren wir ins Krankenhaus. Mal sehen, was die Ärzte zu Fuchs' Verletzungen sagen«, meinte Rose und hob Fibi ins Auto.

***

Der Kreislauf von Frau Dahlken war wieder stabil, sodass sie entlassen werden konnte. Natürlich ging sie zu ihrem Sohn Robin, der die OP an seinem Bein gut überstanden hatte. Sie war so froh, dass er kein Schädel-Hirn-Trauma hatte.
Er war die einzige Familie, die sie noch hatte.
Sie durfte zum Glück in sein Zimmer, nahm einen Stuhl und stellte ihn neben sein Bett. Dann sah sie ihn einfach nur an, etwa zehn Minuten lang, und lauschte seinem Atem. Wie oft hatte sie es gemacht, als er noch ein Baby war. Als sie beunruhigt in sein Zimmer gegangen war, weil er auf einmal durchschlief und sie nicht mehr nachts weckte. Bei der Erinnerung daran musste sie lächeln, dann streichelte sie ihm sanft die Stirn, in der Hoffnung, dass er merkte, dass sie

bei ihm war.
Der Arzt kam noch zu ihm rein und sagte ihr, dass sein Bein wieder ganz in Ordnung komme. Eine Narbe würde er behalten, aber er könnte bald wieder ganz normal laufen. Sie freute sich sehr darüber.

***

Bevor Rose zu Fuchs ging, wollte sie nach Robin Dahlken sehen. Grahne begleitete sie. Auf der Station lief ihr gerade ein Arzt über den Weg, sodass sie sich nach seinem Zustand erkundigte. Zufällig hatte dieser Arzt Robin Dahlken am Bein operiert und war sehr zufrieden mit dem Verlauf und dem Ergebnis.
Rose und Grahne redeten etwa zwei Minuten mit ihm, dann musste er zu einem Termin, doch die Zeit reichte völlig aus. Rose war sehr erleichtert nach dem Gespräch, Grahne konnte es deutlich spüren.
»Wollen Sie noch kurz zu ihm rein?«, fragte er sie, und sie nickte. Eilig ging sie zu seinem Zimmer, öffnete langsam die Tür und steckte ihre Nase vorsichtig rein. Seine Mutter saß an seinem Bett und strich ihm über die Stirn. Rose überlegte einen Moment und ging dann doch nicht rein.
Sie wollte, dass er in Ruhe aufwachen konnte, seine Mutter war ja bei ihm, und das war gut so.
Grahne sah sie verwundert an, als sie ging und ihm winkte, ihr zu folgen.
Sie erklärte es ihm auf dem Weg zu Lars Fuchs.

Endlich waren Rose und Grahne in der Unfallstation, sie gingen zum Schwesternzimmer und fragten nach Fuchs. gleichzeitig zückten sie ihre Ausweise, und die Schwester sah anschließend im Computer nach.
»Der Herr Fuchs ist noch in Behandlung, mehr kann ich

Ihnen leider nicht sagen, er wird untersucht«, sagte sie nach ein paar Minuten.
»Wissen Sie vielleicht, wie lange das noch dauert? Ist er schon länger dort?«, fragte Rose, und ja, sie war ungeduldig und sah auf die Uhr. Rose wollte gerne heute Abend zum Training.
»Wie schwer ist er verletzt, wird er im Krankenhaus stationär aufgenommen?« Rose wollte schon gerne wissen, wo Fuchs in nächster Zeit zu finden war. Schließlich musste er seine Angreifer gesehen haben.
Die Schwester verstand. »Einen Moment«, sagte sie und nahm das Telefon.
Wenig später kam eine andere Schwester und fragte, wie sie helfen könne.
»Die zwei Kommissare würden gerne wissen, wie schwer Herr Fuchs verletzt ist«, informierte sie die erste Schwester und lächelte Grahne breit an, was ihm die Röte ins Gesicht trieb. Die zweite Schwester berichtete daraufhin, dass sie dabei gewesen war, als Herr Fuchs ins Krankenhaus eingeliefert wurde, und er einiges abbekommen hatte.
»Er hat diverse Hämatome, Abschürfungen und, wie es aussieht, auch eine gebrochene Rippe. Außerdem eine üble Wunde am Kopf und eventuell eine daraus resultierende Gehirnerschütterung«, berichtete sie den Ermittlern. »Er wird auf jeden Fall erst mal hierbleiben müssen, die Wunden werden jetzt versorgt, und dann kommt er auf die Station. Ich denke, morgen dürfte er auch vernehmungsfähig sein«, mutmaßte sie und sah die zwei Beamten vor sich an.
»Haben Sie vielen Dank, das hilft uns sehr, wir werden morgen nach ihm schauen«, sagte Rose und verabschiedete sich.
Grahne tat es ihr nach, und die Schwester hinter dem Computer lächelte ihn dabei wieder ganz liebevoll an. Rose

grinste und machte sich auf den Weg zum Wagen. Als sie merkte, dass Grahne direkt hinter ihr lief, war sie erstaunt.

»Grahne, was ist los mit Ihnen, haben Sie nicht gemerkt, wie die Schwester sie angelächelt hat?«, wollte sie von dem rothaarigen Hünen neben sich wissen und sah dabei nach oben, in sein sommersprossiges Gesicht.

»Ja und?«, fragte er sie doch allen Ernstes. Rose konnte es nicht fassen.

»Na, ich bin extra losgegangen, damit Sie sie in Ruhe nach ihrer Handynummer fragen können!« War ihr Kollege etwa schüchtern? überlegte Rose.

Sie sah wieder nach oben und dachte, sie sieht nicht richtig, er war wieder rot im Gesicht geworden und grinste sie verlegen an.

»Du meine Güte, sind Sie echt so schüchtern, oder war Sie bloß nicht Ihr Typ?« Rose ließ nicht locker, das interessierte sie nun.

»Keine Ahnung, ich kenne sie ja nicht«, antwortete er verlegen.

Rose dachte, sie springt gleich im Dreieck. »Ja, also, Sie hätten mal mit ihr einen Kaffee oder Tee trinken gehen und sie dabei kennenlernen können«, erklärte sie ihrem schüchternen Kollegen. Er nickte nur, es war ihm sichtlich unangenehm, mit ihr darüber zu reden. Doch das war Rose total egal.

»Das nächste Mal, wenn ich mich aus so einer Situation zurückziehe, können Sie ruhig mal fragen, ob man mit Ihnen mal einen Kaffee trinken gehen mag«, zwinkerte sie ihm zu und schloss den Wagen auf.

»Wir haben übrigens Feierabend. Wollen Sie vielleicht wieder reingehen und …«

»Nein«, kam wie aus der Pistole geschossen. »Ich habe verstanden, aber dennoch: Nein!«, sagte er nicht gerade amüsiert.

Rose verstand auch, da hatte sie offenbar eine von Grahnes Grenzen erreicht, und die wollte sie auch respektieren.
»Soll ich Sie zum Büro fahren oder gleich nach Hause? Da ich Sie morgen eh wieder abhole, um mit Ihnen nach Hamburg zu fahren, dachte ich ...« Sie sah Grahne fragend an.
»Stimmt, ich brauche den Wagen nicht mehr heute, Sie können mich eigentlich auch direkt nach Hause fahren.«
Ob er jetzt sauer auf sie war, dachte Rose und musste es unbedingt wissen.
Doch ihr fiel kein Gesprächsthema ein, und ehe sie sichs versah, waren sie vor seinem Haus. »Entschuldigen Sie bitte wegen vorhin, Grahne. Ich wollte Ihnen nicht zu nahetreten«, sagte sie, als sie den Wagen anhielt.
»Ist schon gut, ich mag einfach so eine Anmache nicht, find es einfach doof, die so anzuquatschen«, meinte er, und Rose verstand.
»Bis morgen dann!«, verabschiedete er sich von ihr, und Rose tat es ihm gleich.
Dann fuhr sie eilig nach Hause, sie hatte ja den Einkauf noch im Wagen, und Fibi musste sicher auch wieder Gassi. Ob sie danach noch zum Training gehen konnte, das musste sie dann sehen.

***

Er hatte die Schnauze voll, wieder so ein Scheißjob, da hatte er keine Lust drauf. Ihn ärgerte es, dass er von seinen Bekannten nur so niveaulose Arbeiten angeboten bekam. Es war zum Verrücktwerden! Seit Löwenherz tot war, suchte er schon nach etwas Neuem, einer neuen Arbeit als Chauffeur. Aber einige schienen die Aufgaben eines Chauffeurs echt misszuverstehen. Was war das für eine schöne Zeit mit Richard gewesen, schwärmte er und dachte

in erster Linie an den respektvollen Umgang miteinander. Gab es denn niemanden mehr, der einen guten Chauffeur und Diener zu schätzen wusste, fragte sich Koppa. Nun, er wusste, dass sein Chef ihm etwas hinterlassen hatte, aber was genau, dass wusste er nicht. Er hatte aber diverse Kosten, es musste endlich etwas Geld in seine Kasse kommen. Was sollte er nur machen, überlegte er verzweifelt und setzte sich auf den Stuhl in seiner Küche.
Vielleicht sollte er doch mal zur Agentur für Arbeit gehen oder womöglich doch noch in den Kreisen, in denen Löwenherz verkehrt hatte, seine Dienste anbieten.
Letzteres wollte er erst versuchen, danach zur Agentur für Arbeit, aber das war wirklich sein letzter Versuch, dachte er und stand wieder auf, um einige Telefonate zu führen. Er war es nun mal gewöhnt, in gehobenen Kreisen zu dienen, und das wollte er auch wieder tun. Es musste doch möglich sein, dort etwas zu finden, sagte er sich und nahm den Telefonhörer.

***

Jens Bulrich stand vor dem Laden von Marie Fuchs und war erstaunt, dass er schon leergeräumt war. Ja, war schon ein komisches Gefühl, dass er da jetzt stehen konnte, ohne Angst haben zu müssen, verhaftet zu werden.
Er dachte, er könnte noch etwas von ihr aufnehmen, hier im Laden war sie die meiste Zeit. Doch nichts erinnerte mehr an sie, keine Blumentöpfe, die sie mal angefasst haben könnte, und auch kein Ladentresen mehr, auf dem die Kasse stand, die sie unzählige Male betätigt haben musste. Einfach nichts mehr.
Die Tür! Ja, die Ladentür war noch die alte, und Jens legte seine Hand auf den Griff. Wie oft sie den Griff wohl angefasst hatte, dachte er und ließ die Hand dort, obwohl

der Griff sehr kalt war.
Langsam wurde es dunkel, und Jens Bulrich nahm seine Hand wieder vom Türgriff. Er schaute sich um, doch keiner nahm ihn dort wahr. Ob Herr Fuchs da war, er schaute nach oben zur Wohnung. Doch es war dunkel dort. Am liebsten würde er dort reinmarschieren und sich was von Marie holen, ein Andenken, etwas, das nach ihr roch.
»Kann ich Ihnen helfen?«, war auf einmal eine Stimme zu hören. Eine Nachbarin von Fuchs kam auf ihn zu. »Der Laden ist geschlossen, die Inhaberin ist gestorben«, erklärte sie ihm, was er eh schon wusste.
»Ja, sie ist ermordet worden«, sagte er wütend und ging an der Frau vorbei in Richtung Stadt. Blöde alte Schachtel, dachte er und ärgerte sich, dass ihn doch jemand bemerkt hatte.

9

Der Wecker klingelte Rose aus einem schrecklichen, unwirklichen Traum, und sie war ihm fast dankbar dafür. Als sie ins Bad ging, um sich für den Tag fertig zu machen, schaute Fibi kurz hoch und rollte sich dann wieder ein.

Ja, schlaf du ruhig noch einen Moment, aber wenn ich fertig bin, geht es Gassi, dachte Rose und lächelte bei ihrem Anblick.

Tja, nun musste sie auch am Samstag arbeiten, aber so war das nun mal, wenn sie einen Fall hatten, dachte Rose, während sie duschte.

Nach der Gassi Runde gab es für beide Frühstück, und Rose überlegte, was sie alles nach Hamburg mitnehmen musste.

Eine Leine hatte sie für Fibi immer im Auto und eine in ihrer Umhängetasche, dort waren auch immer getrocknetes Fleisch und ein paar Hundekekse.

Sie steckte sich noch einen Müsliriegel ein und eine Flasche stilles Wasser.

Die Zeit raste, Heide packte schnell ihr Geschirr weg und machte sich mit Fibi auf dem Weg, Grahne abholen.

Schon wenig später waren die beiden mit Grahne schon wieder auf dem Weg nach Neugraben-Fischbek, heute bei leicht wolkigem Himmel, aber schon angenehmeren Temperaturen.

Unterwegs sprachen sie über den Fall, ihre Überlegungen dazu und ob sie noch mal den Notar aufsuchen sollten.

Doch erst mal wollten sie zu Ernst Kloppa, dem Chauffeur von Richard Reindersen, Richard Löwenherz genannt.

Die Adresse hatte sie sich ja das letzte Mal beim Notar schon geben lassen, und sie stellten nun fest, dass sie durch Neugraben-Fischbek durchfahren mussten, nach Hamburg rein.

Im nächsten Stadtteil verschwanden sie mit ihrem RAV in einer der unzähligen Seitenstraßen und landeten schließlich bei der richtigen Hausnummer.

Natürlich war nirgends ein Parkplatz frei, also stellte Rose den Wagen einfach ins Parkverbot, und sie gingen zum Haus.

Es war ein Mehrfamilienhaus mit acht Klingeln, sie drückten

die richtige und warteten, ob jemand den Summer betätigte. Stattdessen sah jemand aus einem Fenster im ersten Stock, ein kleiner, etwas untersetzter Typ.
»Was wollen Sie?«, rief er runter, und die zwei zeigten ihre Ausweise. »Wir haben nur ein paar Fragen zu Ihrem früheren Chef«, was ja nicht gelogen war, dachte Rose, aber auch nicht alles. Grahne sah sie mit hochgezogenen Augenbrauen an, sie zwinkerte ihm zu und drückte dann die summende Tür auf.
Kloppa führte die beiden wortlos in sein Wohnzimmer und machte mit der Hand eine Geste, dass sie doch Platz nehmen sollten.
»Sie haben viele Jahre für Reindersen gearbeitet. Wussten Sie, dass er Sie im Testament bedacht hat?«, fragte die Kommissarin, nachdem sie sich gesetzt hatte. Der Chauffeur sah sie erstaunt an, bevor er antwortete.
»Ja, er hatte es erwähnt, wieso fragen Sie?« Er war verunsichert, das konnte auch Rose spüren.
»Nun, Sie sind doch jetzt ohne Arbeit, oder? Wovon leben Sie zurzeit?« Damit machte Rose sich den Mann jedoch zum Feind.
»Was soll denn das heißen? Ich habe noch keinen neuen Job, aber ich arbeite dran. Natürlich bin ich auch beim Arbeitsamt gemeldet und bekomme Geld. Worauf wollen Sie denn hinaus?«
Das war recht viel. Gerade für einen Mann, der sonst nur das Nötigste sagte, wie Frau Dahlken ihr mitgeteilt hatte, dachte Rose.
»Nun, sagen wir mal so, wenn sich die Erben von Reindersen dezimieren, bekommen die übrigen Erben mehr«, stellte sie knallhart fest und sah die immer größer werdenden Augen ihres Gegenübers an.
Kloppa atmete schließlich tief durch und überlegte. »Wen soll ich denn bitte getötet haben?«, fragte er nun die

Kommissarin und schaute sie ganz ruhig an.

»Nun, Marie Fuchs zum Beispiel, sie war die Haupterbin«, begann Rose.

»Wann?«, fragte er kurz, stand auf und ging zu seinem Schreibtisch neben dem Fenster.

»Am 28. März«, sagte Rose ebenso knapp.

Kloppa kam mit einem Buchkalender zurück und setzte sich wieder, er blätterte darin.

»Da hatte ich um vierzehn Uhr dreißig einen Termin beim Arbeitsamt«, sagte er, und Grahne notierte sich das, damit sie es überprüfen konnten.

Kloppa nannte ihnen noch die Raumnummer und den Berater.

»Wo waren Sie denn letzten Donnerstag?«, fragte die Ermittlerin weiter.

Er sah sie groß an, schaute dann aber wieder in seinen Kalender.

»Um fünfzehn Uhr hatte ich ein Vorstellungsgespräch bei der Firma Afria. Hier ist die Telefonnummer.« Er reichte Grahne seinen Buchkalender, damit er sie abschreiben konnte. Rose fragte nun nur noch der Vollständigkeit halber.

»Freitag am Spätnachmittag?«

Er sah sie an und schaute wieder nach. »Da habe ich einen Bekannten aufgesucht, gefragt, ob er nicht jemanden wüsste, der einen guten Chauffeur braucht.« Er notierte eine Telefonnummer mit Namen, dann reichte er den Zettel Grahne.

»Was können Sie uns zu Ihrem Minus auf dem Konto sagen?« Rose ließ nicht locker, aber sie wollte es auch ein für alle Mal geregelt haben.

Doch Kloppa machte keine Anstalten, die starken Schwankungen auf seinem Konto zu erklären.

»Hören Sie, wir ermitteln im Mordfall Marie Fuchs und zwei

versuchten Morden, also wäre es besser, wenn Sie mit uns kooperieren. Denn es ist unter diesen Umständen ein Leichtes, einen Durchsuchungsbeschluss zu bekommen«, machte Rose Druck und brachte den Chauffeur zum Nachdenken.

»Das bleibt aber unter uns, oder?«, Kloppa sah die Kommissare abwechselnd an, und sie nickten.

»Ich habe eine Tochter, sie ist seit der Geburt geistig behindert und wird von ihrer Mutter, meiner Frau, gepflegt«, erklärte er nun, und die Ermittler waren sprachlos.

»Ich hatte mich damals von meiner Frau getrennt, aber wir sind noch verheiratet. Ich konnte damit jedenfalls nicht umgehen und fühle mich seitdem schuldig. Wenn ich es irgendwie schaffe, überweise ich ihnen Geld.« Kloppa sah traurig zu Boden und wischte sich Tränen aus den Augen.

Eine peinliche Stille erfüllte augenblicklich den Raum, Rose vermochte sie nicht zu unterbrechen. Was konnte man sagen? Sie sah Grahne an und sah, wie es in ihm arbeitete.

»Stimmt, es war immer das gleiche Konto, wohin Sie überwiesen haben«, bestätigte er.

»Weiß Ihre Frau, von wem das Geld ist«, fragte er nun mit ruhiger Stimme, der Psychiater kam wieder in ihm durch.

»Ja, ich denke schon«, überlegte er und nach einer Pause: »Ja, sicher, dass weiß sie.«

»Ist das denn heute auch der einzige Kontakt, den Sie wollen?« Grahne bohrte behutsam nach.

»Für alles andere ist es zu spät.« Kloppa sah plötzlich Grahne mit feuchten Augen an.

»Haben Sie denn je versucht, Kontakt zu ihnen aufzunehmen«? Grahne führte das Gespräch weiter, Rose ließ ihn gewähren und hörte gespannt zu.

Der Chauffeur schüttelte verneinend den Kopf. »Nach all der Zeit? Ich glaube nicht, dass sie Kontakt mit mir möchte,

schließlich habe ich sie schon mal enttäuscht«, stellte er bitter fest.
»Glauben heißt nicht wissen. Also warum fragen Sie sie nicht einfach, mehr als *Nein* sagen kann Ihre Frau nicht, aber vielleicht freut sie sich auch. Ihr Geld hat sie ja auch nicht abgewiesen«, meinte Grahne und brachte damit Kloppa echt zum Nachdenken.
Doch die Ermittler wollten noch mehr von dem Chauffeur wissen. »Wie war das damals mit Anne Schmit?«, fragten sie ihn, und auch zu Frau Dahlken hatten sie einige Fragen bezüglich ihres Sohnes.
Richard Reindersen hatte tatsächlich zeit seines Lebens nicht gemerkt, dass er einen Sohn hatte. Obwohl er ihm sogar einige Male über den Weg gelaufen war.
Allerdings war es auch für den Chauffeur neu, er hatte mal eine Äußerung wegen der Ähnlichkeit gegenüber Frau Dahlken gemacht, aber sie hatte so überzeugend verneinend reagiert, dass er ihr geglaubt hatte.

Als die Vermittler wenig später runter zu ihrem Wagen kamen, schrieb gerade eine Streife die Nummer von Roses Auto auf.
»Halt, Kollege, wir waren zum Ermitteln hier«, stellte Rose fest, und ihr Gegenüber schaute sie verständnislos an. Sie zückte ihren Ausweis und zeigte ihm den, aber er gab ihr trotzdem einen Strafzettel.
»Das ist ja wohl nicht Ihr Ernst«, empörte sich Rose, doch der Kollege ließ sich gar nicht aus der Ruhe bringen.
»Sie sind hier kein Kommissar, zudem ist dies hier wohl eindeutig ein privater Pkw, also müssen Sie sich an unser Revier wenden. Denn Sie sind jetzt im System.« Er hielt den kleinen Computer hoch, mit dem er ihr Falschparken aufgenommen hatte.
Rose konnte sagen, was sie wollte, der Kollege blieb stur,

deshalb war sie nun echt stinksauer.
»Welches Revier denn, und in welcher Straße finden wir es?«, fragte Grahne besonnen, und der Kollege schaute ihn skeptisch an, doch er nannte ihm die Adresse.
Rose ließ Fibi zum Pipimachen aus dem Wagen, während Grahne sich das aufschrieb.
»Fahren Sie?«, fragte ihn Rose, als sie wenig später weiterwollten.
»Klar«, sagte er und ging zur Fahrerseite.

Auf dem Revier herrschte reges Treiben, und die zwei warteten ein paar Minuten, bis ein Kollege kam. Rose übte sich in Disziplin, und Grahne beobachtete seine Kommissarin dabei.
»Was kann ich für Sie tun?«, fragte dann endlich jemand, und Rose atmete einmal tief durch.
»Sie können mich zu Ihrem Vorgesetzten bringen.« Rose zeigte ihren Ausweis, und dem jungen Kollegen wich etwas Farbe aus dem Gesicht.
Trotzdem überlegte er einen Moment.
»Was ist? Wenn keiner Ihrer Kommissare da ist, bringen Sie mich zu deren Chef, oder wie lange sollen wir hier noch rumstehen. Wir haben noch was anderes zu tun!« Rose versuchte, nicht laut zu werden, was ihr bis jetzt noch gelang, aber wie lange noch?
»Moment, ich rufe jemanden«, sagte ihr Gegenüber nun etwas panisch, ging zu einem Telefon und wählte zwei Zahlen. Ein kurzes Gespräch, und dann kam er und bat sie, ihm zu folgen. Was sie auch taten, flankiert von Fibi, die bisher noch niemand gesehen hatte. Es ging ein Stockwerk höher, und ein paar Augenblicke später waren sie im Büro eines Hauptkommissars. Fibi machte brav neben ihrem Frauchen Sitz. Der Kollege sah auf, schaute sich das Trio einen Moment lang an und beschloss dann, nicht weiter auf

die ungewöhnliche Kombination einzugehen.
»Was kann ich für Sie tun?«, fragte er freundlich und sah Rose und Grahne lächelnd an. *Ohm*, dachte Rose, *ganz ruhig bleiben …*
»Eines Ihrer Streifenhörnchen hat uns aufgeschrieben, im Parkverbot, wir waren aber in dem Haus, um zu ermitteln, und ja, natürlich mit meinem Privatwagen. Kein Mordermittler fährt mit dem Streifenwagen, wäre ja wohl ein bisschen blöd«, begann sie und merkte, dass sie sich da reinsteigerte.
Sie holte noch mal Luft, und Grahne mischte sich nun ein.
»Der eifrige Kollege ließ nicht mit sich reden, meinte, es wäre halt schon aufgenommen, und wir sollten hierherkommen«, sagte er mit seiner ruhigen Stimme.
»Sie ermitteln hier in Hamburg zu einem Mord in Oldenburg?«, fragte der Kommissar nun, und Rose nickte.
»Richard Reindersen, auch bekannt als Richard Löwenherz, seine Tochter wurde ermordet, und einige Spuren führen hierher«, erklärte Rose.
»Oh, Löwenherz …ja, aber warum haben Sie uns nicht informiert?«, meinte der Kollege nun etwas vorwurfsvoll.
»Dazu hatten wir nun wirklich keine Zeit, außerdem haben wir nur drei Personen befragt, was sollen wir da Ihnen Ihre Zeit stehlen«, meinte Grahne, und Rose nickte ihm zu.
»Na, jetzt tun Sie es ja auch«, stellte der Kollege fest.
»Okay, also damit das nicht wieder vorkommt, packen sie einfach vorne auf die Armaturen Ihr Blaulicht«, sagte er versöhnlich und fragte, in welcher Straße das war. Grahne nannte sie ihm, Rose sagte ihm das Kennzeichen, und Minuten später hatte er es im PC gelöscht.
»Das nächste Mal können Sie sich ruhig bei uns melden«, sagte er noch mal. »Ich würde Ihnen sogar einen Kaffee ausgeben, und ein bisschen was wissen wir ja auch über unsere Stadt«, meinte er sarkastisch.

»Ah, dann können Sie uns bestimmt auch etwas über Kloppa, den Chauffeur von Löwenherz, sagen«, stellte Rose ihn gleich auf die Probe, und er sah im Computer nach. Momente später konnte er ihnen einiges über den Mann mitteilen, allerdings hatte Rose diese Informationen selbst schon aus dem Herrn rausgekitzelt.
Über Frau Dahlken hatte er aber einiges Interessantes zu berichten. Sie wurde vor etwa zwanzig Jahren wegen Körperverletzung verurteilt.
»Können Sie mir dazu mehr sagen«, bat Rose den Kollegen, während Grahne wie gewohnt alles notierte.
»Nun, da wurde eine Streife zu ihrem Laden gerufen, wo sie mit ihrer großen Schneiderschere auf einen Mann losgegangen war. Sie hatte ihn auch verletzt und wurde in Folge dessen zu Sozialstunden verurteilt, hundert Stunden in einem Altenheim. Laut unserer Information leistete sie die Stunden ab, während ihr Sohn im Kindergarten war«, berichtete er der erstaunten Kommissarin und ihrem Kollegen.
Sieh an, dachte Rose, wer hätte das gedacht von dieser ruhigen Person. Über den Notar ließ sie sich ebenfalls Informationen geben, doch da war nichts Ungewöhnliches.
Grahne und Rose bedankten sich bei ihrem Kollegen und verabschiedeten sich wieder. Sie hatten alles erledigt, was sie wollten, jedenfalls auf dem Revier.

Rose und Grahne machten sie sich auf dem Weg nach Neugraben- Fischbek, in die Cuxhavener Straße zum Notar.
Da war noch eine Frage, die Rose an ihn hatte, und sie hoffte sehr, dass er da war und Zeit für sie hatte. Leider hatten die zwei kein Glück, er war in Lübeck zu einer Familienfeier, wie ihnen seine Sekretärin mitteilte, und so fuhren sie wieder zurück nach Oldenburg. Gleich am Montag wollte Rose beim Notar anrufen und ihm die Fragen

stellen, die sie noch auf dem Herzen hatte.
»Grahne, habe Sie die Aussagen des Zeugen bei dem Unfall auf Fuchs gelesen?«, wollte sie von ihrem Kollegen wissen, als sie kurze Zeit später wieder auf der Autobahn unterwegs waren.
»Nein, da bin ich noch nicht dazu gekommen, wir waren doch nicht mehr im Büro«, antwortete er, und Rose nickte.
»Ach ja, das stimmt.« Wo war sie nur mit ihren Gedanken? Vielleicht schon beim morgigen Tag, der Geburtstagsfeier ihres Vaters, wo sie sich »mit Begleitung« angekündigt hatte?
»Was ist denn mit der Aussage?« Grahne sah, dass sie nachdachte, er wusste nicht worüber und dachte, es ginge um den Fall.
»Hm? Oh! Ja, die Aussage müssen wir als Erstes durchlesen, ich fahre zum Büro«, stellte sie fest und hoffte, dass sie weiterhin so gut durchfahren konnten.

***

Frau Dahlken war immer noch bei ihrem Sohn, doch nun ging es ihm besser, und sie entschloss sich, nach Hause zu fahren. Seit ein Polizist vor der Tür von Robin wachte, war sie beruhigt, dass ihrem Sohn im Krankenhaus nichts geschehen würde. Ihre Angst, dass die Person ihren Sohn noch mal zu töten versuchte, war so groß, dass sie bis zur Ankunft des Beamten wie gelähmt war.
Ob es wegen des Erbes war, dachte sie und hoffte, dass ihr Sohn bis zur Testamentseröffnung wieder fit war. Nun, Richard Löwenherz war das, was man wohlhabend nannte, und Robin stand auf jeden Fall das Erbe zu als Richards einziger Sohn. Oh ja, er sollte es bekommen, dann hatte er auf jeden Fall ein gutes Polster. Vielleicht würde er auch etwas von ihren Schulden bezahlen, überlegte sie. Was

auch immer, ihr Sohn war clever und würde es sicher gut verwenden.
Eilig suchte sie ihre Sachen zusammen und gab Robin einen Kuss auf die Stirn.
Sie hatte ja auch noch einige Aufträge, die sie erledigen musste, denn schließlich musste sie sich ihren Lebensunterhalt allein verdienen. Ihr Sohn Robin bestärkte sie darin, dass sie fahren solle, so verabschiedete sie sich von ihm und ging dann zu ihrem Wagen.

***

Nachdem Fibi den Rasen am Polizeirevier ausgiebig inspiziert und dort ihr Geschäft verrichtet hatte, gingen die Ermittler in ihr Büro.
Grahne fand die Aussage des Zeugen vom Vorfall Fuchs auf seinem Schreibtisch und las sie sich gleich durch. Währenddessen vervollständigte Rose die Tafel mit den neusten Erkenntnissen über Frau Dahlken und Herrn Kloppa, etwas, das sie gestern nicht mehr geschafft hatten, was aber für den Überblick sehr wichtig war.
Nachdem Grahne mit der Aussage fertig war, las Rose sie durch, und Grahne überprüfte die Tafel auf Vollständigkeit. Etwas, das sie immer machten, denn jeder konnte mal was übersehen, und so gingen sie auf Nummer sicher.
»Was halten Sie von der Aussage?«, fragte Rose, gerade als Grahne noch etwas an der Tafel hinzufügte.
»Sie meinen, abgesehen davon, dass das Protokoll schlecht geschrieben ist?« Grahne drehte sich zu Rose um und sah sie fragend an.
»Ja, erzählen Sie mal«, forderte sie ihn auf und lauschte dem, was er zu sagen hatte.
»Ich finde, es ist sehr oberflächlich geschrieben, da fehlen Einzelheiten, vor allem aber, wo die Personen zu welchem

Zeitpunkt waren oder das Auto, von wo es z. B. losfuhr.« Grahne musterte Rose, und sie nickte anerkennend.
»Genau das habe ich auch gedacht. Lassen Sie uns den Zeugen anrufen und ihn herbitten, oder wir treffen uns mit ihm am Ort des Geschehens.«, Während Rose das sagte, ging Grahne schon zum Telefon und wählte die Nummer.
»Am besten heute noch«, flüsterte sie Grahne noch zu, der nickte und gleich darauf auch schon ins Gespräch vertieft war.

Als Rose auf der Tafel alles durchlas, schweiften irgendwann ihre Gedanken ab zum morgigen Sonntag. Sie wollte nicht nur Fibi mitnehmen, nein, sie hatte sich auch fest vorgenommen, ihre Eltern über ihre wirkliche Tätigkeit bei der Polizei zu informieren. Auf die Reaktionen auf die kleine Hündin war sie auf jeden Fall auch sehr gespannt. Klar, ihre Mutter erwartete einen Mann an ihrer Seite, allein deshalb würde sie morgen schon enttäuscht sein, aber nicht ihr Vater. Er mochte Tiere, das wusste sie, aber ihre Mutter war wohl eher weniger davon angetan, wie sie sich erinnerte. Also ohne Mann und stattdessen mit einem kleinen Hund …
Rose wurde ganz heiß und kalt bei dem Gedanken, wie ihre Mutter dann noch auf ihr Geständnis reagieren würde. Das gab sicher ein großes *Hallo* und *Ach du meine Güte,* und genau das hasste Heide Rose. Sie fühlte sich dann wieder wie die kleine Heide, die was angestellt hatte. Rose schüttelte den Kopf im Gedanken daran. Sie musste einen Weg finden, wie sie es vernünftig rüberbrachte, damit ihre Mutter nicht komplett ausrastete.
»Kommissarin Rose?« Grahne schaute sie grinsend an.
»Schon voll im Stress wegen morgen?« Er sah sie mitfühlend an, während Rose wieder im Jetzt ankam.
»Also, ich …« Rose wusste nicht, ob sie ihrem Kollegen das

sagen sollte, und stockte.
»Ja?«, sagte Grahne mit seiner angenehmen, sanften Stimme, und Rose fuhr doch fort.
»Also, ich versuche einen Weg zu finden, dass meine Mutter nicht total abdreht, wenn ich ihr sage, was ich in Wirklichkeit arbeite. Wie sagt man seiner Mutter, dass man die bösen Jungs jagt und hinter Gitter bringt, ohne dass es gefährlich wirkt?« Sie sah ihn hilflos an, und er musste lachen. Obwohl, die Frage fand er gar nicht so dumm, denn mit den richtigen Worten konnte man durchaus auch die Reaktion seines Gegenübers steuern.
»Aber egal, das ist mein Problem. Was hat Ihr Anruf ergeben?«, kam Rose wieder zu den Ermittlungen zurück.
»Nun, in einer Stunde können wir den Zeugen am Tatort treffen.« Grahne freute sich, dass der Termin so schnell geklappt hatte. Rose allerdings auch.
»Dann lassen Sie uns rasch irgendwo eine Kleinigkeit essen und dann hinfahren«, schlug sie vor, und Grahne nickte. Schon verschwanden die zwei Kommissare wieder aus dem Büro, natürlich gefolgt von der kleinen Fibi.

Sie fuhren den Westfalendamm entlang, dann auf den Schotterstreifen am Rande der Hunte, dem sie in Richtung der Autobahnbrücke folgten. Sie waren etwas früher da, was Absicht war. So konnten sie sich noch etwas umsehen, bevor der Zeuge kam. Rose ließ Fibi auch aus dem Wagen, eine gute Möglichkeit für die kleine Hündin, sich mal wieder zu bewegen, dachte sie.
Es war schon eine zugige Ecke, musste Rose feststellen, und sie war auch nicht unbedingt gut von der Straße aus einzusehen. Überhaupt fuhren nur wenige Autos hier lang und nur ab und zu ein Radfahrer.
Auf dem Boden waren unzählige Spuren, fraglich war, welche zu dem Unfall des Witwers gehörten, stellte Rose

fest und beobachtete die kleine Hündin, wie sie mit der Nase am Boden alles untersuchte. Rose musste lachen, so ein kleiner Spürhund, dachte sie. Rose und Grahne schauten sich den Boden jedoch ebenfalls genau an, vielleicht hatte der Täter ja etwas verloren. Etwas, das übersehen worden war. Etwas, das sie zu ihm führen könnte.
Ein Mann näherte sich auf einem Fahrrad, er stellte es an dem Grünstreifen zur Straße ab und kam zu Rose und Grahne.
»Moin! Heinz Hadera«, stellte er sich vor, und Rose und Grahne nahmen seine Hand entgegen.
»Grahne. Wir hatten telefoniert. Das ist Hauptkommissarin Rose«, erklärte Grahne.
»Können Sie uns zeigen, wo genau das Ganze stattgefunden hatte. Der Überfall auf den Mann?«, fragte Rose ohne Umschweife. Heinz Hadera schaute sich genau um. »Ja, also ich muss mal eben nachdenken …« Er ging zu einer der kräftigen Säulen, die die Autobahnbrücke trug, und schien die Abstände mit den Augen genau abzuschätzen. Dann schritt er zielsicher auf eine Stelle des Schotterweges zu, dorthin, wo Fibi gerade ihre Nase am Boden hatte. Es war lustig anzusehen, wie die kleine beigefarbene Chihuahua Hündin mit dem glitzersteinbesetzten roten Lederhalsband aufmerksam am Boden schnupperte.
Auf einmal bellte die kleine Fellnase in Roses Richtung. Das konnte doch jetzt nicht sein, oder? dachte Rose und lief hinter Grahne her, ebenfalls zu der Stelle.
»Der kleine Hund scheint was gefunden zu haben«, stellte Herr Hadera fest und versuchte zu sehen, was es war.
»Pssst«, machte Rose, und Fibi hörte augenblicklich auf zu bellen, dann bückte sich Rose und sah nach, was die kleine Hündin entdeckt hatte.
Dort lag ein schwarzer Zipper, etwas größer als normal, sicher von dem Reißverschluss einer Lederjacke, vermutete

Rose und nahm ihn vorsichtig mit einem Handschuh auf.
Sie lobte die kleine Hündin und zeigte Grahne das kleine Teil.
»Was hatte der Mann an, der das Opfer schlug?«, fragte Rose, während Grahne sich den Zipper mit dem Handschuh genauer ansah.
»Hm«, überlegte der Zeuge kurz. »Das waren eine schwarze Lederjacke und eine schwarze Hose«, sagte er dann sicher. Grahne ließ das kleine Teil in einer Tüte verschwinden. »Ja, der arme Mann hatte sich auch an der Jacke des Kerls festgehalten, er kniete auf dem Boden, schätze, damit der Typ nicht so zum Schlag ausholen konnte. Würde ich wahrscheinlich auch so machen«, stellte er fest.
»Was haben Sie weiter beobachtet?« Rose hörte aufmerksam zu.
»Nun, der Schläger riss sich los und schubste ihn dabei um. Da bin ich mit dem Rad schon da vorne durch und wollte ihm helfen. Der Typ trat volle Wucht mit seinen schwarzen Stiefeln auf den Mann am Boden ein, solche Biker Boots, wissen Sie? Plötzlich machte ein Auto die Scheinwerfer an, da drehte der Typ sich um und sah mich. Er rannte dann zum Wagen, der ihm schon entgegenkam, und stieg schnell ein. Dann gab der Fahrer Vollgas, auf mich und das Opfer zu. Ich war da aber schon bei dem Herrn und half ihm auf die Beine«, berichtete er, während Grahne sich die Spuren auf dem Schotter ansah.
»Hab den Mann dann mehr gezogen, als dass er gehen konnte, damit wir nicht überfahren werden«, stellte Herr Hadera fest.
»Wohin haben Sie ihn gezogen?« Rose wollte sich ein genaues Bild machen können.
»Na, von hier«, er deutete ungefähr dorthin, wo Fibi den Zipper gefunden hatte, »bis hierhin, zur Säule.«
Rose folgte seinem Arm, während Grahne den Spuren des

Autos nachging. »Ist Ihnen sonst noch irgendetwas aufgefallen?«, fragte Rose und schaute sich dabei ebenfalls die Reifenspuren an.

»Was meinen Sie?« Herr Hadera sah sie fragend an.

»Na, wie der Fahrer des Wagens zum Beispiel aussah oder wie das Kennzeichen lautete«, erklärte Rose dem Zeugen.

»Nein, es dämmerte ja schon, da habe ich nur eine dunkle Gestalt am Lenker gesehen. Auf das Kennzeichen habe ich gar nicht geachtet, ich hatte ja genug damit zu tun, den Mann rechtzeitig aus dem Weg zu kriegen«, erklärte er und sah sie dabei eindringlich an.

Rose verstand ihn. »Gut, haben Sie vielen Dank, dass Sie uns alles vor Ort gezeigt haben. Das war sehr hilfreich.« Rose gab ihm die Hand, und auch Grahne verabschiedete ihn. Während er mit seinem Rad wieder davonfuhr, sahen sich Rose und Grahne noch mal die Wagenspuren an. Auch einige der Schleifspuren konnte man noch sehen. Wortlos gingen sie auf und ab, Rose machte mit ihrem Smartphone einige Fotos, bis sie dann nachdenklich stehen blieb. Plötzlich riss sie ihre Augen auf.

»Was ist?«, fragte Grahne, der sie gerade ansah.

»Ich denke, dass Fuchs hier eine Abreibung bekommen hat. Die wollten ihn gar nicht töten, denn das sind nicht unsere Mörder. Wobei ich glaube, dass wir in unserem Fall eh nur einen Einzeltäter suchen«, erklärte Rose.

»Schauen Sie sich doch mal an, in welchem Bogen sie an dem am Boden liegenden Fuchs vorbeigefahren sind.« Sie wies auf die Spur im Schotter hin.

»Von wegen unser Zeuge hätte ihn gerade noch gerettet, die wollten ihn gar nicht töten, der hat ganz schön dick aufgetragen«, stellte sie fest.

»Stimmt, Sie haben recht, der Wagen fuhr an ihm vorbei«, pflichtete Grahne ihr bei und überlegte. »Schulden«, sagte er auf einmal, und Rose sah ihn an.

»Na, sein Konto war doch einiges im Minus, wir konnten ihn ja noch nicht dazu befragen, aber ich denke, er hatte Schulden. Fragt sich nur, warum!« Grahne sah Rose an, und sie nickte ihm zu.

»Ja, ich denke, wir sind da auf der richtigen Spur. Diese Typen hier«, sie zeigte auf die Wagenspur, »ich denke, das waren Eintreiber. Wir haben hier in Oldenburg einen Kredithai, der hat genau zwei solche Kerle für diese Aufgabe«, stellte Rose fest.

»Was machen wir jetzt?«, fragte Grahne.

Rose überlegte einen Moment. »Wir sollten uns endlich mit Fuchs unterhalten!« Sie rief Fibi zu sich.

Die zwei Kommissare gingen zum Auto und fuhren über den Niedersachsen-Damm zu den Städtischen Kliniken, wo Fuchs mittlerweile auf Station lag.

Als sie in sein Zimmer kamen, machte Rose keine Umwege, sondern fragte den Witwer unverblümt: »Haben Sie Spielschulden? Kann es sein, dass diese zwei Kerle unter der Autobahnbrücke ihr Geld von Ihnen wiederhaben wollten?« Rose und Grahne ließen Fuchs keine Sekunde aus den Augen.

Er sah aufgewühlt hin und her. »Wie kommen Sie denn darauf? Ich bin doch kein Spieler?«, rief er fast empört, und Rose zog eine Augenbraue hoch.

»Wie kann es dann sein, dass auf Ihrem Konto immer wieder größere Summen ab- und draufgebucht worden sind?«, fragte ihn Grahne.

Fuchs schlug die Hände vors Gesicht.

»Nun sagen Sie schon«, machte Grahne Druck.

Fuchs nahm die Hände wieder runter und winkte die Ermittler näher. »Ich habe einem Freund das Geld geliehen, er war halt etwas unpässlich, hat sich verspekuliert. Dafür sind Freunde doch da«, gestand er und sah die beiden freundlich an.

»Geben Sie mir bitte Namen und Adresse des Freundes!«
Grahne holte seinen Notizblock aus der Manteltasche.
»Also, hören Sie mal«, war Fuchs sofort wieder empört, doch Grahne ließ nicht locker, sah ihn wartend an.
Fuchs fing an zu flüstern: »Der Mann ist Richter hier in Oldenburg, wissen Sie, was passiert, wenn das rauskommt?« Er sah Grahne bockig an.
»Sicher haben Sie beide dann ein Problem«, mischte sich nun Rose ein und hakte barsch nach: »Was ist nun mit dem Namen?«
Doch Fuchs weigerte sich. »Dann wäre ich kein guter Freund«, stellte er lapidar fest.
»Und wieso haben dann die Geldeintreiber Sie bearbeitet und nicht Ihren Freund?« Grahne lenkte ihn wieder in ihre Richtung.
»Er hat ihnen doch gesagt, dass ich ihnen das Geld gebe, aber ich konnte es nicht so schnell besorgen. In einer Stunde, wer schafft das denn?« Fuchs schüttelte den Kopf und fasste sich dann an selbigen, weil es schmerzte.
»Na, Sie sind aber ein lieber Freund, lassen sich sogar für ihn verprügeln«, stellte Rose leicht ironisch fest. »Gehen Sie denn auch für ihn in den Knast?«
Fuchs sah sie erschrocken an. Das hatte gesessen, dachte Rose.
»Nun machen Sie mal halblang, Sie können mich doch nicht einsperren, nur weil ich einen Freund nicht verraten will«, meinte er mal wieder empört.
»Nein, deshalb würde ich Sie auch nicht einsperren, sondern wegen Behinderung unserer Ermittlungen im Mordfall an Ihrer Frau. Um mal Klartext zu reden: Wenn es diesen Richter tatsächlich gibt, sieht es für Sie deutlich besser aus, als wenn sie ihn nur gerade aus dem Hut gezaubert haben, um davon abzulenken, dass sie selbst massive Geldprobleme haben«, stellte Rose knallhart fest,

und Fuchs sah sie erschrocken an.
»Na gut, ich nenne Ihnen den Namen«, lenkte er ein, und Grahne ging mit seinem Notizblock zu ihm.
Als Grahne den Namen und die Adresse notiert hatte, gingen sie zur Tür des Krankenzimmers, und Rose drehte sich noch mal um.
»Na ja, Sie können uns ja nicht weglaufen«, meinte sie nur und ging mit Grahne wieder. Eiligen Schrittes liefen sie zum Wagen.

Die Ermittler mussten zum anderen Ende der Stadt, was einige Zeit in Anspruch nahm. In Oldenburgs Norden verschwanden die Kommissare dann im Gewirr der unzähligen Nebenstraßen, bis sie endlich bei ihrer Adresse ankamen.
Es war ein sehr schönes großes Haus, in modernen, quadratischen Formen. Für Roses Empfinden zu modern, aber die Geschmäcker sind ja verschieden, dachte sie.
Auf ihr Klingeln hin blieb es ruhig im Haus. Sie läuteten trotzdem noch mal, doch leider tat sich auch diesmal nichts.
Rose und Grahne hatten gehofft, dass jemand zu Hause war, doch leider schien niemand da zu sein.
»Moment«, meinte Rose, holte ihr Handy aus der Tasche und wählte eine Nummer. Grahne vermutete, dass sie ihre Quelle beim Gericht anrief, und er hatte recht.
Rose verdrehte die Augen, der Anrufbeantworter war dran.
»Rose hier, ruf mich doch bitte an, es eilt«, sagte sie und legte auf.
»Das war ja klar, wenn wir es eilig haben, ist keiner da«, schimpfte sie und ging zum Wagen.
Grahne folgte ihr und stieg ebenfalls ein. »Wir fahren zurück ins Büro und überprüfen die Kontobewegungen des Richters, was nicht einfach wird.« Rose überlegte kurz, während Grahne sie angestrengt beobachtete.

»Sie haben doch den abgerissenen Reißverschluss dabei?«, fragte sie Grahne plötzlich.
„Natürlich, den wollte ich ja bei der Spusi abgeben.
noch Sollen wir ihn schnell bei der Spusi vorbeibringen?«, meinte er.
»Nö, wir fahren zu seinem Besitzer«, sagte sie und startete den Wagen.
Dann besprach sie mit Grahne, was auf ihn zukam.

Krüger saß wie immer in seiner Stammkneipe, an einem runden Tisch in der Ecke.
Rose hatte Fibi im Auto gelassen, man wusste ja nie, wie so eine Unterhaltung ablief, sagte sie sich. Schon als sie mit Grahne zielsicher auf Krüger zuging, standen seine Männer von ihrem Tisch auf und versperrten den Ermittlern den Weg. »Was wollt ihr hier?«, fragte Mister Lederjacke und nahm dabei nicht den Zahnstocher aus dem Mund. Nein, er spielte eher damit, denn er schob ihn von einer Seite seines Mundwinkels zur anderen. Da der Typ die Lederjacke offen hatte, konnte sie einfach nicht sehen, ob der Reißverschluss noch an seiner Jacke war.
»Oh, was für eine schöne Lederjacke!« Rose ging langsam auf ihn zu und schaute ihn dabei kokett an. Vorsichtig legte sie ihre Hand auf seine Schulter und ließ sie seitlich langsam nach unten gleiten, dorthin, wo bei offener Jacke normalerweise der Zipper war.
»Ja, Schätzchen, alles deins, wenn du willst«, kam von Mister Lederjacke, doch Rose reagierte nicht darauf.
Sie folgte auf dem letzten Stück dem Reißverschluss und stellte fest, dass der Zipper bei der Jacke fehlte.
Als sie das bemerkte, ging sie augenblicklich wieder einen Schritt zurück.
»Krüger, ich hätte da mal ein paar Fragen. Hast du kurz Zeit?«, rief sie mit kalter Stimme einfach an ihrem

Gegenüber vorbei. Dem fiel die Kinnlade runter.
Der wasserstoffblonde Mann im grauen Anzug hinter ihm am Tisch sah jedoch kurz hoch.
»Ach, Rose, welch seltener Glanz in dieser Hütte! Lasst die Kommissarin vorbei«, meinte er in seiner gezierten Stimme. Der Herr in der schwarzen Lederjacke schaute sie mit großen Augen an. Sie zog kurz die Schultern hoch und ging an ihm vorbei, gefolgt von Grahne. Seine Jungs begaben sich wieder an ihren Tisch, behielten die zwei jedoch im Auge.
»Bitte, setz dich doch«, bot Krüger ihr einen Stuhl an.
»Oh, wer ist der rote Riese neben dir?« Er musterte Grahne ganz genau. »Du kannst doch zu mir ohne Bodyguard kommen«, sagte er mit einem süffisanten Lächeln.
»Na, ich weiß nicht«, gab sie lachend zurück und sah Grahne an, der stehen blieb und sich wie ein Bodyguard hinstellte. Sie hatte Mühe, ernst zu bleiben bei seinem Anblick.
»Wie kann ich dir helfen, Liebes?«, fragte Krüger.
»Nun, deine Jungs haben am Freitag jemanden daran erinnert zu zahlen, und er ist im Krankenhaus gelandet«, begann sie.
»Wie kommst du denn darauf? Meine Jungs machen so was nicht«, gab Krüger sich entsetzt, und Rose streckte ihre Hand nach Grahne aus.
Er holte, ohne seine kühle Miene zu verziehen, das Tütchen mit dem Zipper aus der Manteltasche und legte es ihr in die Hand.
»Hör auf mit den Spielchen, hier ist ein Beweisstück, welches wir am Tatort gefunden haben. Dass der Zipper an der Jacke deines Handlangers fehlt, konnte ich eben feststellen. Also würde ich vorschlagen, dass du kooperierst, ansonsten geht das in die Spusi«, zischte sie ihn an, woraufhin er kleinlaut nickte.

»Er sagte, dass er für einen Freund zahlen würde, um ihm zu helfen. Wir reden von diesem Mann hier.« Rose hielt Krüger ein Foto von Fuchs hin. Doch Krüger starrte sie bloß an.

»Komm schon, es geht nicht um die Schläge, die er erhalten hat. Ich muss wissen, ob er die Schulden bei dir hat oder tatsächlich ein Freund von ihm.« Rose schenkte ihm nun ihren schönsten Augenaufschlag, und er sah sich das Foto an.

»Ich weiß nicht genau«, sagte Krüger.

Rose drehte sich auf einmal blitzschnell nach Grahne um, sodass er erschrak und sich bewegte. Sie hielt ihn am Arm fest.

»Nein, wir wollen den Krüger nicht schlagen. Er wird es uns bestimmt gleich sagen.« Rose drückte seinen Arm kurz, und Grahne verstand. Er bewegte sich noch mal etwas unruhig hin und her, dann nickte er kurz. Währenddessen hatte er die ganze Zeit Krüger nicht aus den Augen gelassen und machte ein ernstes und grimmiges Gesicht.

Rose warf einen Blick an Grahne vorbei zu den Jungs von Krüger, doch die waren mit ihren Handys beschäftigt, was Rose durchaus begrüßte.

»Also, wenn du mir zusicherst, dass der Zipper nicht doch noch bei der Spusi landet, dann sage ich dir was dazu«, flüsterte er, und Rose nickte einverstanden.

»Gut, also der Typ hier hat bei mir die Schulden, soviel wie ich weiß, ist er ein Spieler. Hat sogar letztes Jahr sein Erbe, das Haus seiner Eltern im Dobbenviertel, verspielt«, fing Krüger an zu singen. »Er sagte aber, dass er bald Geld bekommen würde, es könnte sich nur noch ein, zwei Wochen hinziehen«, fuhr er fort.

»Ist das wahr?«, fragte Rose erstaunt, und Krüger nickte bejahend. »Wie viel Schulden hat er bei dir?« Rose wollte es nun genau wissen, doch Krüger verschränkte die Arme vor sich.

»Also bitte, das geht jetzt aber wirklich zu weit«, meinte er, sah jedoch Grahne respektvoll an. Doch noch mal wollte Rose die Nummer nicht bringen.

»Sag mir wenigstens, um einen wieviel stelligen Betrag es geht«, bat Rose ihn.

»Das kann ich nicht, ist schlecht fürs Geschäft«, sagte er und sah sich um. Dann legte er seine Hände auf den Tisch, eine war offen, sodass alle fünf Finger zu sehen waren, und die andere Hand hatte er zur Faust geballt, nur den Daumen spreizte er ab.

Rose verstand, kaum merklich nickte sie ihm zu und stand auf.

»Na gut, wir sehen uns«, sagte sie und blickte ihn dabei an.

»Ja, vielleicht kann ich dir das nächste Mal helfen«, sagte er und grinste.

Während sie das Lokal verließen, schauten sie sich genau um und beobachteten die Jungs von Krüger. Er rief sie zu sich, sicher gab es Ärger, weil der eine den Zipper von der Jacke am Tatort verloren hatte und weil sie das Gespräch nicht genau beobachtet und eingegriffen hatten, dachte Rose.

»Grahne, ich wette, die Marie Fuchs hatte eine hohe Lebensversicherung, wenn nicht sogar mehr«, meinte Rose draußen am Auto und war sich ihrer Sache sicher.

»Lassen Sie uns zur Wohnung von Fuchs fahren und nachsehen«, sagte sie und startete den Wagen.

»Warten Sie, ich habe noch die Kontobewegungen von ihm in Erinnerung. Ich weiß, welche Versicherungen, ich ruf da mal an.« Grahne holte sein Handy aus der Manteltasche.

»Da werden Sie aber keine Auskunft kriegen«, stellte Rose fest, doch Grahne grinste sie an. Sie fragte sich mal wieder, was das zu bedeuten hatte, als er seinen Zeigefinger vor

seinen Mund hielt.
Überrascht, aber still blieb Heide Rose neben ihm sitzen.
»Hallo, Tatjana, ich bräuchte dringend mal deine Hilfe«, säuselte Grahne mit seiner sanften Stimme ins Handy. »Du würdest mir eine Menge Zeit ersparen, wenn du mal was bei deiner Versicherung prüfen könntest ... ach bitte, ich bin einem Mörder auf den Fersen. Wenn er es ist, dann muss deine Gesellschaft auch nicht zahlen, also wäscht sozusagen eine Hand die andere.« Grahne ließ nicht locker.
Dann sagte er ihr den Namen und die Adresse der Toten, und die zwei Ermittler warteten, bis Tatjana in ihrem PC die Informationen fand.
»Ja? Okay ... klasse, ja ich melde mich die Tage noch mal und sage dir Bescheid«, versprach Grahne und legte auf.
»So, Fuchs hatte für seine Frau Marie eine kapitalbildende und eine Risiko-Lebensversicherung abgeschlossen. Außerdem war sie ja Haupterbin bei ihrem Vater. Welches sie aber ja nicht annehmen wollte, wie wir von Kalder wissen. Wenn das kein Motiv ist ...«, stellte Grahne fest.
»Deshalb hat er auch dauernd Bulrich und, als dessen Unschuld bereits feststand, Robin Dahlken verdächtigt. Um von sich abzulenken, denn wenn er selbst der Mörder wäre, würde die Versicherung natürlich nicht zahlen«, wusste Rose und fuhr los. Sie wollte sofort zum Krankenhaus und den Witwer damit konfrontieren. Einen Beamten müssten sie dann auch noch vor seiner Tür postieren, damit er nicht auf die Idee kam zu türmen.

Es war unglaublich viel los auf den Straßen Oldenburgs, so dass die Cloppenburger Straße wieder dicht war. Als sie endlich bei einer Ampelkreuzung waren, bog Rose rechts ab und fuhr rüber zur Straße An den Voßbergen, dann dauerte es nicht mehr lange und sie waren wieder beim Klinikum. Als sie die Tür zu Fuchs' Zimmer im Krankenhaus

aufmachten, war es leer. Sein Bett war zurückgeschlagen, und auf seinem Tisch stand ein Tablett mit Essen. Rose lief rein und schaute in den Schrank von Fuchs, auch leer.
Eine Krankenschwester kam gerade vorbei. »Sagen Sie bitte, wo ist Herr Fuchs?«, fragte Rose die junge Frau.
»Oh, ich weiß auch nicht, auf einmal war er nicht mehr in seinem Zimmer, ich dachte erst, er wäre nur mal runter in die Cafeteria gegangen«, stammelte die Krankenschwester.
»Wann war das etwa?« Rose lief einfach schon los.
»Kurz nachdem Sie vorhin da waren«, rief ihr die Schwester hinterher.
Grahne versuchte Rose zu folgen, sie kam erst vor dem Zimmer von Robin Dahlken zu stehen. Der Beamte saß brav vor dem Raum, Rose nickte ihm zu und steckte ihren Kopf ins Zimmer.
Robin Dahlken saß in seinem Bett und war mit seinem Abendbrot beschäftigt, er sah sie erstaunt an.
»Alles gut, wollte nur sehen, wie es Ihnen geht«, sagte sie und schloss auch schon wieder die Tür von außen.
Der Beamte davor sah sie ebenso erstaunt an.
»Bitte, lassen Sie keinen hier rein, unter keinen Umständen. Der Mörder ist flüchtig«, informierte sie ihren Kollegen und lief schon wieder los. Diesmal zum Ausgang, zu ihrem Wagen. Grahne war dicht hinter ihr.
Bei ihrem Auto schmiss sie plötzlich ihren Wagenschlüssel zu Grahne.
»Fahren Sie bitte, in Richtung Bremen, ich rufe bei den Flughäfen an«, sagte sie und setzte sich auf den Beifahrersitz. Doch zuerst telefonierte Rose mit der Zentrale und leitete eine Fahndung nach Fuchs ein.
»Wollen wir nicht erst zu seiner Wohnung?« Grahne dachte an Gepäck, welches Fuchs ja brauchte.
»Nein, da wird er schon längst gewesen sein und ist nun auf dem Weg zum Flughafen. Denn nur mit dem Flugzeug

kommt er in Länder, die Mörder nicht ausweisen«, erläuterte Rose und wählte die Nummer vom Bremer Flughafen.

»Fuchs, Lars Fuchs, heißt die Person«, Rose buchstabierte den Nachnamen, doch die Frau am Flughafen hatte keinen Passagier mit diesem Namen in der Liste, in keiner Liste, um genau zu sein.
»Vielen Dank!« Rose war enttäuscht und wählte die Nummer vom Hamburger Flughafen. Dort das gleiche Spiel.
»Friedrich, Ulrich, Christof …« Rose versuchte ruhig zu bleiben. Es ärgerte sie aber sehr, dass sie nicht gemerkt hatte, dass Fuchs seine eigene Frau ermordet hatte.
»Nein, tut mir sehr leid. Kein Passagier mit diesem Namen auf unseren Listen«, kam wieder am anderen Ende, Rose bedankte sich und legte auf.
Grahne lenkte den Rav4 gerade auf die B 75, und Rose wusste, sie musste jetzt eine Entscheidung treffen.
Plötzlich ging ihr Handy los, sie kannte die Nummer nicht, nahm den Anruf aber an.
»Rose hier«, meldete sie sich. »Wie … was … welchen …? Okay, ja bekommst du, danke dir!«
»Er reist unter einen anderen Namen, das war Krüger, ein Bekannter von ihm hat Fuchs einen Ausweis gefälscht, den Namen wusste er nicht mehr«, sagte sie zu Grahne.
»Die Info kostet uns den Reißverschluss, aber egal, ich will Fuchs haben, und wir hatten ja eh versprochen, ihn nicht einzusetzen«, stellte Rose fest.
»Na prima, führt man da nicht so was wie ein Buch drüber, wenn man Ausweise fälscht? Zu welchem Flughafen wollen wir denn dann fahren?« Er sah sie erwartungsvoll an.
»Den Bremer«, sagte sie aus dem Bauch heraus und wählte noch mal die Nummer von dem Flughafen. Sie informierte die Bundespolizei dort von ihrer Fahndung nach Fuchs. »Wo

können wir parken, damit wir möglichst schnell bei Ihnen sind?«, fragte sie, und man erklärte ihr den Weg.

Als sie vor dem Flughafen hielten, wartete schon ein Bundespolizist auf die zwei Ermittler. Rose nahm Fibi vom Rücksitz und lief mit ihr auf dem Arm zu dem Mann.
»Sind Sie von der Kripo?«, fragte er die Kommissarin mit dem kleinen Hündchen auf dem Arm skeptisch.
»Ja, wie kommen wir am schnellsten zu den Check-in-Bereich?«, fragte Rose und lief schon an ihm vorbei zur Tür, die in den Flughafen führte. Der Uniformierte wollte schon hinter Rose her, sie aufhalten, da zeigte Grahne ihm seinen Ausweis, und er entspannte sich.
Zügig gingen die drei wenig später durch die Halle, Rose und Grahne schauten sich um. Auch der uniformierte Kollege hielt nach Fuchs Ausschau, denn die Fahndung war inzwischen bundesweit herausgegeben. Außerdem hatten sie das Foto den Kollegen an den Monitoren weitergereicht und auch die Security über den Einsatz informiert.
Es war gerade Stoßzeit, viele Menschen liefen in der Flughafenhalle umher, und noch mehr standen in den Schlangen zum Check-in.
Rose sah sich immer wieder um, ging die Personen in den Schlangen nacheinander durch, aber sie konnte Fuchs nicht entdecken. Die ganze Zeit hatte sie Fibi auf dem Arm, es war auch einfach zu voll dort.
Aber auch drei Kilo konnten auf Dauer zu schwer werden, und da die kleine Hündin eh immer auf Rose hörte, ließ sie sie irgendwann einfach runter.
Der nächste Flug wurde aufgerufen, und Rose beschloss, näher zu den Schlangen am Check-in zu gehen, um sich alle Personen noch mal genauer ansehen zu können. Fibi folgte ihr, Grahne ging zum nächsten Schalter, und auch die Security verteilte sich.

Heide Rose schaute sich die Leute ganz genau an, jeden versuchte sie ins Gesicht, in die Augen zu sehen, bei dem ganzen Trubel gar nicht so einfach. Die Leute wollten meist in den Urlaub und waren aufgeregt und zappelig.
Fibi lief manchmal zu den Leuten hin und schnupperte, Heide dachte, dass es wohl ein Spiel für sie zu sein schien wie letztens bei der Hundeschule.
Mehr und mehr Leute gingen näher nach oben in den Boardingbereich, und die Kommissarin hatte das Gefühl, die Zeit würde ihr davonfliegen. Immer wieder sah sie nach Grahne, manchmal trafen sich auch ihre Blicke, und er schüttelte verneinend den Kopf, ebenso wie Rose.
Klar, so ein Flughafen war groß, aber der in Bremen eigentlich noch überschaubar. Gut, wenn so viele Menschen in den Urlaub starteten, natürlich nicht, dachte Rose und wurde ganz kribbelig.
Auch wenn die Security über den gefälschten Ausweis informiert worden war und die Kontrollen verstärkt wurden. Hatte sie sich vielleicht getäuscht und suchte auf dem falschen Flughafen? Sollte sie sich echt geirrt haben? Oder war Fuchs längst weg?
Rose wurde ganz mulmig zumute, nach Hamburg würden sie es nicht mehr schaffen, sie konnten nur darauf hoffen, dass die Kollegen dort sein Bild bekommen hatten.
Grahne kam mit einem Bundespolizisten zu Rose, sie hatten ihn ebenfalls nicht ausmachen können. Rose sprach den Kollegen an, damit er und seine Kollegen sich mit dem Flughafen in Hamburg in Verbindung setzten. Doch auch Hannover sollten sie kontaktieren und ebenfalls dort verstärkt nach dem Witwer Ausschau halten. Der Bundespolizist stimmte ihrem Entschluss zu und ging zum Büro, um alles zu erledigen.
»Wo ist Fibi denn?«, fragte plötzlich Grahne, und Rose blickte sich panisch um.

»Das gibt's doch nicht, sie war eben doch noch da«, die Kommissarin wollte sie gerade rufen. Plötzlich hörte sie das zarte Bellen aus einer Ecke, sie und Grahne staunten nicht schlecht. Die kleine Hündin bellte einen dicken Mann mit Spitzbart und Hut dort an und ließ ihn einfach nicht in Ruhe. So was hatte sie doch noch nie gemacht, war Rose verwundert und lief zu ihr hin. Grahne folgte ihr.

Kaum bei der Hündin angekommen, versuchte sie Fibi zu beruhigen, doch sie war total von der Rolle, der kleine Körper war wie starr, und sie bellte, was ihre kleine Stimme hergab. Rose nahm die Hündin hoch und entschuldigte sich bei dem Herrn, der schon richtig am Schwitzen war.

»Kein Problem«, sagte er mit heiserer Stimme und nahm seine Hand hoch, sodass sie kaum sein Gesicht sehen konnte. Allerdings einen kleinen Moment schon, und der reichte. Sie drückte Grahne neben sich die kleine, immer noch wie wild bellende Hündin in den Arm.

»Lars Fuchs, ich verhafte Sie hiermit wegen des dringenden Verdachts des Mordes an Ihrer Frau ...« Weiter kam Rose nicht, denn er schubste sie weg und rannte los.

Rose war sofort hinter ihm her, hatte ihn im Nu eingeholt und warf ihn mit einem Taekwondo-Schlag zu Boden.

»Aaaaahh«, schrie er vor Schmerz auf, sicher merkte er seine gebrochene Rippe. Rose riss ihn den Hut vom Kopf, auch an seinem Bart zog sie und hatte ihn plötzlich in der Hand. Wenig später klackten ihre Handschellen auf seinem Rücken zu. Grahne war den beiden nachgelaufen, schaute sich nach den Kollegen der Bundespolizei um, rief und winkte sie zu sich. Fibi bellte immer noch wie verrückt ihr ehemaliges Herrchen an, der ihr geliebtes Frauchen getötet hatte. Einige Bundespolizisten kamen dann und halfen dem mit Handschellen gefesselten Fuchs auf die Beine. Wobei er vor Schmerzen aufschrie, aber niemand beachtete das weiter.

»Lassen Sie den Bluthund bloß nicht los«, sagte ein Bundespolizist scherzhaft zu Grahne, und dieser lachte.

Bei der Aktion von Rose war der Mantel von Fuchs aufgegangen, er hatte Hemden über Hemden und zuletzt Pullover drübergezogen. Deshalb war er so dick, aber der Schweiß kam sicher nicht nur davon, dass ihm zu warm war. Rose war sich sehr sicher, dass das auch Angstschweiß war, als die kleine Hündin ihn entdeckt hatte.

Nach der Aktion traf man sich im Bereitschaftsraum zum Gespräch, die meisten tranken einen Kaffee und einige, darunter Rose und Grahne, einen Tee.

Es wurde auch darüber gesprochen, wie der Mörder nun entdeckt worden war, und es gab ein großes Hallo um den kleinen Hund. Natürlich hatte die Polizei dort auch Hunde, aber es waren eher Schäferhunde und ähnlich große. Die Hundeführer waren ganz erstaunt über Fibi, die sich in dem Raum nun frei bewegte und von jedem erst einmal gestreichelt wurde.

Rose und Grahne mussten dann auch wieder los, und drei der Beamten der Bundespolizei wollten den Witwer mit ihrem Wagen zum Gefängnis überführen. Als sie mit Fuchs den Raum betraten, um die Ermittler zu informieren, dass sie nun losfahren würden, ging Fibi wieder total ab. Sie rannte bellend zu Fuchs, tat ihm aber nichts, sondern blieb in sicherer Entfernung von ihm stehen und bellte unaufhörlich. Alle lachten bei dem Anblick.

10

Nach der erfolgreichen Festnahme gestern, konnte Rose sehr gut schlafen. Auch Fibi schlief heute länger, aber nun wollten sie raus zum Gassigehen. Kaum draußen, dachte Rose über den heutigen Sonntag nach.

Heute war es so weit, ihr Vater feierte seinen Geburtstag, und sie hatte angekündigt, dass sie heute Nachmittag nicht allein zum Kaffeetrinken kommen würde. Die kleine Hündin bot ihr da eine gute Entschuldigung: die Hündin eines Mordopfers aufgenommen, da im Außendienst tätig. Ja, Rose hatte sich schon genau die Worte zurechtgelegt, trotzdem war ihr mulmig zumute.

Nachdem sie und Fibi gefrühstückt hatten, setzte sich Rose aufs Sofa. Sie wollte noch ein wenig entspannen, doch ständig kam ihr der Ablauf des Verhörs mit Fuchs wieder in den Kopf.

Der Witwer hatte es tatsächlich geschafft, dass seine Frau nichts von seiner Spielsucht gewusst hatte. Nicht einmal bemerkt hatte, dass er bereits sein Erbe verspielt hatte.

Die Lebensversicherung hatte er ihr ebenfalls untergeschoben, aber was noch viel schlimmer war, er wollte das Erbe, welches sie unter keinen Umständen angetreten hätte. Deshalb musste sie sterben, weil er mittlerweile im sechsstelligen Bereich verschuldet war und er die Versicherungssumme und das Erbe dringend brauchte. Seine Rechnung, dem Stalker den Mord an seiner Frau anzuhängen, war »leider« nicht aufgegangen, deshalb hatte er es mit Robin Dahlken als nächstem Verdächtigen versucht.

Als er jedoch erfuhr, dass es sich dabei um den erbberechtigten Halbbruder handelte, hatte er ihn kurzerhand mit seinem Wagen überfahren.

Einfach unfassbar, dachte Heide und schrak zusammen, als plötzlich das Telefon läutete. Sie ging sofort dran, ohne weiter nachzudenken.

»Hallo, Liebes«, trällerte ihre Mutter am anderen Ende. »Es tut mir ja so leid, aber wir müssen den Geburtstagskaffee für deinen Vater verschieben. Er ist seit gestern total erkältet, heute hat er auch noch Fieber bekommen, ach es ist aber auch ein Ärger.« Heide Rose dachte erst, sie höre nicht richtig, hatte sich dann aber schnell wieder gefangen.

»Ach herrje, dann sag ihm mal gute Besserung von mir«, meinte Rose, damit hatte sie nun nicht gerechnet.

»Ja, Liebes, ich geb dir gleich Bescheid, sobald wir einen neuen Termin haben«, versprach ihre Mutter. »Sag mal, wen hättest du denn heute mitgebracht?«, fragte sie noch neugierig, doch Heide war darauf gefasst.

»Das siehst du dann beim neuen Termin«, entgegnete sie, und mit einem süßen *Tschüss* legte sie auf.

Sie konnte es kaum glauben, sie hatte heute Nachmittag nichts mehr vor, sie konnte machen, was sie wollte.

Ein riesiges Glücksgefühl stieg in ihr hoch, ja, es war, als wäre ein schwerer Stein von ihren Schultern gefallen.

»Na, Fibi, was wollen wir machen, einen schönen Ausflug?«, fragte Rose die Hündin, die ihr Frauchen, sobald sie ihren Namen hörte, aufmerksam ansah.

Heide Rose lachte und schmiss sich aufs Sofa.